FELICITAS GRUBER

Die Kalte Sofie

Interview mit der Autorin

Die kalte Sofie *ist der Auftakt einer Krimiserie, die in München-Giesing spielt. Wie kamen Sie auf die Idee?*

München ist beides – Millionendorf und Weltstadt mit Herz. Sein Flair ist weltberühmt, seine besondere Stimmung einzigartig. Allerdings haben sich viele früher eher beschauliche Stadtviertel dramatisch verändert: Schwabing, Haidhausen, Glockenbachviertel … Obwohl auch Giesing die Gentrifizierung droht, ist hier vieles noch ursprünglich – und erzählenswert – geblieben. Es hat fast einen dörflichen Charakter: Man kennt sich, beobachtet sich, man bleibt gern unter sich – und betrachtet die anderen Stadtviertel mit gewisser Skepsis.

Wie kamen Sie auf den Titel?

Dr. Sofie Rosenhuth hat am 15. Mai Geburtstag. Das ist der Tag der letzten Eisheiligen. Ihr verdankt sie ihren Namen – Sofie. Außerdem fand ich es reizvoll, eine so warmherzige Person wie meine Heldin mit einem »kalten« Beruf (da viel am Seziertisch) zu verbinden.

Sofie Rosenhuth ist eine moderne Heldin, die versucht, Beruf und Liebe zu verbinden – das gelingt ihr nicht immer, oder?

Sofie versucht wie viele Frauen heutzutage die Quadratur des Kreises. Und ja, natürlich scheitert sie bisweilen daran, wie wir alle.
Dennoch steckt auch ein großer Teil Ermittlerin, ich würde fast sagen »Jägerin«, in ihr: In ihrem früheren Beruf als Polizistin hat sie gelernt, den Dingen auf den Grund zu gehen; heute als Rechtsmedizinerin kann sie diese Eigenschaft vertiefen und verfeinern. Sobald Sofies rechter Nasenflügel zu kribbeln beginnt, weiß sie: Sie ist auf der richtigen Spur …

Über die Autorin

Felicitas Gruber ist das Pseudonym der Autorinnen Brigitte Riebe und Gesine Hirsch. Brigitte Riebe ist promovierte Historikerin und begeistert seit vielen Jahren mit ihren historischen Romanen ihre zahlreichen Leserinnen und Leser. Gesine Hirsch ist Kunsthistorikerin und entwickelte die erfolgreiche Serie *Dahoam is Dahoam* für das Bayerische Fernsehen mit. Beide Autorinnen leben in München, wo auch ihre Krimireihe mit der sympathischen Rechtsmedizinerin Dr. Sofie Rosenhuth spielt. Bisher erschienen *Die kalte Sofie*, *Vogelfrei* und *Blaues Blut*.

Felicitas Gruber

Die Kalte Sofie

Kriminalroman

DIANA

FSC
www.fsc.org
MIX
Papier aus verantwortungsvollen Quellen
FSC® C014496

Verlagsgruppe Random House FSC® N001967

6. Auflage
Originalausgabe 04/2013

Neumarkter Straße 28, 81673 München
Redaktion: Herbert Neumaier
Umschlaggestaltung: t.mutzenbach design, München
Umschlagmotiv: © plainpicture/whatapicture; shutterstock
Satz: Leingärtner, Nabburg
Druck und Bindung: GGP Media GmbH, Pößneck

Printed in Germany
978-3-453-35687-0

www.diana-verlag.de

Besuchen Sie uns auch auf www.herzenszeilen.de
Dieses Buch ist auch als E-Book lieferbar

Der Mensch ist gut,
nur die Leut sind schlecht.

Karl Valentin

Prolog

Auf dem Foto bist du ernst.

Man muss dich schon sehr gut kennen, um das winzige Lächeln in deinen Augen zu entdecken. Dein Mund ist weich und entspannt, die blonden Brauen sind ein wenig hochgezogen, als hätte etwas dich erstaunt oder heimlich amüsiert.

Ich kann kaum ertragen, wie schön du bist – und wie unendlich weit weg.

Meine Hände sind nicht ganz ruhig, während sie die Kerze anzünden und neben das Foto im schmalen Holzrahmen stellen. Dazu lege ich den Flakon mit deinem Lieblingsduft, den ich dir nicht mehr schenken konnte.

Heute ist dein Geburtstag, den ich nicht mit dir feiern kann.

Für einen Augenblick wollen die Beine mich nicht länger tragen. Ich knicke ein, drohe zu fallen und klammere mich gerade noch an den Tisch.

Die Kerze flackert.

Schweiß sammelt sich in meinen Achselhöhlen. Mein Mund wird trocken, und ich bin seltsam kraftlos, aber ich rapple mich wieder auf.

Im Zimmer ist es plötzlich viel zu heiß, als bemühe der Frühling sich, den Sommer einzuholen.

Du hast den Sommer geliebt, mehr als alle anderen Jahreszeiten. Sobald es warm wurde, wolltest du nur noch raus.

»Ich kann die Sonne einfangen«, hast du oft zu mir gesagt, und ich habe dich manchmal deswegen belächelt. Inzwischen weiß ich, dass es die Wahrheit war. Viele deiner Bilder scheinen nur aus Licht zu bestehen.

War da nicht eben das Geräusch deiner Schritte?

Niemand bewegt sich so wie du, voller Schwung, Grazie und Ungeduld.

Schließlich ist es wieder still. Totenstill.

Nach einer kleinen Ewigkeit beginnt es zu rascheln. Blanke Knopfaugen lugen aus dem provisorischen Nest in der alten Voliere, die ich vom Speicher geholt habe. Danach kommen zitternde Barthaare zum Vorschein.

Sie frisst ein paar Körner, beginnt sich ausgiebig zu putzen.

Es tut mir leid, was ich mit ihr vorhabe, aber es geht nicht anders. Drüben auf dem Sofa liegt die Flasche. Es war so lächerlich einfach, an das Zeug zu kommen, dass ich es noch immer kaum glauben kann.

Die Handschuhe sind gekauft, ebenso wie Einwegspritzen. Die Ampullen habe ich gefüllt.

Seine tägliche Strecke ist in mir eingebrannt, eine unsichtbare Karte aus Hass und Schmerz.

Selbst im Schlaf könnte ich ihn stellen.

Die Kerze erlischt. Behutsam löse ich dein Foto aus dem Rahmen.

Ich weiß, was ich dir schulde, Annamirl. Jetzt musst du nicht mehr länger warten.

I

Endlich wieder dahoam oder: Presssack-Blues

Zefix! Irgendwie musste diese vermaledeite Leinenhose doch zugehen. Vor ein paar Wochen hatte sie ja noch gepasst.

Kein Wunder. Das war noch vor dem Desaster mit Erik gewesen. Sofie setzte sich auf eine der Umzugskisten und blickte nachdenklich in den riesigen alten Spiegel mit dem geschnitzten Goldrahmen, den sie letztes Jahr in Berlin auf dem Flohmarkt ergattert hatte. Eine hübsche junge Frau sah ihr entgegen, mit einer wilden Mähne dunkelblonder Locken, jadegrünen Augen und zwei verschmitzten Grübchen.

Angeblich brachten die meisten Frauen bei Liebeskummer keinen Bissen mehr hinunter. Dr. Sofie Rosenhuth gehörte definitiv nicht dazu.

Zwei intensive, sehr gemischte Jahre an der Berliner Charité lagen hinter ihr. Endlich hatte sie ihren Doktortitel in der Tasche. Sie hatte an bedeutenden Sektionen teilgenommen, bei der Aufklärung des Falls mit dem Männerkopf im Kochtopf und der mysteriösen Brandleiche in Tegel Wesentliches beigesteuert. Mit ihrem Fachwissen, einer gehörigen Portion Menschenverstand und nicht zuletzt ihrem Münchner Charme hatte sie die Herzen der spröden Preußen im Sturm erobert.

Genutzt hatte es ihr trotzdem nix. Denn ausgerechnet an

Dr. Erik Rohrbach, dem Leiter der toxikologischen Abteilung und – nebenbei gesagt – einem unverschämt gut aussehenden, charmanten Mann, war sie so was von zerschellt.

Wie hätte sie auch ahnen können, dass Eriks leidenschaftliche Liebesschwüre nichts als leere Worte waren und er schon längst mit dem Töchterchen des medizinischen Direktors verlobt war?

Sofie atmete energisch durch.

Was vorbei war, war vorbei. Hauptsache, sie war endlich wieder dahoam.

Nicht ganz freiwillig, zugegebenermaßen. Ohne Tante Vronis alarmierenden Anruf würde sie wohl immer noch in Berlin sitzen und ihre Wunden lecken.

Logisch, dass Sofie sofort nach München gerast war, als sie von Vronis Schlaganfall gehört hatte. Tatsächlich aber sah die Tante dann wesentlich besser aus als erwartet, und auch die Prognosen des Hausarztes waren äußerst beruhigend.

Dennoch hatte Vroni nach einem seltsam eindringlichen Blick in Sofies grüne Augen erklärt, dass sie froh sei, ihre geliebte Ziehtochter wieder dauerhaft in der Nähe zu haben. Sie hatte wohl noch mal Schwein gehabt, und der Herrgott, die Jungfrau Maria und alle Heiligen miteinander hatten ihre Hand über sie gehalten. Aber wer konnte schon sagen, ob es das nächste Mal genauso glimpflich ausgehen würde? Sie war ja schließlich auch nicht mehr die Jüngste. Und außerdem war im Rückgebäude eine hübsche Zweizimmerwohnung frei geworden.

Ob das nicht was für Sofie wäre?

Keine leichte Entscheidung.

Sofie wollte nichts lieber, als viele, viele Kilometer zwischen sich und diesen Mistkerl von Erik legen. Aber hatte sie das in einer ähnlichen Situation vor zwei Jahren nicht auch schon einmal gesagt?

Flucht nach vorn – sollte das für immer ihr Lebensmotto sein?

Andererseits hatte sie das Heimweh nach ihrem geliebten Giesing schon lang am Wickel gehabt. Und wenn die Tante sie so dringend brauchte …

Das mit dem Job hier in München war dann nur noch ein Klacks gewesen. Der alte Paungger, ihr netter Professor aus Studienzeiten, hatte Sofie zu ihrer Entscheidung, nach München zurückzukehren, geradezu erleichtert gratuliert und sofort zum Hörer gegriffen.

Vierundzwanzig Stunden später hatte sie die Halbtagsstelle in der Nußbaumstraße fix in der Tasche.

Am Tag darauf knallte sie Erik hocherhobenen Hauptes ihre Kündigung auf den Tisch. Sein fassungsloses Gesicht würde sie so bald nicht vergessen. Mit Engelszungen versuchte er, sie zum Bleiben zu bewegen. Aber sie war hart geblieben.

Gott sei Dank!

Vor drei Tagen hatte sie dann ihre kuschelige neue Bleibe im Hinterhof der Zugspitzstraße bezogen, gerade mal ein paar Schritte von Vronis Wohnung im Vordergebäude entfernt.

So weit also alles bestens.

Blieb immer noch die Frage, was sie nun zu ihrem Einstand im Münchner Institut für Rechtsmedizin anziehen sollte. Sofie stand energisch auf, zog ächzend den Bauch ein und hielt den Atem an. Dann zog und zerrte sie erneut an der Hose.

Endlich. Der Reißverschluss ruckelte, dann glitt er nach oben.

Sofie schnappte nach Luft – ja, so könnte es gehen. Kritisch begutachtete sie ihr Spiegelbild.

Doch ihr Gegenüber grinste breit zurück und schüttelte leicht spöttisch den Kopf: Dr. Sofie Rosenhuth als Presssack.

Nicht dein Ernst. Oder?

Grimmig nickte Sofie ihrem Spiegelbild zu. Sehr witzig. Und jetzt?

2

Atemlos

Dauerbaustelle Uni Regensburg Teilerfolg – anlässlich der Wiedereröffnung des Lesesaals sprach Ministerialdirigent Konstantin Siebert vor vierhundert Studenten …

Jessas, war das fad!

Katrin Füracker ließ die »Münchner Morgenpost« sinken, die sie auf dem Weg aus einem der Zeitungsständer mitgenommen hatte.

»Nessie!«, rief sie. »Va-nes-sa! Wo steckst jetzt du schon wieder?«

Fußgetrappel. Dann erschien die Tochter, das Gesicht voller Sandspuren, der sorgfältig gebundene Pferdeschwanz halb aufgelöst, sogar das neue rosafarbene Röckchen war verdreckt. Das alles hatte die Kleine in nur wenigen Augenblicken zustande gebracht.

Trotzdem überflutete Katrin eine Woge von Glück. Dass man ein kleines Geschöpf so lieb haben konnte!

Vanessa schien weniger entzückt.

»Des mog i ned«, murmelte sie, während die Mutter in ein Taschentuch spuckte und an ihr herumzureiben begann. »Lass mi!«

Schon hatte sie sich losgerissen und war wieder am Sandkasten.

Es fiel Katrin schwer, der Vierjährigen etwas abzuschlagen,

und das wusste die Kleine ganz genau. Kaum hatte Nessie heute die Augen aufgeschlagen, hatte sie so lange gebenzt, bis sie schließlich eine Runde Spielplatz vor dem Kindergarten herausgeschunden hatte.

Sebastian, Katrins Göttergatte, hatte da leicht reden.

»Lass dir halt ned ständig von der Nessie auf der Nase herumtanzen«, lautete sein Lieblingsspruch, den sie schon nicht mehr hören konnte. »Selber schuld, wenns immer ihren Kopf durchsetzt.«

Was wusste er schon? War er etwa dabei, wenn Vanessa einen ihrer Heulanfälle bekam und sich kaum wieder beruhigen lassen wollte? Da gab Katrin doch lieber rechtzeitig nach, und die Stimmung zwischen der Kleinen und ihr blieb ungetrübt.

Erneut vertiefte Katrin sich in die Lektüre. Inzwischen war sie bei den Horoskopen angelangt. Nicht, dass sie wirklich daran geglaubt hätte. Aber ein bissel was war ja vielleicht doch dran …

Gutmütig oder doch eher Weichei? stand bei Fischen, ihrem Sternzeichen. *Lassen Sie sich nicht ständig von anderen überfahren! Versuchen Sie stattdessen, der Welt zu zeigen, dass Sie eine eigene Meinung haben. So vermeiden Sie Frust, und man wird Sie eher respektieren …*

Wahre Worte, allerdings. Aber wie sollte sie das bei ihrer willensstarken Tochter in die Tat umsetzen?

Sie war eben kein Sturschädel wie Sebastian oder Nessie, die ihrem Vater auch äußerlich stark ähnelte: Eine dunkle Elfe mit zarten Armen und dünnen Beinen, die immer in Bewegung waren.

Wie hatte sie nur ein Kind zur Welt bringen können, das so gut wie niemals Hunger hatte und Essen als etwas betrachtete, mit dem sich vor allem schöne Burgen und tiefe Gräben bauen ließen? Manchmal geriet Katrin aus Sorge an den Rand der Verzweiflung, weil sie alles richtig machen wollte und dann doch immer wieder gerade das Falsche tat.

Heute aber war alles gut.

Die Bank, die in der Sonne stand, gehörte ihr allein. Es gab weder das übliche Kindergeplärr noch Hundekläffen. Auch das seltsame Kapuzenwesen, das vorher eine ganze Weile in der Nähe herumgelungert hatte, war wieder verschwunden.

Katrin blätterte in der Zeitung, um in Ruhe weiterzulesen. Doch zuvor glitt ihr Blick zu Vanessa.

Die hatte soeben den Sandkasten verlassen und rannte geradewegs zu den Büschen, was ihre Mutter ihr vorher ausdrücklich verboten hatte.

»Stopp, Prinzessin!«, rief Katrin ihr hinterher. »Her zu mir – aber dalli!«

Die Kleine blieb stehen und zog eine Schnute.

»I brauch doch an Spinat. Für mein Kuacha.« Schmollend kauerte sie sich nieder und riss an den jungen Trieben.

»Aber ned in den Mund, verstanden?«

»Bin doch kein Baby mehr.« Vanessa klang ehrlich entrüstet und kehrte mit ihrer Beute zum Sandkasten zurück.

Wo war Katrin stehen geblieben?

Hormondiät – 24 Kilo in zwei Wochen, schrie es ihr in dicken Lettern entgegen.

Aus dem Sandkasten drangen laute Schmatzgeräusche.

»Du isst des Zeug doch ned etwa?«, fuhr Katrin hoch. »Außerdem müssen wir bald los.«

»I spiel doch nur, Mama«, rief Vanessa. »No fünf Minuten!«

Katrin war wieder bei den Hormonen gelandet. Mit fünf Kilo weniger würde sie vielleicht wieder in das enge rote Kleid passen, das Sebastian so scharf an ihr fand. Klang gar nicht so schlecht, was hier stand. Am besten, sie sagte gar nichts, dann würden ihre beiden Dürrländer vielleicht gar nicht mitkriegen, dass es eigentlich eine Diät war, die sie ihnen vorsetzte …

Wieso war es auf einmal so merkwürdig still?

Ihr Blick flog zum Sandkasten, zu der kleinen Gestalt, die hingestreckt dalag.

Aus Katrins Mund kam ein seltsames Gurgeln. Dann sprang sie auf und rannte zu Vanessa.

Deren Lippen waren blau, von den Augen war nur noch das Weiße zu sehen. Krampfartige Zuckungen liefen durch den kleinen Körper. Als Katrin sich über sie beugte, war der Atem so schwach, dass er kaum noch zu hören war.

Sie griff unter ihr Kind und brachte es in die Seitenlage, so viel wusste sie noch vom Erste-Hilfe-Kurs beim Führerschein. Mit zitternden Händen angelte sie ihr Handy aus der Tasche und wählte den Notruf.

Es waren nur wenige Minuten, und doch kam es ihr wie eine Ewigkeit vor, bis der Rettungswagen endlich eintraf.

Im Laufschritt kamen die beiden Sanitäter angetrabt, ein Bärtiger mit freundlichen dunklen Augen und ein schmaler Jüngerer, die blonden Haare zum Zopf gebunden.

»Was ist passiert?«, fragten sie, während sie Vanessas Blutdruck und Puls kontrollierten.

»Ganz friedlich gespielt hat sie, und auf einmal lag sie so da …« Die Worte kamen Katrin schwer über die Lippen.

»Hat sie irgendwas gegessen oder getrunken?«

»Sie hat an den Büschen gespielt und Blätter abgerissen, aber nur so getan, als ob …«

»Das weiß man bei Kindern nie so genau.« Der Bärtige fasste behutsam in Vanessas Mund. »Da jedenfalls ist nichts mehr drin. Vielleicht muss man ihr den Magen auspumpen. Die Trage, Schorsch!«

»Wohin bringen Sie sie?« Katrins Beine zitterten so stark, dass sie kaum noch stehen konnte.

»In die Haunersche Kinderklinik an der Lindwurmstraße. Dort werden sich die Spezialisten um Ihre Tochter kümmern.«

Auf der Trage sah Vanessa so klein und verloren aus, dass Katrin zu schluchzen begann.

»Sie ist mein Ein und Alles«, flüsterte sie. »Wenn ihr etwas zustößt …«

»Kommen Sie!« Der Bärtige ergriff ihren Arm. »Sie fahren vorn mit mir.«

3

Gelbwurst mit Petersil

Schuhe, T-Shirts, Blusen. Ja. Aber: keine Hosen.

Atemlos wühlte Sofie sich durch die bis zur Zimmerdecke gestapelten Umzugskartons mit dem bunten Schriftzug *Spedition Gfeiter – Ihr Umzugsfuchs in München-Giesing*.

Irgendwo musste die Kiste mit ihren Hosen doch sein. Nur – wo?

Unterwäsche. Bettwäsche. Bücher. Geschirr. CDs. Die Stereoanlage. Der Laptop mit dem angebissenen Obst hintendrauf. Die Vorhänge mit dem Rosenmuster.

Und die Hosen?

Beim Packen in Berlin hatte ihr jemand geraten, die Kartons zu beschriften, was sie in dem allgemeinen Chaos jedoch schnell wieder gelassen hatte. Leider!

Sofie beschlich die dumpfe Ahnung, dass sie zumindest für heute eine andere Lösung anpeilen musste.

In diesem Moment klopfte es an der Wohnungstür.

»Moment noch!« Hastig pellte Sofie sich aus der unbequemen Leinenhose und schlüpfte in die alte Jeans, mit der sie den Umzug bewerkstelligt hatte.

Aaah. Endlich wieder atmen! Das hätte sie gleich mal machen sollen.

Dann öffnete sie die Tür. Vor ihr stand Tante Vroni mit treuherzigem Blick, in der Hand ein Päckchen.

»Ich hab dir was zurechtgemacht für deinen ersten Arbeitstag. Zwei Butterbrezn. Und dein Lieblingspausebrot: Gelbwurst mit Petersil. Des magst doch so gern!«

Sofie schluckte, dann lächelte sie gerührt. Ach, ihre Vroni!

Sie war im ganzen Viertel berüchtigt wegen ihrer spitzen Zunge. Die, die Veronika Ilmberger nicht so gewogen waren, nannten sie hinter vorgehaltener Hand eine Giftwurz, aber unter ihrer rauen Schale schlug ein goldenes Herz.

Damals, vor dreißig Jahren, als Sofies Eltern bei einem Autounfall ums Leben kamen, war sie es gewesen, die die neunjährige Sofie ohne viel Federlesen bei sich aufgenommen und zusammen mit ihrem Sohn Alois aufgezogen hatte. Tante Vroni war es auch, an deren Hand Sofie das erste Mal das Münchner Institut für Rechtsmedizin betrat. Denn Sofie hatte es sich trotz ihres zarten Alters nicht nehmen lassen wollen, die sterblichen Überreste ihrer Eltern zu sehen. Trauriger hätte der Anlass nicht sein können – dennoch war Sofies Interesse an den Ermittlern in Grün von da an geweckt.

Seitdem war eine Menge Wasser die Isar hinuntergeflossen. Aus Sofie war nun selbst eine gestandene Rechtsmedizinerin geworden, und aus der energischen, hübschen Vroni, die einst die Schulbank mit »Kaiser Franz« gedrückt hatte, eine zierliche ältere Dame im geblümten Hausmeisterkittel. Wer allerdings einen zweiten Blick in Vronis graue, von vielen Fältchen umkränzte Augen riskierte, entdeckte dort alles andere als Müdigkeit und Altersmilde. Ein unbändiger Lebenswille blitzte dort. Neugier. Vor allem aber der Schalk eines jungen Mädchens.

Und so meinte Vroni jetzt: »Hab nur an Scherz gmacht, Sofie. Oder hast im Ernst gemeint, ich hätt im Lauf der Jahre ned gmerkt, dass du die Gelbwurst immer rauszupfst, weilst es ned magst? Dafür hast jetzt an Obazdn auf deinem Brot. Und a paar Radieserl dazua. Damit lieg ich garantiert ned falsch. Stimmt's?«

Sofie nickte grinsend und griff nach dem liebevoll zurechtgemachten Lunchpaket. Ein Hund war sie schon, die Tante. Wenn das so weiterging, würde es wohl mit der dringend anstehenden Diät nie etwas werden.

Dann aber warf Vroni einen kritischen Blick auf Sofies alte Jeans.

»Wie jetzt? So gehst mir aber ned zu dene Neunmalgscheiden in der Nußbaumstraß!«

Sofie sah ertappt an sich hinab, dann deutete sie auf den Stapel Kartons hinter sich.

»Hilft nix, Tante. Bis ich ans richtige Gwand drankomm, ist es Mittag. Ich geh ja nicht zu einer Modenschau. Mit dem grünen Kittel drüber fallen die alten Jeans sowieso niemandem auf.«

Bevor die Tante noch weitere Einwände vorbringen konnte, packte Sofie hastig ihren Fahrradhelm und den Rucksack, steckte das Päckchen hinein und drückte der verdutzten Vroni einen Kuss auf die Wange.

»Und jetzt zisch ich ab, damit ich wenigstens pünktlich bin. Dank dir für die Brotzeit!«

Schnell polterte sie an Vroni vorbei die Treppe hinunter.

Die Tante sah ihr stirnrunzelnd nach, dann besann sie sich. Jessas! Um ein Haar hätte sie das Wichtigste vergessen.

Sie beugte sich über das Geländer.

»Viel Glück! Und denk dran: heut Abend um sieben, unser Festessen!«

»Alles klar!«

»Ich hab auch einen Überraschungsgast für dich eingeladen.«

Unten schlug die Haustür zu. Vroni beschlich das Gefühl, dass Sofie den letzten Satz wohl nicht mehr gehört hatte.

Ein schelmisches Grinsen huschte über ihr Gesicht.

Vielleicht auch besser so …

4

Stoßgebete

Vor dem Gnadenbild der Gottesmutter sank Vroni auf die Knie. Sie war allein in der kleinen Seitenkapelle. So hatte sie es am allerliebsten. Wie auch sonst hätte man in aller Ruhe miteinander ratschen können?

»Du weißt, dass ich mei Zeit braucht hab«, murmelte sie. »Wo ich doch eigentlich nach Heilig Kreuz hinaufgehör. Aber inzwischen bin i bei dir in Maria Hilf ganz dahoam. Und bedanken muss i mi. Weil doch mei Sofie endlich wieder da is. Des hast wirklich guat gmacht, heilige Mutter!«

Ein Sonnenstrahl ließ das feine Gesicht der Statue aufleuchten. Auch das Jesuskind auf ihrem rechten Arm schien plötzlich von innen zu schimmern.

Vronis Blick glitt über die Bilder, die rechts und links von der Gottesmutter dicht an dicht hingen.

»So a Votivbuidl waar als Dank scho was Schöns«, sagte sie. »Aber a gscheids – wenn schon, denn schon! Du woaßt, dass i überhaupt ned zeichnen kann. Und den Alois, meinen Buam, den kann ich darum ned bitten. Wo er doch so viel um die Ohren hat bei der Versicherung und immer auf Achse is. Außerdem ham die zwoa sich sowieso no nie leiden kenna, damals ned und heit erst recht ned. Leider. Des hat er halt nie verstehn wolln, dass die Sofie jetzt a Studierte is, eine, die die Toten aufschneidet, um die Wahrheit zu finden. Schon seltsam: Da is sie am Tag der Eisheiligen Sophie zur Welt gekommen und so a warmherzigs Madl worn – und trotzdem ausgerechnet bei Leichen gelandet.«

Sie fingerte nach einem Taschentuch und begann, sich ausführlich zu schnäuzen.

»'tschuldigung!«, sagte sie, als sie damit fertig war und die Hände wieder falten konnte. »Ja, des Studium, des hats guat gemeistert, und an Doktortitel darfs jetzt a führen – aber was is mit der Liebe? Die bleibt doch gänzlich auf der Strecke, wenn mir zwei ned höllisch aufpassen.«

Sie rutschte ein Stück nach vorn, um der Madonna noch näher zu sein.

»Du und ich, mir wissen, dass ich a bisserl übertrieben hab«, fuhr Vroni fort. »Aber a Schlagerl is a Schlagerl, auch wenns ned ganz so schlimm bei mir war, oder? Sonst wärs ja vielleicht nie wieder nach München komma. Und des mit der freien Wohnung im Hinterhaus war doch auch a himmlischer Wink. Ich habs jedenfalls als solchen verstanden – und die Chance gleich genutzt.«

Allmählich begann Vroni unruhig zu werden. Langes Knien auf hartem Holz ging nicht mehr so gut wie früher, was sie ärgerte, weil sie noch lange nicht zum alten Eisen gehören wollte.

»Aber des war erst der Anfang.« Ihre Stimme wurde dünn. »I möcht scho noch erleben dürfen, wie i Sofies Kinderwagen durch die Zugspitzstraß kutschier – aber wie soll das bittschön gehn, wenn der Joe und sie ned wieder zsammkommen? Also, heilige Muttergottes, erhör meine Bitten und hilf mir!«

Die Sonne war verschwunden. Das Gesicht der Statue lag im Schatten.

»Is doch ned meinetwegen«, sagte Vroni reuevoll, die die

Zeichen sehr wohl zu deuten wusste. »Wenigstens ned nur. Hat das Madl im Leben ned schon genug mitgmacht? Die Sofie, die braucht einen Halt, eine starke Schulter, an die sie sich lehnen kann – bei dem ganzen Stress mit dene Toten wirds mir ja sonst noch ganz narrisch!«

Sie wandte den Kopf und begann zu lächeln.

Die ersten Noten eines »Ave Maria« ertönten. Das musste der junge polnische Kaplan sein, der so gern Orgel spielte.

»Ich weiß scho, dass der Joe damals Mist baut hat«, fuhr sie fort. »Riesenmist sogar! Aber man kann sich doch ändern, oder ned? Auf so ein brünettes Flitscherl würd er heut nimmer reinfallen, des woaß i gwiss. Die Sofie fehlt ihm, das sieht a Blinder am Krückstock. Und die Sofie, die kriegt immer so an stieren Blick, wenns seinen Namen hört – heut noch. Da ist es doch meine heilige Pflicht, die beiden wieder zusammenzubringen.«

Inzwischen erfüllte der Klang der Orgel das ganze Kirchenschiff.

»Hilf mir, heilige Muttergottes!«, flüsterte Vroni. »Normalerweis belästige ich dich ja ned mit meine Probleme, sondern bet brav zur heiligen Barbara für die schwierigen Fälle und zum heiligen Pantaleon, der für die Ärzte zuständig is. Aber das heut Abend, das is Chefinnensache. Ich mach mei Brathendl und den Kartoffelsalat, den sie alle zwoa so gern essen – und den Rest leg ich in deine Hände. Abgemacht?«

Vroni hielt inne, als sie Schritte hörte.

»Frau Ilmberger«, trompetete eine schrille Frauenstimme. »Und wieder so andächtig im Gebet!«

Die blonde Lachnerin von der Hausnummer sechs! Nur weil der ihr Mann im ganzen Viertel mit seinem geleasten Audi angab wie König Ludwig höchstpersönlich, bildete sie sich ein, was Besseres zu sein.

Vroni erhob sich abrupt.

»Müssens denn scho los?«, fragte die Lachnerin neugierig. »Sonst hätten wir ja später gemeinsam heimgehen können.«

Den steilen Gebsattelberg vom Stadtviertel Au hinauf, der sie ohnehin immer zum Schnaufen brachte, an der Seite dieser Quadratratschn! Da konnte Vroni sich weiß Gott Schöneres vorstellen.

»Koa Zeit, koa Zeit«, murmelte sie und schob sich an der Frau vorbei.

Natürlich zündete sie noch schnell zwei Kerzen an, um ihren Wunsch zu bekräftigen. Doch als sie zahlen wollte, bemerkte sie, dass sie das Portemonnaie wohl daheim auf dem Küchentisch hatte liegen lassen.

Zum Glück fanden sich in der rechten Jackentasche zwei Euro, die sie erleichtert in den Opferstock warf. Mit einer Kniebeuge in Richtung Altar und einem hastigen Kreuzzeichen verabschiedete Vroni sich nach draußen.

Noch roch die Morgenluft auf dem Mariahilfplatz wie frisch gewaschen, doch das würde sich rasch ändern, sobald die ersten Steckerlfische brieten und das Aroma von Bier und gebrannten Mandeln dazukam. Ein paar erste Besucher der Maidult waren unterwegs, beileibe noch kein Geschiebe und Gedränge wie am späten Nachmittag, wenn Menschentrauben sich vor den Ständen ballten. Wie gern hätte Vroni sich ausgiebig in der Antiquitätengasse umgeschaut, wo gebrauchte Bücher zu Spottpreisen verkauft wurden, wenn man den richtigen Blick dafür hatte – aber was sollte sie da ohne Geld?

Außerdem zerrann ihr die Zeit unter den Händen.

Was hatte sie heute noch alles zu erledigen, bevor es Abend wurde und sie ihr Vorhaben endlich in die Wirklichkeit umsetzen konnte!

Sie war schon halb am großen Geschirrstand vorbei, als sie plötzlich innehielt. Aus genau so einem blauen Haferl hatte die kleine Sofie früher ihren Kaba getrunken!

Vroni nahm die bauchige Tasse prüfend in die Hand.

»Siebenfünfzig«, sagte die stämmige Standlfrau. »Garantiert handgemacht.«

»Hab mein Geld leider dahoam vergessen …«

Dennoch fuhr Vronis Hand in die linke Jackentasche – und zog einen verknitterten Fünfeuroschein hervor, der zuvor garantiert nicht drin gewesen war.

»Mehr hab i ned.«

»Passt scho.« Die Frau wickelte das Haferl in Zeitungspapier. »Weils heut meine erste Kundin sind.«

Merci, Gottesmutter, dachte Vroni. Merci! Wenn der Rest heut Abend auch so gut klappt …

5

Und aus die Maus …

Der Blick auf die Stadt traf sie wie ein Schlag.

Wie hatte sie all das vermisst!

Die ersten Strahlen der Frühlingssonne tauchten die Silhouette Münchens in ein gleißendes Licht. Zwischen den zahllosen Kirchen und Kirchlein ragten selbstbewusst die beiden wuchtigen Türme des Doms empor, die die Konkurrenz mit den wenigen protzigen Hochhäusern nicht zu scheuen brauchten. Als ob sie wüssten, dass in der Münchner Innenstadt immer noch die Frauenkirche den Ton angab und die zulässige Bauhöhe diktierte. Sogar die sonst so hässliche steinern-graue Anlage des Sendlinger Heizkraftwerks im Süden leuchtete heute wie ein silbern schimmerndes Zauberschloss verheißungsvoll über der Isar auf und sandte aus ihrem riesigen Kamin ein paar dunstige Rauchwölkchen als zarten Willkommensgruß …

Magisch.

Sofie blinzelte glückselig, atmete tief durch und brachte das Fahrrad kurz zum Stehen.

»Ja, bist jetzt du narrisch, oder was? Als obs keine Augen im Kopf hätt, die Trutschn, die damische!«

Eine bärbeißige Männerstimme holte Sofie unsanft in die Wirklichkeit zurück. Entschuldigend drehte sie sich zu dem

Schnauzbart um, der sich mit verschränkten Armen hinter ihr aufbaute.

»Einen so schönen Morgen muss man doch einfach genießen. Oder?«

Säuerlich murmelte der Mann etwas von »sentimentalen Weibsbildern«, als auch ihn einer dieser orangegoldenen Strahlen traf. Blinzelnd warf er einen erstaunten Blick auf das überwältigend schöne Panorama zu seinen Füßen. Verlegen kratzte er sich am Kopf.

»Geh, rutsch mir doch den Buckel runter!«

Dann machte er sich, nun vergnügt pfeifend, davon, ohne Sofie eines weiteren Blickes zu würdigen.

Die sah ihm amüsiert nach. Die Giesinger halt. Meister im Granteln. Stolz. Und inwendig dann doch weicher, als ihnen lieb war.

Grinsend schwang auch sie sich wieder auf ihr altes Herrenrad.

Wer behauptete, München sei flach wie ein Brotzeitbrett, war garantiert noch nie das Isarhochufer entlanggegangen. An der Heilig-Kreuz-Kirche in Obergiesing begann nämlich die Traumstrecke eines jeden Radlfahrers – allerdings nur für den, der sich bergab auf den Weg in die Innenstadt machte. Den Giesinger Berg in aller Früh hinunterzusausen, ohne ein einziges Mal in die Pedale steigen zu müssen, war für Sofie schon immer ein Hochgenuss gewesen. Mit etwas Glück konnte man sich bis weit in die Humboldtstraße tragen lassen.

Punktgenau landete Sofie mit geröteten Wangen und blitzenden Augen vor ihrem altvertrauten Stehbäcker. Nachdem auch ihre Espressomaschine in den Untiefen irgendeines Umzugskartons ruhte – vermutlich in direkter Nachbarschaft zu ihren Hosen –, wollte sie sich noch schnell einen Milchkaffee gönnen wie in alten Zeiten.

Stirnrunzelnd musterte sie das junge, erschreckend bleiche Mädchen im hochgezogenen dunklen Hoodie, das vor ihr in der Reihe mit verhaltener Stimme einen Latte zum Mitnehmen bestellte.

Was war denn mit der los?

Als ob sie dem Leibhaftigen persönlich begegnet wäre!

»Da schau her, die Sofie Rosenhuth! Dass man dich auch amal wieder sieht!«

Die familiäre Begrüßung durch die alte Sengmeierin ließ Sofie die seltsame Begegnung schnell vergessen.

»Bist jetzt wieder bei uns in der Gendarmerie an der Chiemgaustraß, oder was treibst allawei?«

Mit dem Gedächtnis der alten Frau ging es offensichtlich bergab. Wie oft hatte Sofie noch vor ihrer Abreise nach Berlin versucht, der verrunzelten Bäckerin klarzumachen, dass sie die Uniform einer Streifenpolizistin längst gegen einen Medizinerkittel ausgetauscht hatte. Aber keine Chance. Seit Sofie vor acht Jahren den Einbruch in der Bäckerei aufgeklärt hatte, war sie eine Heldin in Froschgrün – zumindest in der kleinen Welt von Genoveva Sengmeier.

Auch in anderer Hinsicht schien die Zeit für die alte Dame stehen geblieben zu sein.

»Und wie gehts dahoam? Was macht die Vroni? Und der Joe?«

Sofie schluckte. Ob es ihr passte oder nicht, die Begegnung mit Letzterem würde ihr sowieso demnächst ins Haus stehen. Aber heute wollte sie von diesem Namen – und dessen Träger – bitte erst mal verschont bleiben.

Hastig legte sie ein paar Münzen auf die Theke und griff nach dem Pappbecher mit frisch gebrühtem Milchkaffee, auch wenn sie sich dabei fast die Finger verbrannte. Hauptsache: weg!

»Alles bestens. Danke, Frau Sengmeier.«

»Dann grüß recht schön! Und lass dich wieder blicken, hörst?«

»Mach ich! Pfiat Eahna!«

Sofie drückte einen Plastikdeckel auf den Pappbecher, verstaute ihn in ihrem Fahrradkorb und sah zu, dass sie davonkam. Wenn sie sich ranhielt, konnte sie es vielleicht gerade noch schaffen, sich wenigstens für ein paar Minuten an die Isar zu setzen und in Ruhe ihren Kaffee zu trinken.

Doch manchmal meint das Schicksal es eben anders …

Kurz vor der Wittelsbacherbrücke wechselte Sofie den Gang – und trat plötzlich ins Leere.

Na, servus. Mal wieder. Wie in alten Zeiten.

Sofie schnaubte. Von einer rausgesprungenen Fahrradkette würde sie sich ihre gute Laune nicht verderben lassen.

Oder doch?

Und warum sonst musste sie ausgerechnet jetzt und heute beim Absteigen auch noch in einen würzig dampfenden Hundehaufen steigen?

Leicht verdrossen schob Sofie ihr Fahrrad zu dem verwaisten Spielplatz in der Nähe, setzte sich auf eine Bank und kramte den Pappbecher hervor. Sie nahm einen Schluck und versuchte, ihre Schuhe notdürftig im Gras zu reinigen. Dann begutachtete sie stirnrunzelnd ihr Rad.

Ein Papiertaschentuch wäre jetzt nicht schlecht gewesen. Tante Vroni lag ihr damit ja immer in den Ohren, ohne Rücksicht auf die Tatsache, dass ihre süße kleine Nichte inzwischen stramm auf die vierzig zuging.

Egal. Jetzt musste es eben ohne gehen.

Ächzend stellte Sofie das Fahrrad auf den Kopf und fädelte die ölverschmierte Kette geschickt wieder ein. Na bitte. Ging doch! Und ganz ohne männliche Hilfe. Joe hätte Augen gemacht.

Sofie stutzte und verzog grinsend das Gesicht. Höchste Zeit, diesen lästigen Floh, den die Sengmeierin ihr ohne böse Absicht ins Ohr gesetzt hatte, schleunigst wieder loszuwerden! Nachdenklich leerte sie den Becher und ließ dabei den Blick über den Spielplatz schweifen: Hier hatten Manu und sie sich früher am Nachmittag immer getroffen. Erst waren es Sandschaufeln und Eimerchen gewesen, die sie miteinander austauschten, später Barbiepuppen, irgendwann dann lebenswichtige Mädelsgeheimnisse. Hier hatten sie ihre erste Zigarette geraucht und schleunigst wieder die Finger davon gelassen. Hier hatte Manu ihr die Liebesbriefchen ihres Bruders Joe übergeben – und Jahre später bittere Vorwürfe gemacht, als Sofie unter die Ehe mit ihm einen Schlussstrich zog.

Joe, Joe, Joe. Auf Schritt und Tritt!

Als ob sie nichts Besseres zu tun hatte, als ausgerechnet jetzt nach dem Debakel in Berlin an diesen elenden Hallodri zu denken. Männer konnten ihr fürs Erste so was von gestohlen bleiben!

Entschlossen machte sie sich auf den Weg zum Mülleimer, um den Pappbecher zu entsorgen und dann endgültig Richtung Nußbaumstraße aufzubrechen. Da entdeckte sie ein kleines, dunkles Etwas unter der Bank neben dem Sandkasten.

Ein Mauskadaver. Und noch äußerst frisch, wie Sofies geschultes Auge auf den ersten Blick erkannte. Was hatte so was auf einem Kinderspielplatz verloren? Suchend blickte Sofie sich um. Ab sofort würde sie nie mehr ohne Taschentücher aus dem Haus gehen, das versprach sie sich im Stillen. Doch für jetzt musste eine andere Lösung her.

Sie blickte auf den leeren Becher in ihrer Hand. Natürlich!

Vorsichtig schaufelte sie den reglosen Körper in den Becher, um ihn zu entsorgen. Dabei musterte sie ihn genauer.

Irgendwas stimmte da ganz und gar nicht!

Sofie wurde hellwach – was sicher nicht am Milchkaffee lag. Keine Spuren von Gewalteinwirkung, dafür dieser eigenartig verkrümmte Körper und der rosa Schaum vor dem Maul – typische Anzeichen für …

Grinsend schüttelte sie den Kopf über sich selbst und setzte erneut ihren Weg Richtung Mülleimer fort. So ein Schmarrn! Das hier war eine tote Maus. Nichts weiter. Wahrscheinlich vergiftet.

Und aus die Maus.

Aber eben das machte Sofie stutzig. Was hatte ein vergiftetes Kleintier auf einem Spielplatz zu suchen? Sie drehte um, stellte den Becher ab und begutachtete die Stelle, an der sie die Maus gefunden hatte. Regel Nummer eins: sorgfältige Sicherung des Tatorts und Sichtung auf Spuren.

In diesem Fall allerdings Fehlanzeige. Nur etwas weiter entfernt entdeckte sie neben einer rosa Sandschaufel und einem achtlos weggeworfenen, metallisch glänzenden Bonbonpapier die Abdrücke von Turnschuhen, vermutlich Größe 38.

Damenschuhe also.

Sofie presste die Lippen zusammen. Na super, Frau Dr. Rosenhuth. Was auch sonst würde man denn auf einem Spielplatz erwarten? Außer Spielzeug, dem üblichen Müll einer nachlässigen Wegwerfgesellschaft, Abdrücken von Kinderschuhen – und den Schuhen der dazugehörigen Mamis? Oder war dir die Bemerkung der alten Sengmeierin derart unter die Haut gegangen, dass dein früheres Polizistinnen-Ich mit einem Mal wieder an die Oberfläche ploppte?

Und wenn schon. Einmal Spürnase, immer Spürnase. Irgendwas war hier faul, da gab es kein Vertun. Sofie wusste, es war verrückt, aber fürs Erste würde sie das Mäuschen ins Institut mitnehmen und dort irgendwo kühlen, bis sich eine Gelegenheit ergab, den Kadaver genauer unter die Lupe zu nehmen.

Das Institut! Himmel! Jetzt wurde es aber langsam knapp. Ausgerechnet an ihrem ersten Tag wollte Sofie nicht zu spät kommen.

Hastig wickelte sie eine auf der Bank liegen gebliebene Morgenzeitung um den Pappbecher, stopfte das Ganze in ihren Rucksack und radelte los.

Beinahe hätte sie bei ihrem hastigen Aufbruch einen Jogger umgefahren. Mit einem atemlosen »Sorry« hastete sie weiter. Stirnrunzelnd sah der Mann ihr durch seine verspiegelte Sonnenbrille nach, dann pfiff er nach seinem Schäferhund und setzte seinen Weg fort.

6

Müllreif

Kaum waren die beiden Sanitäter mit Vanessa in der Notaufnahme der Kinderklinik angelangt, brach Hektik aus. Der junge Assistenzarzt, ein smarter Endzwanziger, der die Eingangsuntersuchung vornahm, wurde noch blasser.

»Sieht nicht gut aus«, murmelte er und betätigte seinen Piepser. »Gar nicht gut! Das muss sich unbedingt der Kollege ansehen ...«

Ein älterer Arzt stürzte herbei, ein zweiter folgte. Es war Dr. Sonner, seit Jahren Oberarzt an der Haunerschen, wie er sich vorstellte.

»Was ist mit meiner Tochter?« Katrins Stimme war dünn geworden. »Was hat sie denn? Sie wird doch wieder ganz gesund?«

»Wir tun alles, was in unserer Macht steht«, versicherte Dr. Sonner. »Aber als Erstes müssen wir herausfinden, was zu dem Zustand Ihrer Tochter geführt hat – und das kann dauern. Sie helfen ihr jetzt am meisten, wenn Sie die Nerven behalten. Warum gehen Sie nicht einfach nach Hause, lassen uns unsere Arbeit tun und warten ...«

»Nach Hause?«, fuhr Katrin ihn an, das Gesicht leichenblass, die Haare zerzaust. »Ja, was denken Sie denn? Nicht einen

Schritt mach ich, bis ich weiß, was mit meinem Kind ist. Und meinen Mann, den hol ich jetzt auch her. Nicht dass Sie glauben, Sie können mit mir umspringen, wie Sie wollen!«

Hektisch tippte sie auf ihrem Handy herum.

»Komm so schnell du kannst, Sebastian.« Sie begann zu schluchzen. »Ja, ich weiß, die Baustelle ... Aber es is was Schreckliches passiert. Nessie liegt in der Haunerschen Kinderklinik – bewusstlos. Nein, weiß ich nicht. Noch nicht. Aber ich hab solche Angst!«

Inzwischen wurde Vanessa herausgerollt. Niemandem fiel auf, dass ihre rechte Hand sich öffnete und ein zusammengeknülltes Foto zu Boden fiel.

»Wo bringen Sie sie hin?«, fragte Katrin.

»Auf die Intensivstation.« Dr. Sonner sprach langsam und freundlich. »Dort können wir ihr besser helfen.«

»Ich komm mit!« Katrin packte ihre Handtasche fester.

»Das können Sie gern, Frau ...« Sein Blick flog über die Unterlagen. »Frau Füracker. Allerdings nur bis vor die Tür. Das werden Sie sicher verstehen ...«

»Gar nix versteh ich«, schluchzte Katrin. »Nur, dass meine Nessie in großer Gefahr is. Ich bin ihre Mama – verstehens des ned? Ich hab ein Recht darauf zu erfahren, was Sie mit ihr anstellen.«

Sie quetschte sich neben die Trage, bis sie vor dem Lift angekommen waren, und blieb auch in der Aufzugskabine neben Vanessa stehen. Beim Verlassen ließ sie die Tochter nicht aus den Augen.

Die Türen zur Intensivstation öffneten sich. Ein junger Pfleger versperrte Katrin den Weg.

»Ich muss da mit rein!«, rief sie empört.

»Frau Füracker«, sagte Dr. Sonner väterlich. »Wir tun alles, was wir können, glauben Sie mir! Kommen Sie erst mal zur Ruhe! Ihr Kind braucht uns jetzt dringend.«

Die Türen schlossen sich.

Katrin sank auf den hässlichen beigen Plastikstuhl und weinte hemmungslos. Wenn sie Nessies Wunsch doch nur nicht nachgegeben hätte! Dann wäre das Mädchen jetzt im Kindergarten bei seinen Freunden, unversehrt und putzmunter.

Ihre verdammte Inkonsequenz – das hatte sie jetzt davon.

Sebastian würde einen Granatenwutanfall bekommen, wenn er erfuhr, wie das passiert war, und ihr wie immer die Schuld an allem geben. Aber selbst wenn: Sie wollte nur noch, dass er endlich bei ihr war und sie in die Arme nahm, bevor sie endgültig den Verstand verlor …

Zwei weitere Weißkittel kamen angerannt.

»Magen auspumpen«, schnappte Katrin auf, als die Türen aufgingen. Die Ärzte machten betretene Gesichter. »Dann wissen wir mehr. Und jemand soll gleich mal bei der Tox anrufen. Die Kollegen von der Rechtsmedizin müssen unbedingt …« Schon schlossen sich die Türen wieder.

Das Warten auf ihren Mann kam Katrin endlos vor. Einmal watschelte eine stämmige Frau den Gang entlang, einen großen Plastiksack im Putzwagen eingehängt. Ganz obenauf lag das zerknüllte Foto aus der Notaufnahme. Blicklos starrte Katrin einen Moment darauf, ohne irgendetwas zu erkennen.

Schließlich hörte sie, wie der Lift stoppte und die Tür aufging. Sebastian Füracker kam mit großen Schritten angerannt. Sein hageres Gesicht war zornesrot.

»Wo ist Nessie?«, rief er. »Was ist mit ihr? Warum hast ned besser auf meine Prinzessin aufpasst?«

7

George

War das etwa George Clooney, der da vor dem Eingang in der Nußbaumstraße stand?

Nein, natürlich nicht. Aber auf den ersten Blick sahen Joe und er sich wirklich zum Verwechseln ähnlich: die gleichen grau melierten Haare, die gleiche athletische Statur, den gleichen amüsierten Blick in den sanften, dunkelbraunen Augen, in denen man sich verlieren konnte und nie wieder auftauchen wollte …

Damals, vor über zehn Jahren, als Sofie und Joe gemeinsam das Gelände bei einer Kinopremiere im Gloria-Filmpalast sichern sollten, hatte die kreischende Menge sich derart auf Joe gestürzt, dass Sofie umgehend Verstärkung bei den Kollegen anfordern musste. Clooneys eigentlicher Auftritt hatte dann fast niemanden mehr interessiert, zumindest nicht die Fans auf der Straße.

George! Mitten unter ihnen! In der Uniform eines bayerischen Polizisten!

Noch Tage später war dieser vermeintliche PR-Gag *das* Thema in den Münchner Gazetten, und irgendwelche halbseidenen Agenten, Zeitungsfritzen und Fernsehleute rannten Joe und Sofie förmlich die Bude ein, um George Clooneys perfektes

Double abzuwerben – »Hollywood ruft nach Ihnen, Herr Lederer!« – oder zumindest ein Interview mit diesem erstaunlich gut aussehenden Polizisten zu bekommen. Allen voran diese aufgebrezelte blonde Schnepfe mit den endlos langen Beinen, den perfekt manikürten Fingernägeln und dem Schlafzimmerblick, die Joe beim Abschied gleich noch ihre private Telefonnummer aufgeschrieben und vertraulich in die Hand gedrückt hatte …

Damals hatten Sofie und Joe herzhaft über das ganze Remmidemmi gelacht. Damals. Als sie Joe dann allerdings mit diesem brünetten Blunsenbummerl von der Verwaltung im LKA ein paar Jahre später in ihrem gemeinsamen Ehebett erwischte, war Sofie das Lachen endgültig vergangen.

Zumal es nicht das erste Mal gewesen war, dass ihr Göttergatte anderweitig gegrast hatte. Immer wieder hatte er geschworen, es würde nicht mehr vorkommen. Immer wieder hatte er ihr versichert, dass sie die Einzige in seinem Herzen sei. Und wenn – was war mit dem ganzen Rest? Trotzdem hatte sie ihm stets aufs Neue geglaubt und fünf gerade sein lassen, auch wenn es schwerfiel.

Bis zu jenem einen Abend. Da hatte es ihr ein für alle Mal den Vogel rausgehauen, und sie hatte unter ihre Ehe einen Schlussstrich gezogen.

Seitdem hatte sie Joe nicht mehr gesehen. Zum Glück konnte man sich ja inzwischen scheiden lassen, ohne sich noch mal begegnen zu müssen.

Und jetzt stand ein paar Meter entfernt ihr Ex vor dem Institut für Rechtsmedizin und wandte ihr den Rücken zu!

Natürlich war damit zu rechnen gewesen – hier gingen nun mal naturgemäß ständig irgendwelche Kriminaler ein und aus.

Aber ausgerechnet gleich jetzt und heute?

Sofie seufzte.

George wäre ihr weitaus lieber gewesen. Aber es half ja nix. Sie atmete tief durch, sperrte ihr Fahrrad ab und steuerte energisch auf den Eingang zu. Augen zu und durch!

»Joe?«

Verdutzt drehte der Mann sich um und musterte Sofie aufmerksam von oben bis unten. Dann lächelte er sie an, wobei er eine Reihe nikotingelber, schadhafter Zähne entblößte. Und auch sonst hatte der Typ bei näherem Hinsehen weder mit George noch mit Joe große Ähnlichkeit. Die beiden wären ihr wohl aufs Dach gestiegen, wenn sie Wind davon bekommen hätten, dass sie diesen Kerl auch nur für einen Moment mit ihnen verwechselt hatte. Im Stillen leistete Sofie Abbitte – bei George natürlich. Nicht bei Joe.

»'tschuldigung. Hab Sie mit jemandem verwechselt.«

»Kein Problem. Ich muss hier warten. Wollen Sie mir nicht Gesellschaft leisten?«

Das wär ja noch schöner gewesen. Was bildete der sich eigentlich ein?

»Sorry. Ich hab's eilig.«

Kopfschüttelnd hastete Sofie die Treppe hoch, stieß die verglaste Tür auf und wandte sich an den rundlichen Pförtner, der in seinem gläsernen Kabuff in eine Zeitung vertieft war.

»Mein Name ist Rosenhuth. Ich bin die neue Rechtsmedizinerin.«

Sichtlich ungern unterbrach der Mann seine Lektüre und musterte Sofie stirnrunzelnd.

Was hatten die nur alle? Stimmte etwas nicht mit ihr?

»Des kann ja jeder sagen. Habens des schriftlich?«

Hektisch kramte Sofie aus ihrer Jacke den Ausweis und das Schreiben von Paungger hervor und reichte dem Mann beides durch den schmalen Schlitz am unteren Ende der Glasscheibe.

Der Pförtner studierte die Unterlagen sorgfältig, dann gab er sie schnaufend zurück. »Gehens am besten gleich durch zu Dr. Falk. Untergeschoss, dritte Tür rechts.«

»Danke!«

Mehr als ein Kopfschütteln in Sofies Richtung war allerdings nicht drin. Stumm wandte der Mann sich wieder seiner Zeitung zu.

Auch gut. Sofie hatte es jetzt sowieso eilig. Schon fünf nach zehn!

Sie raste die Treppe runter.

Peinlich saubere Flure, grauer Steinfußboden, geflieste Wände, alles wie geschleckt. Fast wie im Krankenhaus. Wenn da nicht dieser unverwechselbare, leicht süßliche Geruch nach Formalin gewesen wäre, der zu Sofies Studienzeiten bei dem ein oder anderen Mitstudenten schon mal für einen Kreislaufkollaps gesorgt hatte. Sofie allerdings hatte sich von Anfang an resistent gezeigt. Zu stark war ihr Interesse an diesem Fach gewesen, als Medizinerin, vor allem aber als Polizistin.

Aufklärung eines Gewaltverbrechens oder Tötungsfalls ohne die Hilfe eines Rechtsmediziners? Undenkbar.

Auch der tragische Tod ihrer Eltern wäre ohne die Erkenntnisse des alten Paungger, der damals die Leichen der beiden obduziert hatte, mit dem Vermerk »tödlicher Verkehrsunfall ohne Fremdverschulden« als Staubfänger auf ewig in den Akten gelandet.

Vielleicht war das damals der ausschlaggebende Punkt dafür gewesen, dass Sofie sich mit ihrer täglichen Routine als Polizistin nicht zufriedengegeben und erst das Abitur, dann das aufwendige Medizinstudium nachgeschoben hatte.

Vielleicht hatte auch genau das zum Scheitern ihrer Ehe mit Joe beigetragen. Ihren Traummann hatte sie zwar immer noch nicht gefunden – falls es so etwas überhaupt gab. Dafür aber ihren Traumberuf. Und noch war nicht aller Tage Abend …

Inzwischen war Sofie vor dem Zimmer angekommen, in dem laut Namensschild Dr. Falk residierte.

Sofie räusperte sich und klopfte an.

Keine Reaktion.

Sie klopfte erneut. Diesmal energischer.

Die Tür öffnete sich. Ein blonder Engel erschien im Türrahmen und warf Sofie einen eiskalten Blick aus stahlblauen Augen zu.

»Sind Sie die Aushilfe vom Fahrradkurier?«

Von wegen blonder Engel. War diese tiefgekühlte perfekte Hülle vor ihr etwa die neue Kollegin?

Na, prost Mahlzeit!

Sofie nahm schnell den Helm ab, klemmte ihn sich unter den Arm, setzte ihr freundlichstes Lächeln auf und verneinte kopfschüttelnd.

»Mein Name ist Sofie Rosenhuth. Ich komme auf Empfehlung von Professor Paungger. Freut mich, Sie kennenzulernen!«

Doch Sofies ausgestreckte Hand landete im Leeren. Stattdessen verschränkte Dr. Falk die Arme und musterte Sofie naserümpfend.

»Ach. *Sie* sind also die Neue aus Berlin? Sie sind zehn Minuten zu spät. Das ist Ihnen hoffentlich klar, Frau – Kollegin?« Sie schnupperte angewidert. »Ich weiß nicht, wie Sie das in Berlin gehandhabt haben – hier in München erwarten wir dann doch etwas mehr Sauberkeit. Nur zu Ihrer Information.«

Verdutzt sah Sofie an sich herab. Auf ihrer alten Jeans prangten überall schwarze Ölflecken. Offensichtlich hatte sie beim Reparieren der Fahrradkette ihre Hände an der Hose abgewischt, ohne es zu bemerken. Und die Reste des Hundehaufens vollständig von ihren Schuhen zu entfernen war ihr wohl auch nicht gelungen. Alles in allem nicht gerade die passende Aufmachung für ein Entree.

»Tut mir leid. Ich – hatte eine kleine Panne auf dem Weg hierher. So was passiert einem ja meistens dann, wenn man's am wenigsten braucht. Kennen Sie sicher auch.«

Dr. Falk blieb stumm. Doch ein Blick in ihre Schlangenaugen sprach Bände. Nein, diesem vollkommenen Wesen waren solche und andere Missgeschicke gänzlich unbekannt.

Sofie schluckte und schaute auf den Helm unter ihrem Arm.

»Professor Paungger hat mir erzählt, dass Sie hier dringend Verstärkung brauchen. Wenn Sie mir kurz zeigen, wo ich meinen Kram deponieren kann, leg ich gern gleich los.«

Dr. Falk löste sich eher widerwillig aus dem Türrahmen.

»Na schön. Ich hoffe, Sie legen bei der Arbeit mehr Geschick an den Tag. Wenn Sie mir folgen wollen …«

Sie stöckelte los – besser gesagt, sie balancierte auf flaschengrünen High Heels an den schmalen Füßen und näherte sich mit atemberaubendem Hüftschwung den metallenen Wandschränken am Ende des Gangs.

Missmutig zückte sie einen Schlüsselbund, öffnete einen der Spinde und zog einen grünen Kittel hervor.

»Hier. Der müsste Ihnen passen.«

Sofie warf einen stirnrunzelnden Blick auf das sackförmige Kleidungsstück. Bei einem Vogelscheuchenwettbewerb würde sie damit garantiert den ersten Preis absahnen. Der Kittel ihrer werten Kollegin saß hingegen wie maßgeschneiderte Haute Couture.

Dr. Falk übergab ihr den Schlüssel. Schnell verstaute Sofie Helm und Rucksack im Spind.

Mein Gott! Die Maus! Ihre reizende Kollegin würde Sofie in

ihr Geheimnis nicht einweihen können, das war inzwischen klar. Nach dem ersten Rundgang würde sich aber hoffentlich eine Gelegenheit bieten, die kleine Leiche irgendwo heimlich zu kühlen, bis sie sie genauer begutachten konnte.

Inzwischen war Dr. Falk weitergeschwebt und deutete nun nachlässig auf einen Raum zu ihrer Linken.

»Das hier ist unsere Teeküche. Und hinter dieser Tür …«, sie deutete auf eine Doppeltür, »… befinden sich unsere Sektionsräume, Kühlräume und so weiter. Dürfte Ihnen ja alles bekannt sein.«

Sofie nickte. »Was ist mit dem Labor?«

Die Kollegin hob abschätzig die Brauen. »Tox, Histologie, DNA und so weiter sind in den oberen Stockwerken. Für Sie im Moment aber viel wichtiger ist dieser Raum hier.« Sie zückte einen weiteren Schlüssel und sperrte eine Tür zu ihrer Rechten auf. »Das ist in Zukunft Ihr Arbeitsplatz.«

Kritisch beäugte Sofie den winzigen Raum mit dem ebenso winzigen Seitenfenster, durch das sich ein schüchterner Sonnenstrahl verirrte und den Staub auf dem vorsintflutlichen PC zum Aufleuchten brachte. Was hatte sie auch erwartet? Die Gelder zur Finanzierung der Institute für Rechtsmedizin wurden bundesweit immer drastischer gekürzt. Das war in Berlin nicht anders als in Bayern.

Ebenso verstaubt wie die gesamte mickrige Einrichtung war auch das klapprige lebensgroße Skelett in der Ecke, das Sofie aus leeren Augenhöhlen entgegengrinste. Eindeutig ein männliches Exemplar, wie ihr ein kurzer Blick auf die Beckenknochen bestätigte. Der Bursche fristete in dieser Rumpelkammer ganz offensichtlich sein Gnadenbrot.

»Wir haben inzwischen ein besseres Modell im Haus, mit Muskelmarkierungen und Bandapparat. Die Studenten kommen ja manchmal mit den absurdesten Fragen. Von mir aus können Sie das Ding entsorgen. Es sei denn, Sie haben Hamlet-Ambitionen.«

Sofie schüttelte nachdenklich den Kopf. Etwas Gesellschaft, und sei es auch nur die eines stummen Knochenmanns, würde ihr zum Einstieg wahrscheinlich ganz guttun. Vor allem angesichts der bedrohlich riesigen Stapel an Unterlagen, die sich auf dem Schreibtisch häuften.

Dr. Falk schien ihre Gedanken zu erraten.

»Wie Sie meinen. Viel Platz werden Sie ohnehin nicht brauchen. Wir sind in Sachen Gerichtsgutachten etwas hinterher. Ich hoffe, Sie sind fit am PC.«

Das böse Wörtchen »wenigstens« schwang unhörbar in Dr. Falks letztem Satz mit.

Sofie unterdrückte ein Seufzen und nickte. Die geborene Schreibtischtäterin war sie nicht gerade. Aber gut. Auch das gehörte eben zu ihrem Job. Ihre Zeit am Seziertisch und im Labor würde schon noch kommen.

»Wenn Sie mich jetzt entschuldigen – ich habe noch eine Menge zu tun. Sie finden sich ja sicher fürs Erste allein zurecht.«

Dr. Falk entschwand. Endlich!

Sofie zwinkerte ihrem stummen neuen Freund in der Ecke kurz zu.

George. So würde sie ihn nennen!

Dann raste sie zu ihrem Spind, fingerte den in Zeitung eingeschlagenen Pappbecher aus dem Rucksack und schlug den Weg Richtung Teeküche ein. Das Allerheiligste, die Sektionsräume und das Labor, hatte die Kollegin ihr für heute vorenthalten. Dann musste es eben auch so gehen.

Sofie betrat die Teeküche und öffnete den Kühlschrank. Keine der üblichen Fertigsuppen, H-Milch-Tüten und Joghurts, nur gähnende Leere. Bis auf ein paar teure Nagellacke von Chanel und eine noch ungeöffnete Flasche Champagner.

Umso besser. Dann würde das Tiefkühlfach auch nicht mit irgendwelchen Pizzas besetzt sein!

Bingo.

Schnell schob Sofie den Becher in das Fach und schloss die Tür, denn schon hörte sie die frostige Stimme ihrer neuen Kollegin im Rücken.

»Dachte ich mir, dass ich Sie hier finde. Mit Kaffee werden Sie sich allerdings selbst eindecken müssen. Ich trinke ausschließlich grünen Tee.«

Und Champagner, dachte Sofie, heimlich grinsend.

Dr. Falk musterte Sofie ohne den Anflug eines Lächelns und rieb ihr rechtes Handgelenk, das, wie Sofie jetzt erst bemerkte, eine lederne Manschette zierte. »Meine Sehnenscheidenentzündung macht leider wieder Zicken.«

Wie der ganze Rest von Frau Dr. Falk, fand Sofie. Trotzdem flog sie für eine Sekunde fast so etwas wie Mitleid an. Sezieren ist harte körperliche Arbeit, das wusste Sofie nur zu gut. Kein Wunder, dass sich auf diesem Teilgebiet der Rechtsmedizin nach wie vor lieber Männer tummelten. Aber mithilfe eines kräftigen Assistenten war das auch für eine Frau irgendwie zu schaffen.

»Herr Moosbichler, der mir sonst zur Seite steht, ist oben in der Tox gerade unabkömmlich«, fuhr die Falk gnadenlos fort, als ob sie Sofies Gedanken gelesen hätte. »Wenn Sie Ihr Päuschen also vielleicht unterbrechen und mir zur Hand gehen könnten?«

8

1:0 für Sofie

Vier Grad Celsius – die optimale Temperatur, um Zersetzungsprozesse von organischem Material auf natürliche Art und Weise zu verlangsamen. Ziemlich winterlich allerdings für lebende Menschen aus Fleisch und Blut.

Sofie fröstelte, als sie den rundum gefliesten Kühlraum betrat. Davor schützte auch der sackartige flaschengrüne Kittel, den sie hastig übergezogen hatte, nicht, geschweige denn Mundschutz, Haube, Überschuhe, Einmalschürze und die doppelten Gummihandschuhe.

In einem sogenannten offenen System werden die Leichen im Münchner Institut für Rechtsmedizin auf vier Etagen gelagert. Jeder dieser Körper ist in einen speziellen Leichenplastikbehälter gebettet, den man bei Bedarf einfach herausziehen kann.

Zumindest theoretisch.

»850 B«, erklang die frostige Stimme vom Eingang zum Kühlraum, deren Temperatur in etwa der des Raumes entsprach. »Wird ja wohl nicht so schwer sein, Frau Rosenhuth. Oder?«

Auf die Idee, mitzusuchen, kam die reizende Kollegin allerdings nicht. Sofie verkniff sich eine bissige Retourkutsche und musterte stattdessen die farbigen Zettel, die unter jedem der blütenweißen Leintücher herausragten. Männer und Frauen, Junge und Alte, auch Kinder. Der Tod macht vor keinem halt.

Mit einem Unterschied. Denn diejenigen, deren Körper hier in der Nußbaumstraße landete und die ihren Namen gegen eine mit einem Kürzel versehene anonyme Nummer eintauschten, waren eines nicht natürlichen, meist gewaltsamen Todes gestorben.

Endlich hatte Sofie Bahre Nummer 850 B gefunden und zog sie heraus.

Nun begann der anstrengende Teil, das Umwuchten der Leiche auf den Hubwagen, eigentlich Sache der Sektionsassistenten oder Präparatoren. Zum Glück hatte Sofie schon während ihres Studiums immer wieder mit Hand angelegt und kannte die nötigen Griffe aus dem Effeff.

Der Körper vor ihr war leicht – etwa fünfzig Kilo schwer, wie Sofie schätzte –, dennoch geriet sie trotz der arktischen Temperaturen ins Schwitzen.

Eine zierliche Hand glitt unter dem Leintuch heraus, faltig, verrunzelt, mit Pigmentflecken übersät. Offensichtlich die einer alten Frau. Sehr viel mehr würde Sofie gleich bei der Sektion erfahren – vor allem auch, warum der Körper der alten Dame hier war …

»Wollen Sie vor der Sektion noch ein Röntgenbild machen?«

»Viel zu aufwendig. Wir haben es hier ja nicht mit dem Opfer einer Messerstecherei oder eines Schusswechsels zu tun.« Dr. Falk wandte sich bereits um und steuerte den Sektionssaal an.

Achselzuckend folgte Sofie ihr mit dem Hubwagen.

Im Sektionssaal dann die gleiche Prozedur in umgekehrter Reihenfolge. Unter den kritischen Blicken ihrer Kollegin platzierte Sofie den Körper auf dem Seziertisch und bettete den Kopf behutsam auf die ebenfalls stählerne Nackenstütze.

»Na endlich. Dann können wir ja anfangen.«

Ihr Handwerk schien die Falk allerdings zu verstehen, das musste Sofie ihr lassen, auch wenn sie die äußere Besichtigung des Leichnams so lustlos ins Diktafon nuschelte, als sei es die reinste Zumutung.

Die Tote hieß Maria Hinterstoißer, 76 Jahre, 165 cm groß, 48,2 kg schwer, deutlich reduzierter Ernährungszustand. Der Hausarzt hatte zunächst Herzversagen attestiert; die besorgte Großnichte jedoch, die nicht an einen natürlichen Tod glaubte, hatte eine Sektion veranlasst.

»Totenstarre voll ausgeprägt ... In Projektion auf das hintere Scheitelbeindrittel links besteht eine 4,5 cm lange und bis 4 mm breite weißliche narbenartige Aufhellung der Haut ...«

Dr. Falk klang gelangweilt und hielt für einen Moment inne.

»Die Leute da draußen auf der Straße gucken alle eindeutig zu viel Tatort und CSI. Warum können die ihre verstorbenen Angehörigen nicht einfach still und würdig unter die Erde bringen?«

Sofie beugte sich vor, kniff die Augen zusammen und musterte den Körper vor ihr genauer. Dann räusperte sie sich.

»Deshalb vielleicht?« Sie deutete auf die Augenlider. »Sieht fast nach punktförmigen Einblutungen aus, auch in der Haut über den Jochbeinen ...«

Dr. Falk stutzte, gewann jedoch schnell ihre Fassung zurück.

»Und wenn schon«, zischte sie. »Das muss noch gar nichts heißen.«

Ein letzter Blick auf den verrunzelten Kopf mit den spärlichen weißen Haaren, und schon musterte die Falk die Halsregion.

»Mit dem Kopf wären wir ansonsten so weit durch, würde ich sagen.«

Doch Sofie hörte nur halb zu – irgendetwas ließ sie stutzen. Sie klappte die Unterlippe der vor ihnen liegenden Toten nach unten: tatsächlich …

»Und das hier? Vertrocknungen an den Lippen und kleine Einblutungen in den Lippenumschlagsfalten – seltsam. Finden Sie nicht auch, Frau Kollegin?«

»Miss Marple die Zweite, was?«, fauchte Dr. Falk. »Hab ich doch schon längst gesehen!«

Unaufhaltsam ratterte die Stimmung weiter in den Keller.

Hals, Brustkorb, Bauchdecke, äußeres Genitale, Analregion, äußere Inspektion der oberen und unteren Extremitäten sowie des Rückens. Alles ohne weitere auffällige Befunde. Ebenso die Sektion des Kopfes, die Sofie streng nach Lehrbuch als Nächstes durchführte.

Elke Falk hatte nichts zu beanstanden – was ihr sichtlich missfiel. Mit zusammengepressten Lippen reichte sie Sofie die Rippenschere.

»Wie ich's Ihnen gesagt habe. Völlig überflüssig, die ganze Aktion. Aber nachdem wir schon dabei sind … Wenigstens habe ich auf die Weise gleich mal Gelegenheit zu überprüfen, was man Ihnen in Berlin so alles beigebracht hat.«

Skeptisch blickte Sofie auf das Instrument in Falks Hand und griff stattdessen nach einem Skalpell. Kein schlechter Versuch, sie aufs Glatteis zu führen! Aber damit war die werte Kollegin bei ihr an die Falsche geraten.

»Vor Eröffnung der Brusthöhle würde ich doch gern noch eine Pneumothorax-Probe durchführen und mir die Lunge genauer ansehen, wenn Sie erlauben.«

Pneumothorax, ein akut auftretendes lebensbedrohliches Krankheitsbild, bei dem Luft zwischen Rippen- und Lungenfell gelangt und damit die Ausdehnung eines oder beider Lungenflügel behindert, ließ sich nur vor der eigentlichen inneren Begutachtung der Brusthöhle ausschließen. Waren Brustkorb und Rippen erst einmal durchtrennt, war eine Diagnose nicht mehr möglich. Daher zählte diese Probe zu den Routineuntersuchungen vor jeder Sektion.

Verkniffen biss die Falk sich auf die Lippen und nickte stumm.

Der Konter hatte offensichtlich gesessen.

Behutsam säbelte Sofie sich durch Haut und Muskulatur, bis der knöcherne Brustkorb sichtbar wurde.

Mit dem, was sie da sah, hatte sie allerdings auch nicht gerechnet. Verblüfft pfiff sie durch die Zähne.

»Bingo! Veränderungen am Skelettsystem. Links sind die Rippen zwei mit vier, rechts ebenso die Rippen zwei mit vier jeweils in der mittleren Schlüsselbeinlinie gebrochen.«

Irgendetwas in Dr. Falks so herablassender Miene verrutschte gänzlich. Hastig schob sie Sofie zur Seite und warf ebenfalls einen Blick auf den Brustkorb.

»Links mit deutlicher, rechts nur mit spärlicher Unterblutung. Schön, dass Ihnen das auch aufgefallen ist, Frau Kollegin«, schnappte sie und richtete sich wieder auf. Ihre Augen sprühten nun Blitze, eisblau, von einem feinen dunklen Ring umgeben.

Passt schon, dachte Sofie grinsend. Mithilfe eines Röntgenbildes, auf das die Kollegin ja ausdrücklich verzichtet hatte, wäre zumindest ein Verdacht auf diesen Befund von vornherein deutlich geworden. Aber bitte! Wenn die Falk meinte, bei ihr mit Stutenbissigkeit weiterzukommen, hatte sie sich jedenfalls geschnitten.

Tatsächlich gelang es Sofie, auch im weiteren Verlauf der Sektion den Mund zu halten. Die vollständige Erhebung des Knochenstatus anhand der entnommenen Brustorgane bestätigte das abschließende Ergebnis.

»Die in den Augenlid- und Bindehäuten sowie in der Mundschleimhaut feststellbaren Einblutungen und Vertrocknungen sowie die Einblutungen im Lungen- und Herzaußenfell sind als gravierendes Indiz für einen Erstickungsmechanismus zu werten. Gegebenenfalls können die Rippenfrakturen auch als zusätzliche Komponente hinsichtlich einer Thorax-Kompression interpretiert werden …«

Für einen Moment schien Elke Falks Stimme leicht zu zittern, als sie den endgültigen Befund ins Diktafon sprach. Von Nuscheln keine Spur mehr.

Aber natürlich auch kein einziges lobendes Wort zur erfolgreich gemeisterten Sektion und deren überraschenden Erkenntnissen.

Schlaue Großnichte, dachte Sofie, während sie aus ihrer Montur schlüpfte und sorgfältig die Hände reinigte. Von wegen Herzversagen! Stattdessen wieder mal einer jener Todesfälle, der in den Statistiken als »natürlich« durchgegangen wäre, hätte da nicht jemand die Augen aufgehabt. Damit landete die Akte Hinterstoißer, entgegen Falks Einschätzung, nicht in Ablage P, sondern war ab sofort Sache der Mordkommission – möglicherweise sogar eines gewissen Herrn Lederer. Sollte der sich mal hübsch die blendend weißen Zähne daran ausbeißen.

Hauptsache, er hielt sich auf Abstand.

Aufatmend steuerte Sofie die Teeküche an, um sich, wenn schon keinen Kaffee, so doch wenigstens ein Glas Wasser zu genehmigen, als sie erneut die ihr inzwischen nur allzu bekannte frostige Stimme im Nacken hörte.

»Bedaure, Frau Rosenhuth. Aber wie es aussieht, werden Sie Ihre Pause noch etwas verschieben müssen.«

Stirnrunzelnd drehte Sofie sich zu ihrer Kollegin um.

»Ich habe gerade einen Anruf von der Haunerschen Kinderklinik bekommen. Irgendeine akute Tox-Geschichte. Die Kollegen kommen da wohl nicht allein weiter. Peanuts, wenn Sie mich fragen. Außerdem bin ich hier bis über beide Ohren eingespannt, und ein Fahrradkurier kostet auch nur Geld. Holen Sie die Proben doch gleich selbst dort ab. Sind ja nur ein paar Schritte von hier.«

Ergeben stellte Sofie ihr Glas ab und bot dem eisblauen Iglu-Blick grinsend Paroli.

»Holen Sie die Proben doch *bitte* gleich selbst dort ab, Frau Kollegin. So viel Zeit muss sein. Und jetzt mach ich mich auf die Socken.«

9

Alles im Griff

Sofie hatte wie gewohnt aufs Fahrrad steigen wollen, um in die Haunersche Kinderklinik zu fahren, sich dann aber auf die alte Abkürzung besonnen, die sie früher so oft genommen hatte. Nur die Straße vor dem Institut für Rechtsmedizin überqueren, in das große Tor einbiegen, und sie war wieder in dem verwinkelten Areal angelangt, das die Lebenden von den Toten trennte. Rechts von ihr lag die Psychiatrie, dann kam das alte Mutterhaus der Barmherzigen Schwestern. Seit mehr als einem Jahrzehnt beherbergte es nun schon die Medizinische Bibliothek, in deren Lesesaal sie während des Studiums unzählige Stunden verbracht hatte.

Plötzlich war alles wieder so präsent, als sei es erst gestern gewesen: die vielen Abende, an denen sie abgekämpft und aufgedreht zugleich nach Hause gekommen war, um einen muffigen, wortkargen Ehemann vorzufinden, der offensichtlich immer weniger Lust hatte, sich ihre neuesten Erkenntnisse anzuhören – bis die Wohnung immer öfter dunkel gewesen und Joe erst in den frühen Morgenstunden mit einer ziemlichen Fahne zurückgekehrt war.

Sofie beschleunigte ihre Schritte.

Sie waren auseinander. Für immer. Und das war gut so!

Niemals wieder wollte sie diesen stechenden Schmerz spüren müssen, das hatte sie sich fest vorgenommen. Wahrscheinlich hatte die Beziehung zu Erik in Berlin sowieso nie eine echte Chance gehabt. Seit dem Bruch mit Joe war ihr Herz von einer dicken Schutzschicht eingehüllt, durch die so schnell keiner mehr kommen würde, so viel war gewiss.

Und generell: Wozu brauchte sie überhaupt einen Kerl?

Sie war wieder daheim, hatte eine schnuckelige Wohnung, ihre Tante Vroni – und die erste spannende Aufgabe.

Der Eingang zur Kinderklinik war frisch renoviert, und doch verströmte das altehrwürdige Gebäude den Charme des neunzehnten Jahrhunderts. Die Mauern waren massiv, die Räume hoch, und den gräulichen Bodenbelag, den auch neu angebrachte gelbe Seitenstreifen kaum weniger trist machten, mochten schon unzählige verzweifelte Eltern beschritten haben, die sich um ihre Kleinen sorgten.

Sofie wurde bereits von einem smarten, aber sichtlich nervösen Assistenzarzt erwartet.

»Ist die Kleine inzwischen wieder ansprechbar?«, fragte Sofie auf dem Weg zum Aufzug.

Der junge Kollege zuckte bedauernd mit den Schultern. »Leider nein. Alles ziemlich rätselhaft. Uns rennt die Zeit davon. Und dann sind da auch noch die Eltern des Mädchens, die uns im Nacken sitzen …«

Sie hatten kaum die Liftkabine verlassen, als sich ein Mann und eine Frau auf Sofie stürzten.

»Können Sie unserer Nessie endlich helfen?«, zeterte die Frau. Blondierte Strähnen hingen zerzaust um ihr hübsches, tränennasses Gesicht. »So kann des doch ned ewig weitergehen!«

»Ihr werdets alle eures Lebens nimmer froh, wenn des Madl nimmer aufwacht. Darauf könnts Gift nehmen!« Der Mann, offensichtlich der Vater des Mädchens, versperrte ihnen den Weg und ballte die Fäuste.

»Die Kollegen hier und ich werden tun, was wir können«, sagte Sofie beschwichtigend. »Verlassen Sie sich drauf! Ich bin Rechtsmedizinerin und …«

»A Gerichtsmedizinerin?«, brüllte er völlig außer sich. »Was soll jetzt des heißn? Habts ihr die Nessie etwa schon aufgegeben? Könnts es wohl gar nimmer erwarten, bis gstorbn is und bei euch auf dem Tisch landet, oder was?«

»Jetzt beruhigen Sie sich doch bitte wieder! Ich bin Rechtsmedizinerin und keine Pathologin.«

»Und? Was macht des für an Unterschied? Aasgeier seids ihr doch trotzdem alle miteinand!«

Sofie schluckte. Das alte Missverständnis, das ihr Berufsstand nicht zuletzt den Unmengen an US-Serien verdankte, die inzwischen überall auf der Welt über den Bildschirm flimmerten …

»Rechtsmediziner untersuchen ja nicht nur Menschen, die eines unnatürlichen Todes gestorben sind«, erklärte sie geduldig. »Wir kümmern uns zum Beispiel auch um Fälle wie den Ihrer Tochter, bei denen die Ärzte auf die speziellen Kenntnisse von Chemikern und Giftexperten angewiesen sind. Und jetzt würde ich mir gern selbst ein Bild von Vanessas Zustand machen, wenn Sie erlauben.«

Der Assistenzarzt neben ihr atmete tief durch und drückte auf die Klingel neben dem Zugang zur Intensivstation.

Vanessas Vater schnappte nach Worten, ließ die beiden aber schließlich stumm vorbei.

Schon öffneten sich die Türen.

Es ist immer ein schlimmer Anblick, jemanden zu sehen, der intubiert und mit zahlreichen Schläuchen verkabelt ist, doch das leblose kleine Wesen in dem großen Bett ließ Sofie umso heftiger schlucken. Das dreieckige Gesichtchen war blass. Unter der gelben Bettdecke zuckte der Körper der Kleinen krampfartig.

»Dr. Rosenhuth von der Rechtsmedizin«, stellte sie sich dem älteren Kollegen vor, der soeben die leise piepsenden Monitore hinter dem Bett der kleinen Patientin mit sorgenvoller Miene kontrollierte.

»Oberarzt Dr. Sonner. Ein Glück, dass Sie gleich selbst kommen konnten«, sagte der faltenzerfurchte Silberkopf mit dem wachen Blick. »Ich fürchte, wir sind hier mit unserem Latein so gut wie am Ende.«

Sofie beugte sich über die Kleine.

»Wo war das Mädchen denn, ehe es in diesen Zustand fiel?«

»Auf einem Spielplatz«, sagte Dr. Sonner. »Jedenfalls nach Angaben der Mutter. In einem Moment noch friedlich gespielt, im nächsten schon bewusstlos im Sandkasten. Den Mageninhalt haben wir untersucht. Vanessa Füracker muss heute Morgen etwas stark Glukosehaltiges gegessen haben.«

»Eine Allergie vielleicht? Eine Art anaphylaktischer Schock?«, sagte Sofie, der immer unbehaglicher zumute wurde.

»Auf den ersten Blick würde ich sagen, nein. Der Verlauf ist eher unsymptomatisch. Trotzdem habe ich natürlich sicherheitshalber sofort entsprechende therapeutische Maßnahmen eingeleitet. Der Mutter wäre eine Lebensmittelunverträglichkeit allerdings sicher bekannt.«

»Oder auch nicht…«, sinnierte Sofie. »Vielleicht hat das Mädchen ja unterwegs etwas gefunden und einfach in den Mund gesteckt? Auf welchem Spielplatz ist das Ganze denn vorgefallen?«

»Richtung Giesing«, sagte Dr. Sonner nach einem Blick auf die Unterlagen. »Kurz vor der Wittelsbacherbrücke.«

Sofie spürte ein leichtes Kribbeln im rechten Nasenflügel, wie immer, wenn sie auf einer heißen Spur war.

Just auf diesem Spielplatz hatte sie heute früh die tote Maus entdeckt.

Zufall?

Für ihren Geschmack ein Zufall zu viel.

Sofie räusperte sich und versuchte, nach außen hin cool zu bleiben. Ihr rasch aufbrausendes Temperament hatte ihr schon mehr als einmal einen Streich gespielt. Nicht zuletzt deshalb hatte man ihr schon im Kindesalter den halb ironisch gemeinten, halb liebevollen Spitznamen kalte Sofie verpasst, gab es auf Gottes schöner Erde doch kaum jemanden, der sich schneller aufregen konnte als sie.

Eines jedenfalls stand fest. An der ganzen Sache war etwas faul. Oberfaul sogar.

»Blut- und Urinproben sind schon vorbereitet?«

»Können Sie gleich mitnehmen«, sagte Dr. Sonner. »Wie lange wird die Tox brauchen?«

Gute Frage. Sofie hatte ja noch nicht mal das Labor zu Gesicht bekommen – dank ihrer reizenden neuen Kollegin, dieser wandelnden Tiefkühlpackung auf flaschengrünen Stelzen.

Sofie räusperte sich. »Ich mach Dampf. Versprochen! Vorher möchte ich aber noch ein paar Worte mit Vanessas Eltern wechseln.«

Draußen vor der Tür traf Sofie auf die beiden, mittlerweile zu einem verzagten Häuflein zusammengesunken. Der Zorn in den Augen des Vaters hatte inzwischen lähmender Angst Platz gemacht. An seiner Seite hing die Mutter, ein wimmerndes Bündel. Voller Erwartung sahen sie Sofie an, kaum dass sich die Türen zur Intensivstation hinter ihr geschlossen hatten.

»Und? Was ist mit unserer Nessie? Gehts ihr endlich besser? Wird sie überleben?«

Sofie wich den Fragen aus.

»In ein paar Stunden wissen wir hoffentlich mehr. Vorher würde ich aber gern von Ihnen wissen, was Ihre Tochter heute Morgen gegessen hat. Vielleicht Schokolade? Brot mit Nutella? Gummibärchen oder so was?«

»Zum Frühstück? Naa. Die Nessie is a rechte Naschkatz. Aber in der Früh gibt's bei uns immer was Gscheids. Heut war's a Wurstbrot.« Katrin Füracker schnäuzte sich und rieb sich die mascaraverschmierten Augen. »Wo sie Gelbwurst doch so gern mag.«

Das allerdings passte überhaupt nicht mit den Erkenntnissen der Kollegen zusammen. Seltsam. Sofie hakte nach.

»Und später dann, am Spielplatz? Haben Sie da irgendjemand Fremden gesehen?«

Kopfschütteln. Grübeln.

»Doch, ja«, sagte Katrin Füracker plötzlich. »Da war jemand bei den Büschen. In einem dunklen Kapuzenshirt. Aber der war schnell wieder weg.«

»*Der?* Also ein Mann? Sind Sie ganz sicher?«, fragte Sofie.

»Eher ned. Wenn, dann war es a ganz junger Bursch. Aber jetzt, wo Sie es sagen … Kann vielleicht auch eine Sie gewesen sein, so groß und dünn, wie die Madln heut manchmal sind. Wieso? Meinen Sie, dieser Jemand hat Nessie was Komisches gegeben?«

»Das werden wir hoffentlich bald herausfinden. Die Kollegen werden sich auf jeden Fall bei Ihnen melden, sobald wir mehr wissen.«

Katrins Hand schnellte vor und umklammerte Sofies Handgelenk wie eine Eisenfessel.

»Ich werd für Sie beten«, flüsterte sie. »Aber bitte: Retten Sie unser Kind!«

10

Sauber eingewickelt

Hendl mit Kartoffelsalat. Oder doch a gscheide Haxn oder ein Schweinernes mit Dunkelbiersoß und Knödel?

Wenigstens der Nachtisch stand fest, Gott sei Dank. Bayerische Creme mit frischen Erdbeeren vom Markt. Und dazu vielleicht a Glasl von ihrem selbst gebrauten Hollersekt?

Das Tischtuch musste sie noch bügeln. Und Blumen besorgen. Aber was für welche? Rote Rosen? Vroni schüttelte energisch den Kopf. Zu eindeutig. Lieber was Unverfängliches. Nur *was?*

Von diesem Essen hing ja praktisch alles ab, da musste jedes Detail passen, zu hundert Prozent.

»Jetzt entspannens Eahna erst amal, Frau Ilmberger! Ist die Temperatur so recht?«

Vroni nickte und legte den Kopf tiefer in die Wölbung des Waschbeckens, das Manu sorgfältig mit einem weichen Handtuch ausgeschlagen hatte. Der warme Wasserstrahl, der zarte Blütenduft des Shampoos und die sanft massierenden Hände an ihrem Kopf blieben nicht ohne Wirkung. Wohlig atmete Vroni tief ein und schloss die Augen.

Das roch ja gerade wie – Flieder? Genau! Die Blüte des Frühlings. Und einer neu beginnenden Liebe. Aber auch die Blüte, die die Treue zweier Liebenden auf die Probe stellt …

»So, Frau Ilmberger. Fertig. Wenns Eahna jetzt bitte aufrichten?«

Irritiert schlug Vroni die Augen auf. Für ihre Sofie konnte sie beide Hände ins Feuer legen. Aber wie sah es mit Joe aus?

Manu schlang ein Handtuch um Vronis Kopf.

»Darf's vielleicht noch eine Spülung sein? Oder eine kleine Tönung? Ich hätt da ganz was Feines …«

Vroni räusperte sich. »Mach nur, Manu! Du weißt ja eh am besten, was mir steht. Hauptsache, es schaut gut aus. Ich hab nämlich was ganz Besonderes vor heut Abend.«

Manu lächelte warm. »Hab's schon gehört. Die Sofie ist grad wieder amal zu Besuch, gell? Da hams sicher a Freud. So selten, wias Eahna sehn …«

»Des is zum Glück vorbei!« Vroni strahlte. »Jetzt bleibts endlich für ganz da. Heut hats ihren ersten Tag bei dene Knochenleser in der Nußbaumstraß. Und am Abend werd gfeiert, im kleinen Kreis.« Jessas! Sie musste Sofie unbedingt vorher abfangen und dafür sorgen, dass die sich was Gscheids anzog anstelle des Aufzugs, in dem sie heut früh losgezogen ist. Sonst war alles umsonst.

»Das freut mich aber, Frau Ilmberger. Da werd ich mir natürlich ganz besonders Mühe geben.« Manu setzte ein verkrampftes Lächeln auf, während sie Vronis Haare trocken rubbelte.

Sofies Besuch war also alles andere als vorübergehend.

Das Luder traute sich was, nach dem Scherbenhaufen, den sie hier zurückgelassen hatte. Erst dem Joe den Kopf verdrehen und ihn vor den Traualtar schleppen, und ihn dann am ausgestreckten Arm verhungern lassen, nur weil sie sich unbedingt ein Studium in den Kopf gesetzt hatte. Warum hatte sie sich nicht einfach mit dem zufriedengeben können, was sie hatte?

Manu fingerte in ihrem lila Friseurkittel nach einer Bürste und begann, Vronis Haare kräftig durchzubürsten.

Sie, Manu, hatte es schließlich auch nicht anders gemacht: ein Mann, Kinder, dazu ein kleiner Halbtagsjob – was brauchte frau mehr? Aber Sofie hatte ja immer schon einen Sturschädel gehabt. Schon damals in der Schule.

Manu verzog das Gesicht.

Beste Freundinnen waren sie damals gewesen. Alles hatten sie sich anvertraut. Und – ja, natürlich hatte Manu ein bisschen nachgeholfen bei dieser Pausenhofliebe. Den Briefboten hatte sie gespielt und die Eltern abgelenkt, damit die beiden für sich sein konnten.

Und was hatte sie davon gehabt?

Nichts. Nur einen bis über beide Ohren verknallten Bruder, der es plötzlich so was von eilig hatte, daheim aus- und mit seiner großen Liebe zusammenzuziehen, und eine beste Freundin, die von einem Tag auf den anderen keine Sekunde Zeit mehr für sie hatte.

Manus Bürstenstriche wurden gröber.

»Au! Pass a bissl auf, Manu!«

»'tschuldigung, Frau Ilmberger!«

Geistesabwesend griff Manu nach einer Flasche aus dem Rollgestell neben ihr.

Erst als es mit der Ehe der beiden bergab ging, da war Manu wieder ins Spiel gekommen. Wenn sie an die vielen Abende und Wochenenden dachte, die ihr armer Bruder allein zu Hause verbracht hatte! Geputzt hatte er neben seiner Arbeit als Streifenpolizist, eingekauft, gekocht, gebügelt, den ganzen Haushalt allein bewältigt. Während sein holdes Eheweib sich an der Universität rumtrieb. Kein Wunder, dass es Joe irgendwann zu bunt wurde. So was macht nun mal kein Mannsbild auf Dauer mit!

Und die Sofie? Hatte nix Besseres zu tun gehabt, als den Joe dann endgültig sitzen zu lassen – nur weil er sich halt zwischendurch was Warmes fürs einsame Ehebett gesucht hatte.

Mechanisch verteilte Manu eine weißliche Flüssigkeit auf Vronis Kopf und strich sie sorgfältig ein.

Gut zwei Jahre war die Scheidung her. Ob Joe inzwischen klüger geworden war? Oder würde er sich von Sofie wieder um den Finger wickeln lassen?

»Dass du mir ned die Wickler vergisst, Manu, gell? Aber die großen. Ned die kloan.«

»Logisch, Frau Ilmberger. Wie immer halt.«

Stirnrunzelnd rollte Manu Vronis feines aschblondes Haar, in das sich hier und da graue Strähnen mischten, auf große Lockenwickler und steckte sie mit Nadeln fest. Dann bugsierte sie ihre Kundin unter eine Trockenhaube und stellte die Uhr auf zehn Minuten. Schwerfällig und rasselnd sprang das Gerät an – es hatte auch schon bessere Tage gesehen.

Nein. Ihr Bruderherz war zwar immer noch nicht unter der Haube, leider. Aber auf eine weitere Bauchlandung mit Sofie würde er sich nicht noch mal einlassen. Da war Manu sicher.

»Kaffee?«

»Was?« Vroni legte die Hand ans Ohr. Manus Stimme drang nur spärlich durch das Rattern der Trockenhaube.

»Obs an Kaffee wollen.«

»Gern. Mit Milch und Zucker.«

»Kommt sofort.«

Manu verschwand in einer Nische, während Vroni ihr kopfschüttelnd nachsah. Irgendwas war mit dem Madl heut los. Vielleicht Stress daheim? War ja nicht immer einfach mit zwei halbwüchsigen Schrazn und einem Ehemann, der bei seinem Job in der Post buckelte, vor seiner Familie aber den großen Zampano spielte.

Dieses Schicksal war Vroni zum Glück erspart geblieben. Auch wenn sie es als sitzen gelassene Ehefrau nicht immer einfach gehabt hatte, vor allem bei der Erziehung ihres Sohnes Alois, der eine strenge väterliche Hand sicher gut hätte brauchen können. Aber ob er die bei Vinzenz gefunden hätte, der seine Abende lieber im Wirtshaus verbracht hatte als bei Frau und Kind? Vroni weinte ihrem Verflossenen jedenfalls keine Träne nach.

Nachdenklich musterte sie ihr Gesicht im Spiegel. Eigentlich war sie noch ganz gut erhalten für ihr Alter. Und die paar Lachfältchen um Augen und Mund waren eher etwas, worauf man stolz sein konnte. Wenn sie da zum Beispiel an die Lachnerin dachte, der sie vorhin in Maria Hilf begegnet war. Ganze zehn Jahre jünger, und eine dermaßen verbitterte, steile Falte zwischen den Augenbrauen! Beneidet hatte Vroni ihre Giesinger Nachbarn nie, wenn die sonntags in der Kirche den heilen Familiensegen rausgekehrt und Vroni schiefe Blicke zugeworfen hatten. Nach Vinzenz war ihr kein Mann mehr ins Haus gekommen. Zu sehr hatte sie ihre Freiheit zu schätzen gelernt.

Mit der Sofie und dem Joe hingegen war das was ganz anderes. Die beiden gehörten zusammen wie der Topf zu seinem Deckel, das war so sicher wie das Amen in der Kirche. Und die leidige Gschicht damals … Blöd gelaufen, um es auf den Punkt zu bringen. Rosenhochzeit hätten die zwei heuer gehabt. Aber was nicht mehr war, konnte wieder werden. Und mit der Muttergottes als Mitverschwörerin durfte ja eigentlich nichts mehr schiefgehen. Oder?

Nervös sah Vroni auf ihre Armbanduhr. Herrgott, wo blieb jetzt der Bua? Nur nicht die Nerven verlieren! Das war jetzt das Wichtigste.

Sie schloss die Augen und lauschte dem Rattern der Trockenhaube und dem Radiogedudel, das in Fetzen an ihr Ohr drang. Gleich müssten die Nachrichten kommen. Vielleicht würden die sie etwas ablenken.

München-Harlaching. Ein rätselhafter Brand hat heute in den frühen Morgenstunden die Feuerwehr in Alarmbereitschaft versetzt. Auf dem Anwesen von Ministerialdirigent Konstantin Siebert brannte der Gartenpavillon vollständig aus. Möglicherweise kam dabei ein Mensch ums Leben. Die Brandursache ist zum gegenwärtigen Zeitpunkt noch ungeklärt. Wie ein Polizeisprecher betonte …

Vroni verzog das Gesicht. Siebert, Siebert. War das nicht dieser schmierige Politiker, der gestern in Regensburg irgendwas feierlich eröffnet hatte, die Universitätsbibliothek oder so? Und diesen Anlass gleich mal wieder dazu missbraucht hatte, um in salbungsvollen Worten auf die »Werte unserer Gesellschaft« hinzuweisen und »die Jugend, auf der all unsere Hoffnungen ruhen«, zur »Erhaltung dieser Werte« zu ermahnen? Vroni erinnerte sich dunkel, heut früh in der Zeitung über dergleichen gestolpert zu sein.

»Ihr Kaffee, junge Frau!«

Vroni öffnete verdutzt die Augen.

Eine Tasse Kaffee wurde auf der schmalen Ablage vor ihr abgestellt. Von einer braun gebrannten männlichen Hand.

Freudig überrascht sah Vroni auf. »Da bist ja endlich! Hab schon gedacht, du kimmst nimmer.«

Mit einem amüsierten Augenzwinkern nahm Joe auf dem Friseurstuhl neben Vroni Platz. Fesch sah er wieder mal aus, der Bursch. Herrschaftszeiten!

»Des tät ich mich nie trauen, Vroni. Ich weiß ja, was mir sonst blüht.« Neugierig betrachtete Joe Vronis Gesicht. »Du führst doch was im Schilde. Also? Ich höre.«

Anstelle einer Antwort griff Vroni nach ihrem Kaffee und nippte. Bei einem dermaßen ausgefuchsten Mannsbild wie dem Joe half wohl nur ein Frontalangriff.

»Die Sofie ist wieder in der Stadt.«

Joes Lächeln verschwand. »Des hat mir grad schon die Manu erzählt. Aber wennst jetzt meinst, ich käm deswegen noch mal bei ihr angekrochen, täuschst dich gewaltig. Was vorbei ist, ist vorbei.«

In Gedanken schickte Vroni ein Stoßgebet zum Himmel: Heiliger Valentin und heilige Muttergottes, stehts mir bei! Nach einem schrägen Seitenblick zu Manu, die inzwischen einen älteren Herrn in der Mangel hatte, winkte Vroni ihren quasi Exschwiegersohn näher zu sich heran und musterte ihn eindringlich.

»Jetzt tu halt ned so, als ob dir des grad wurscht wär! Ihr zwoa hängts doch immer noch aneinanda. Oder ned?«

Joe zögerte. Ein Schatten flog über sein Gesicht. Dann nickte er kaum merklich.

»Ich für meinen Teil schon. Aber ich glaub halt nicht, dass die Sofie uns eine zweite Chance geben würde, nach allem, was war …«

Vroni schüttelte energisch den Kopf. »Will sie eben schon, glaub mir! Sie weiß es nur noch ned. Pass auf, Folgendes hab ich mir denkt …«

Vroni zog Joe noch näher zu ihrer Trockenhaube und wisperte in sein Ohr. Seine anfänglich steinerne Miene wich bald einem verdutzten Grinsen.

Was ging da vor, sapperlot? Genervt legte Manu die Schere beiseite und versuchte angestrengt, einzelne Worte des Getuschels zwischen Vroni und ihrem Bruder zu erhaschen.

Keine Chance. Nicht bei dieser Entfernung und dem Lärm.

Da half nur eins: Hastig drückte sie dem verdutzten Kunden vor ihr ein paar Frauenmagazine in die Hand, langte nach einer zweiten Trockenhaube und verstaute ihn energisch darunter.

»So, Herr Denninger. Heut lass ma des mit dem Föhn. Ihr Haar wird's Ihnen danken.«

Manu ignorierte den Protest ihres empörten Kunden und huschte unauffällig näher zu Vroni und Joe.

Zu spät. Oder etwa doch nicht?

Mit verschwörerischem Grinsen schüttelten die beiden sich die Hand.

»Also gut. Dann machmas so.«

Vroni nickte verschmitzt. »Und richt dich a bissl her, hörst?«

»Des darfst mir glaubn, Vroni. Bis dann!«

Joe tippte grüßend an die Stirn, warf Manu ein breites Grinsen zu – »Servus, Schwesterherz!« – und machte sich vom Acker.

Stirnrunzelnd sah Manu ihrem Bruder nach, dann ballte sie die Fäuste. Sie hatte mehr als genug gehört. Ihr sauberer Herr Bruder wollte also wieder auf Freiersfüßen wandeln, dieser – Depp!

11

Highway to Hell

Was hatte eine tote Maus in einem Seziersaal verloren?

Gar nichts.

Und wenn man sie genau auf dem Spielplatz entdeckt hat, an dem ein kleines Mädchen auf unerklärliche Weise ins Koma gefallen ist?

Dazu musste man schon Sofie Rosenhuth heißen und ein Faible für sehr spezielle Gedankengänge haben.

Sofie holte den kleinen Kadaver aus dem Pappbecher und legte ihn auf das Kopfteil des Seziertisches. Als sie die Lupe heranzog, machte sie sich noch einmal klar, dass eine Sektion des Tieres ihre einzige Hoffnung war, während die Kollegen in der Toxikologie Vanessas Blut- und Urinproben untersuchten. Was auch immer die kleine Vanessa in diesen lebensgefährlichen Zustand versetzt hatte – es machte Sofie wütend. Und gleichzeitig: eiskalt.

Die Maus war winzig und starr. Vor ihrem kleinen Maul stand rosafarbener Schaum. Sofie griff zu einer Einwegpipette und zog das Sekret auf. Danach begann sie aufmerksam das struppige Fell zu untersuchen – und wurde tatsächlich fündig: Zwischen den Rippen entdeckte sie einen krustigen roten Fleck.

Hatte jemand der Maus etwas gespritzt? Und wenn ja – was? Und warum?

Die Jägerin in Sofie war erwacht.

Um Genaueres herauszubekommen, würde sie ins Innere des winzigen Körpers schauen müssen. Sie hielt kurz inne und checkte mit einem raschen Blick den Sezierraum. Sie konnte ja selbst kaum glauben, was sie da gerade machte. Wenn jemand sie dabei erwischte – am Ende noch die Falk persönlich –, war sie hier im Institut gleich mal so was von unten durch.

An diesen Tischen wurden Menschen seziert, keine Mäuse.

Draußen war alles ruhig. Die Kollegen schienen noch beim Essen in der Cafeteria zu sein.

Sofie wandte sich wieder dem Tierkörper vor ihr zu, stupste ihn vorsichtig mit dem Skalpell an und überlegte fieberhaft. Wenn sie den Kadaver nicht irgendwie fixierte, konnte er ihr während der Sektion leicht wegrutschen. Ihr Blick fiel auf den Pappbecher, in dem sie das Tier transportiert hatte, wanderte von dort zur Schere, dann zu den Injektionskanülen.

Ja, so könnte es vielleicht gehen …

Sie musste schlucken, als das Tierchen fast wie gekreuzigt vor ihr lag, die kleinen Pfoten mit Kanülen auf dem aufgeschnittenen Becher fixiert. Sie war nun mal kein Tierarzt.

Aber ohne Obduktion keine Gewissheit.

»Krass«, sagte eine tiefe Stimme anerkennend. »So was hatten wir hier auch noch nie!«

Sofie zuckte zusammen und starrte in ein nicht gerade alltägliches Männergesicht. Brauen, Kinn und Lippen waren gepierct, die Ohren mit silbrigem Schwermetall zugeballert. Auf dem Kopf stand ein rostroter Iro, während die Seiten penibel ausrasiert waren.

»Stefan Moosbichler«, sagte der Mann grinsend. »Obduktionsassistent. Und Sie müssen die Neue aus Berlin sein.«

»Bin ich.« Sofie suchte nach den richtigen Worten. »Und hier offenbar …«

» … auf einer ganz heißen Spur«, ergänzte er. »Stimmt's?«

Sein kurzärmeliges Shirt, über das er nun rasch einen grünen Kittel zog, hatte gerade noch farbenfrohe Tätowierungen an beiden Unterarmen entblößt. In der JVA Moabit war solcher Körperschmuck der letzte Schrei gewesen.

Ob das auch für die Häftlinge in Stadelheim galt?

Sofie nickte.

Interessanter Typ auf jeden Fall. Wie der wohl ausgerechnet hier gelandet war?

»Was dagegen, wenn ich kurz mal zuschaue?«

»Von mir aus. Wenn Sie die Aktion hier für sich behalten können?«

»Logo. Ich schweige wie ein Grab. Lassen Sie sich von mir nicht aufhalten. Die Mittagspause unseres Hausdrachens dauert nämlich erfahrungsgemäß nicht mehr lange.«

Moosbichler hob verschwörerisch den Daumen, dann warf er einen gespannten Blick auf das Skalpell in Sofies Hand, mit dem sie nun die Bauchhaut der kleinen Leiche durchtrennte. Danach hob sie mit einer Pinzette die Bauchmuskulatur an und griff zur Schere – sehr, sehr vorsichtig, um die darunterliegenden Organe nicht anzuritzen –, bis sie die Bauchdecke schließlich öffnen konnte.

Sofies mühsam getrimmter Pferdeschwanz strebte längst der Auflösung entgegen, der Kittelärmel hatte Mäuseblut abbekommen, sie spürte förmlich, wie ihre Wangen vor Aufregung zu brennen begannen. Ein Schweißtropfen löste sich von ihrer Stirn und tropfte auf die Pappe.

»Verdammt klein«, murmelte Stefan Moosbichler. »Scheißgefummel, oder?«

»Können Sie laut sagen!«, seufzte Sofie.

»Da weiß ich was.« Er lief nach hinten. Plötzlich erfüllte das Röhren von AC/DC den Sektionssaal.

I'm on the highway to hell
On the highway to hell
Highway to hell
I'm on the highway to hell

»Ab und zu brauch ich die alten Burschen.« Sein Grinsen war breiter geworden. »Obwohl ich sonst eher auf Coldplay stehe.«

Sofie schwenkte die Lupe über die Bauchhöhle der Maus und starrte hinein. Alles winzig und doch nur allzu bekannt: die Organe eines Säugetieres. Die wummernde Musik war merkwürdig beruhigend. Behutsam zückte Sofie die Schere, um die Lunge anzuritzen …

»Darf ich fragen, was Sie hier machen? Und stellen Sie sofort diese akustische Zumutung ab, Moosbichler!«

Himmelherrgottsakra – der Ober-GAU!

Keine andere als Elke Falk stand plötzlich hinter ihnen.

»Ich – seziere.«

»Ach ja. Wenn Sie diese seltsame Aktion so nennen wollen? Es handelt sich allerdings um ein eher – ungewöhnliches Objekt, wie mir scheint, Frau Kollegin. Aber Sie haben zweifellos einen triftigen Grund, wenn Sie hinter meinem Rücken veterinärmedizinische Grundlagenforschung betreiben, vermute ich?«

Stefan Moosbichler ließ alle Muskeln seiner Visage auf einmal spielen, was die Piercings in waghalsige Stellungen brachte und Sofie half, Ruhe zu bewahren.

Weil das hier womöglich die einzige Chance ist, ein kleines Mädchen aus dem Koma zu holen, hätte sie am liebsten zurückgezischt. Stattdessen schluckte sie und atmete tief durch.

»Es könnte da einen Zusammenhang mit dem komatösen Zustand der kleinen Vanessa geben. Bis jetzt hab ich aber noch keine konkreten Befunde …«

»Was sollte dieses Ungeziefer auch damit zu tun haben, liebe Frau Rosenhuth? Fest steht jedenfalls, dass Sie Ihre Kompetenzen deutlich überschritten haben. Ich denke, wir sollten uns darüber noch einmal eingehend unterhalten. Ich erwarte Sie morgen nach der Frühbesprechung in meinem Büro. Und Sie, Moosbichler, haben auch Besseres zu tun als hier rumzustehen. Draußen rollt gerade Arbeit ein. Eine Brandleiche. Also: Hopphopp, wenn ich bitten darf!«

Falks Absätze hämmerten ihren wütenden Rhythmus auf den Kachelboden.

Krampfhenna, greisliche, dachte Sofie. Das kann ja noch lustig werden mit uns zwei!

»So ist sie nun mal, unsere von allen überaus hochgeschätzte Chefin«, sagte Stefan Moosbichler mit einer angedeuteten Verneigung in Richtung der Entschwundenen. »Immer freundlich, immer kommunikativ. Ich bin übrigens der Spike – und freu mich schon sehr auf unsere Zusammenarbeit. Man sieht sich!«

Spike warf Sofie ein ermutigendes Grinsen zu, dann verließ er pfeifend den Raum.

Sofie wandte sich wieder der improvisierten Sektion zu und – zögerte. Wenn sie die Obduktion an dieser Stelle abbrach, würde sie sich jede Menge Ärger ersparen. Das war klar. Und vielleicht war sie ja auch komplett auf dem Holzweg.

Dann schüttelte sie energisch den Kopf.

Einstichstellen bei einer Maus? Die ganz offensichtlich an den Folgen einer rätselhaften Substanz gestorben war – und zwar möglicherweise exakt derselben, die auch die kleine Vanessa ins Koma versetzt hatte. Nein. Jetzt, wo sie vielleicht kurz vor der Lösung des Rätsels stand, würde auch eine Frau Dr. Falk sie nicht davon abhalten können, weiterzumachen.

Entschlossen zückte Sofie erneut die Schere und ritzte die Lunge an.

Bingo! Da war er wieder, der rosafarbene Schaum.

Inzwischen kribbelte ihr rechter Nasenflügel heftigst. Die Spur war nicht nur heiß – sie schien geradezu zu glühen.

12

Selbstsabotage

Nachdenklich rieb Manu den Spätzleteig in das kochende Wasser und beobachtete, wie die kurzen Teigfäden erst zu Boden sanken, um dann langsam wieder nach oben zu trudeln.

Vielleicht würde es ja schon genügen, den Siphon unter Joes Spüle zu verstopfen? Der hatte sowieso längst einen Klempner bitter nötig. Das bisschen Wasser in der Küche würde schon nicht so schlimm sein. Hauptsache, Joe würde an diesem Abend daran gehindert, aus dem Haus zu gehen. Denn Manu war sonnenklar, was Sofies Tante und ihr Bruder heut Nachmittag miteinander getuschelt hatten. Um ein Wiedersehensessen mit Sofie ging es, um nichts anderes.

»Der Luis hat meinen iPod versteckt, Mama!«

»Gar ned wahr, du bleede Kuah. Verschlampt hast ihn!«

»Wo bleibt mei Bier, Manu? Glei kimmt die Sportschau!«

»Sofort!«

Manu wischte sich hastig die teigfeuchten Hände an der Schürze ab. Dann öffnete sie den Kühlschrank, holte ein Hefeweizen heraus und schenkte es sorgfältig in das hohe, schlanke Glas ein. Das sie vorher natürlich mit kaltem Wasser ausgespült hatte. Eh klar. Wenn irgendwas mit der Schaumkrone nicht stimmte, hörte bei Tobias der Spaß ganz schnell auf. Zu Recht, wenn einer Manu gefragt hätte. Das gehörte schließlich zu ihren Aufgaben als treu sorgende Gattin. Oder etwa nicht? Deshalb musste auch schleunigst eine Lösung her, damit ihr geliebtes Bruderherz nicht noch mal in sein Unglück rannte und sich erneut Sofie an den Hals hängte, die nicht einmal ein gescheites Spiegelei zustande brachte.

»Hörst du mir überhaupt zu, Mama? Der Luis hat den iPod in seiner Hosentasche. Ich hab's genau gsehn!«

Stirnrunzelnd wandte Manu sich ihren zwei Sprösslingen zu und stemmte die Hände in die Seiten. »Wissts ihr was, ihr zwoa? Des is mir wurscht. Des Trumm gehört euch beiden. Also schauts, dass weiterkommts, und bringts dem Papa lieber sein Bier!«

Leise maulend verzogen Luis und Sonja sich zu Tobias ins Wohnzimmer, aus dem laut der Fernseher dröhnte.

Erleichtert sah Manu ihnen hinterher. Na also. Ihre Familie wäre so weit schon mal versorgt. Blieb immer noch die Frage, wie sie Joe vor einem Riesenfehler bewahren konnte. Zumindest mal für diesen Abend.

Behutsam schöpfte Manu die gar gekochten Spätzle aus dem siedenden Wasser ab und schichtete sie in die gebutterte Auflaufform. Dazu Schichten von frisch geriebenem, würzigem Bergkäse – ein Gedicht …

Den verstopften Abfluss hatte sie inzwischen verworfen. Zu riskant. Ebenso die verrückte Idee mit dem Minischmorbrand. Sie wollte ja schließlich nicht Joes Wohnung verwüsten.

Trotzdem. Eine gute Idee musste her. Und zwar schleunigst. Immerhin war es schon früher Abend, und Manu konnte sich vorstellen, dass Vronis Festessen ziemlich bald steigen würde.

Gekonnt wendete sie die wie immer perfekt gebräunten Zwiebeln in der Pfanne. Ihre Familie liebte Spätzle. Vor allem das Highlight, die Zwiebeln. Tobias konnte gar nicht genug davon kriegen. Das tränenreiche Schneiden überließen ihre Lieben allerdings gerne ihr. Leider.

Und wenn sie Joe einfach einsperrte? Den Schlüssel zu seiner Wohnung gegenüber hatte sie ja …

Manu schüttelte energisch den Kopf. Von so was würde der Herr Kriminalkommissar Lederer sich keinesfalls abhalten lassen. Eher, wenn jemand bei ihm auf die Tränendrüse drückte. Irgendein Notfall. Bei dem sie dringend seine Hilfe brauchte. Ihr Bruder war nun mal ein Familienmensch.

Eben das war ja das Problem!

Und? Sollte sie sich etwa krank stellen? Joe würde ihr was husten, außerdem hatte sie ja Tobias. Obwohl sie im Ernstfall lieber bei Joe läuten würde, als sich auf ihren Mann zu verlassen. Von ihren Kindern ganz zu schweigen.

Pfeffer und Salz, eine letzte Schicht Käse über die sauber geschichteten Spätzle, die Zwiebeln als krönenden Abschluss, dazu ein paar Butterflöckchen, und ab damit in den vorgeheizten Ofen.

Manu wusch sich die Hände.

Die Spätzle waren so weit fertig. Ein zündender Einfall war ihr freilich immer noch nicht gekommen, Zefix noch amal!

Es läutete an der Tür. Manu warf einen irritierten Blick zur Küchenuhr. Mitten zur Abendessenszeit? Wer konnte das sein?

»Du, Manu, du musst mir helfen. Ganz dringend. Da schau. Mein Hemd. Wahrscheinlich war das Bügeleisen zu heiß. Kannst du da noch was retten?«

Erstaunt betrachtete Manu erst ihren aufgelösten Bruder im Rahmen der Wohnungstür, dann das blütenweiße Herrenhemd, auf dem der bräunliche Abdruck eines Bügeleisens prangte. Nur mühsam gelang es ihr, ein Grinsen zu unterdrücken. So was nannte man wohl Selbstsabotage. Griabig!

»Was schaust jetzt so, Manu? Des is mei letztes sauberes Hemd, die anderen sind noch in der Wäscherei. Lass dir halt was einfallen. Bitte!«

Gegen diesen schmelzenden nussbraunen Dackelblick mochten andere Weibsbilder machtlos sein. Manu jedenfalls war resistent. Zumindest – fast.

Sollte sie Joe doch helfen? Hausmittelchen kannte Manu genug: Mit Essig, Borax, Salz, Zwiebelsaft oder Zitrone nebst Puderzucker würde sie dem hässlichen frischen Abdruck schon zu Leibe rücken können ... Und Joe damit pfeilgerade in Sofies Arme befördern? Kam gar nicht infrage.

»Tut mir leid, Joe. Da is nix mehr zu machen.«

»Des sagst du so. Ich muss dringend aus dem Haus!«

Ich weiß, dachte Manu, heimlich grinsend. Aber bitte. Vielleicht brachte Joe ja wenigstens den Schneid auf, ihr ins Gesicht zu sagen, dass er sich ausgerechnet mit seiner Ex zu treffen gedachte.

»So. Und wohin, wenn ich fragen darf? Was Berufliches?«

Joe zögerte sichtlich. »Eher ... privat.«

Also ein Geheimnis wollte er daraus machen. Umso besser. Damit verflüchtigten sich auch Manus letzte Reste an schlechtem Gewissen.

»Essen kannst doch auch bei uns. Aber dein Date wirst sausen lassen müssen, Bruderherz. Die So... – des Madl wird's schon verkraften, oder?«

13

Dante

Sofie schwang sich vom Sattel – und kam dabei doch glatt schon wieder an diese vermaledeite Radlkette. Doch auf die neuerliche Schmierspur an den ohnehin bereits ruinierten Jeans kam es nicht mehr an, auch wenn Sofie der alten Rostschleuder am liebsten einen kräftigen Fußtritt versetzt hätte. Dann jedoch erinnerte sie sich gerade noch rechtzeitig daran, dass sie das unselige Trumm von Max bekommen hatte, Vronis hartnäckigstem Verehrer.

Ob er die Tante noch immer mit seinen Tierparkbesuchen und den scheußlichen Holländer-Kirsch-Schnitten heimsuchte, aus denen sich Vroni noch nie etwas gemacht hatte? Oder hatte er inzwischen endlich kapituliert und sich anderen, aussichtsreicheren Damenbekanntschaften zugewandt?

Schon spurtete Sofie die Treppen zur Haunerschen hinunter. Es gab da noch so einiges, das sie wissen wollte.

Am Empfang fragte sie nach Dr. Sonner und fand ihn dann, wie nicht anders vermutet, in der Intensivstation bei Vanessa. Die hässlichen Plastikstühle davor waren leer. Offenbar hatten seine Worte gewirkt, und die Eltern Füracker waren nach Hause gegangen.

Wie ihnen wohl zumute war?

Sie konnte mit einer wichtigen Erkenntnis aufwarten. Sie las die Erleichterung in Dr. Sonners Augen, als sie ihm die Ergebnisse der toxikologischen Untersuchung mitteilte.

»Also GHB«, wiederholte er. »Gamma-Hydroxybutyrat, in gewissen Kreisen auch Liquid Ecstasy genannt. Respekt, Frau Kollegin! Das erklärt natürlich die Symptome – die Atemnot, die Krampfanfälle, den Brechreiz, diesen gesamten komatösen Zustand. Aber wie kommt ein kleines Mädchen zu diesem Giftstoff – noch dazu auf einem Spielplatz? Soweit ich informiert bin, wird dieses fiese Zeug doch eher in einschlägigen Lokalen jungen Frauen heimlich ins Glas geträufelt, um sie gefügig zu machen.«

Sofie schüttelte ratlos den Kopf und streichelte Vanessas Hand.

»Dafür habe ich auch keine Erklärung ... Hat sich der Zustand der Kleinen denn inzwischen gebessert?«

Dr. Sonner verneinte mit düsterer Miene.

»Wir müssen die Nacht abwarten. Gegen Substanzen wie GHB sind wir leider machtlos. Ich werde die Kollegen aber gleich zu einem Konsil einberufen und beratschlagen, was wir zusätzlich unternehmen können, um das Mädchen zu stabilisieren. Auf jeden Fall sind wir Ihnen äußerst dankbar, dass Sie so schnell gearbeitet haben.« Ein winziges Lächeln entspannte seine schmalen Lippen. »Und dass Sie sich sogar persönlich mit dem Ergebnis zu uns bemüht haben.«

»Gern geschehen«, sagte Sofie. »Vanessas Genesung liegt mir sehr am Herzen. Ich würde mich freuen, wenn Sie mich weiter auf dem Laufenden halten.«

Sollte sie ihm von der toten Maus erzählen, in der sie die gleiche Substanz gefunden hatte? Fast lag es ihr schon auf der Zunge, dann jedoch entschloss sie sich dagegen. Noch gab es zu viele unbekannte Faktoren, die sie erst für sich abklären musste.

»Ich informiere Sie sofort, sobald eine Änderung eintritt«, versprach Dr. Sonner. »Hoffen wir, dass es eine Änderung zum Besseren sein wird.«

Gedankenversunken verließ Sofie die Intensivstation und wäre auf dem Gang beinahe in einen schlanken Mann mit rötlichen Locken hineingelaufen. Der blieb abrupt stehen und musterte sie aufmerksam.

»Sie müssen Dr. Rosenhuth sein«, sagte er. »Die neue Rechtsmedizinerin aus Berlin. So jedenfalls lassen es die bewährten Münchner Buschtrommeln verlauten. Freut mich sehr.«

Sofie blinzelte den Mann fragend an.

»Verzeihung. Ich hab mich ja noch gar nicht vorgestellt. Charly Loessl – Polizeireporter.«

Die Hand, die er Sofie entgegenstreckte und die sie nach kurzem Zögern drückte, war warm. Der Druck genau so, wie sie es mochte. Aus der Nähe entdeckte sie einiges Grau in den rötlichen Locken, was dem Mann ein gewisses Maß an Seriosität verlieh. Allerdings machte das der hungrige Zug um seinen Mund gleich wieder wett. Obwohl er gerade mal so groß war wie sie und Sofie schon seit Teenietagen auf Männer ab eins achtzig gepolt war, sprang etwas in ihr an, das sie lange nicht mehr gespürt hatte.

»Ich bin wegen der Kleinen vom Spielplatz hier«, fuhr er fort. Seine Augen waren grau und sehnsüchtig – und gefielen Sofie ausnehmend gut. »Ist sie denn schon aufgewacht?«

»Und selbst wenn – Sie glauben doch nicht etwa, dass ich Ihnen das auf die Nase binden würde?« Sofie ging weiter zum Lift. »Damit in irgendwelchen Käseblättern morgen eine Ihrer üblichen sensationslüsternen Headlines über das ›arme kleine Komakind‹ Käufer anlockt? Vergessen Sie es!«

Er folgte ihr.

»Ich weiß Ihre Verschwiegenheit durchaus zu schätzen«, sagte er mit einem unverschämt sympathischen Lächeln. »Aber die Öffentlichkeit hat doch ein Recht, informiert zu werden. Oder nicht?«

»Nicht über laufende Fälle«, lautete Sofies knappe Antwort. In der engen Kabine standen sie näher beisammen, als ihr eigentlich lieb war. Sakradi – der Kerl roch auch noch gut! Nach grünen Gräsern, etwas Würzigem, das sie nicht genauer identifizieren konnte … nach – Mann.

Unwillkürlich rückte sie ein Stück von ihm ab.

Konnte doch nicht sein, dass sie mit all ihren guten Vorsätzen von einer Minute auf die andere brach – und ausgerechnet bei einem Wildfremden gleich dermaßen in Fahrt kam!

»Ich weiß, ich weiß«, murmelte er verständnisvoll. »Aber wie wär's mit einem kleinen, harmlosen Deal? Ich bedränge Sie heute nicht weiter und bekomm dafür die Option der ersten News von Ihnen. Sie müssen Ja sagen – bitte!«

Er streckte ihr seine Visitenkarte entgegen und verzog das Gesicht zu einer derart flehenden Grimasse, dass sie lachen musste. Männer mit Humor hatten bei ihr von vornherein einen Sonderbonus. So war es schon immer gewesen.

Aber woher konnte dieser Charly Loessl das ahnen?

Sie waren im Erdgeschoss angelangt. Kavaliersmäßig riss er die Lifttür auf und ließ ihr den Vortritt. Plötzlich erinnerte sich Sofie wieder an die verschmierte Hose. In einen Spiegel hatte sie auch seit Stunden nicht mehr geschaut. Bestimmt sahen ihre Haare inzwischen aus wie ein explodierter Wischmopp. Und sie hatte garantiert wieder diese hektischen Flecken auf den Wangen, die sie mehr als alles andere hasste.

Auf einmal konnte sie gar nicht schnell genug zu ihrem Fahrrad kommen. Sie mühte sich mit dem alten Schloss ab und saß auf. Zwei Tretbewegungen, dann sprang die Kette erneut heraus.

»Sackl Zement!«, entfuhr es ihr aus tiefstem Herzen. »Ned schon wieder, Drecksglump, elendes!«

»Sieht wirklich übel aus«, pflichtete Charly Loessl ihr grinsend bei. »Schätze, da hilft nur eine Totaloperation.«

»Nicht jetzt. Ich muss so schnell wie möglich nach Hause …«

»Kein Problem! Dante und mir wäre es eine Freude, Sie nach Hause zu chauffieren.«

Sofie hob fragend die Brauen.

»Ach ja«, sagte er lächelnd und deutete auf einen bildschönen roten Jaguar, der gut und gern seine fünfzehn Jahre auf dem Buckel haben musste. »Ich hab Sie ja noch gar nicht mit meinem alten Kumpel bekannt gemacht. Dante – Frau Dr. Rosenhuth. Der Bursche und ich haben schon so manches Inferno heil überstanden, daher der Name. Momentan hat er zum Glück eine nahezu göttliche Phase. Sie müssen also keine Angst haben. Steigen Sie ruhig ein.«

Sofie ließ sich auf den dezent abgeschabten grauen Ledersitz sinken. Die Armatur war aus dunklem Holz, und der Sound, als Charly Loessl den Wagen gestartet hatte, zum Niederknien. Langsam faltete sich das Dach zusammen.

»Jetzt müsste ich nur noch wissen, wo dieses Zuhause ist«, sagte er an der ersten Ampel.

»Giesing«, sagte Sofie. »Zugspitzstraße.«

»Die Heimat von Kaiser Franz?«

»Bingo. Meine Tante hat sogar mit ihm die Schulbank gedrückt.«

»Ein vielversprechendes Viertel. Dahin würde ich auch gern ziehen. Lieber heut als morgen.«

»Klingt ja nicht gerade so, als wären Sie mit Ihrer derzeitigen Wohnung besonders happy …«

Charly nickte. »Mein Makler hat mir diese Unterkunft damals

hochtrabend als Schwabing-Nord verkauft. Aber unter uns: Es ist schlicht und einfach Milbertshofen.«

Beide lachten.

Auf einmal spürte Sofie, wie der Druck dieses anstrengenden Tages nach und nach von ihren Schultern glitt. Charly Loessl drückte eine Taste. Die warme Stimme von Sade erklang.

»Kann ich noch immer hören«, sagte er. »Sie auch?«

Sofie nickte.

Er schien zu spüren, dass sie keine große Lust zum Reden hatte, und hielt ebenfalls den Mund.

Sein Fahrstil war forsch, aber nicht riskant. Ganz offensichtlich, dass der Mann und sein Wagen gute Freunde waren. Der Abendwind brachte Sofies Frisur endgültig zur Auflösung, aber das war ihr völlig egal. Von ihr aus hätte diese Fahrt noch viel länger dauern können. Viel zu schnell waren sie in der Tegernseer Landstraße angelangt. Schon kamen die rötlichen Mauern des Ostfriedhofs in Sicht.

Wie immer bei diesem Anblick wurde Sofies Kehle eng. Bislang hatte sie den Besuch am Grab der Eltern vor sich hergeschoben. Dabei war das neben der Sorge um Tante Vroni einer der Gründe gewesen, die sie zurück nach Giesing geholt hatten.

Sie bogen in die St.-Bonifatius-Straße ein.

Spedition Gfeiter las Sofie auf dem großen Schild, das an der gelben Hauswand angebracht war. *Ihr Umzugsfuchs in München-Giesing.* Siedend heiß fiel es ihr wieder ein: Die Typen hatten versprochen, demnächst die letzten Kartons bei ihr abzuholen. Nur – dazu mussten sie erst einmal leer sein …

Eine schmale Gestalt stand neben der Einfahrt. Wenn Sofie nicht alles täuschte, war es dieses auffallend blasse Mädchen im dunklen Hoodie, das sie schon am Morgen in der Bäckerei gesehen hatte.

Ob die auch umziehen wollte? Als der Jaguar näher kam, drehte sie sich auf dem Absatz um und spurtete in die Dämmerung davon.

»Die nächste rechts«, sagte Sofie mit einem Anflug von Bedauern.

Sollte sie sich wirklich bis vor die Tür bringen lassen? Und wenn Vroni mitbekam, dass ihre Ziehtochter sich gleich an ihrem ersten Arbeitstag in einem Jaguar-Cabrio von einem nicht gerade unangenehm aussehenden Mann im besten Alter nach Hause hatte chauffieren lassen? Warum eigentlich nicht? Spätestens mit neununddreißig hatte man ein Recht auf ein eigenes Leben.

»In der vierzehn wohne ich«, setzte sie hinzu.

»Schönes Haus«, sagte Charly Loessl anerkennend. »Wenn da zufällig mal was frei werden sollte …«

Sofie sah ihn an.

»Danke fürs Bringen«, sagte sie. »Hat Spaß gemacht.«

»Die Freude ist ganz auf meiner Seite.« Seine Augen hielten sie fest. »Und vergessen Sie unsere kleine Vereinbarung nicht …«

»Ich vergess nie etwas«, erwiderte Sofie, während sie sich mühsam aus dem niedrigen Sitz auf die Straße schälte. Anmut war etwas anderes. Aber egal. »Dafür bin ich berühmt-berüchtigt.«

14

Alles auf Anfang

Herrgott Zare, Tante Mare! Hoffentlich sah sie keiner!

Sofie konnte sich ein Schmunzeln nicht verkneifen: Das war mal wieder typisch. Der Rest der Menschheit entledigte sich seines Müllbeutels mit einer lässigen Handbewegung, und gut war's. Bei Sofie hingegen konnte so was gleich mal in eine mittelschwere Katastrophe ausarten.

Wie jetzt zum Beispiel.

Von ihrem Schlüsselbund keine Spur. Und wenn sie nicht bald fündig wurde, kam sie auch noch zu spät zu Tante Vronis Abendessen.

Hektisch wühlte Sofie sich durch Plastiktüten mit Windeln und leeren Konservendosen, Essensresten und Gemüseabfällen, alten Klamotten, kaputtem Spielzeug. Ein Wahnsinn, was die Leute so alles wegwarfen! Allerdings – auf die Weise konnte man die liebe Nachbarschaft auch einmal von einer ganz anderen Seite kennenlernen …

Grinsend hob Sofie einen zerfledderten Groschenroman hoch, den sie neben Apfelschalen und Pizzakartons gefunden hatte. Dann aber stutzte sie und pfiff leise durch die Zähne, als sie den Stempel auf dem Umschlag entzifferte: *Veronika Ilmberger.*

Sieh einer an! Ausgerechnet. Wer hätte gedacht, dass ihre heiß geliebte, wunderbare, kauzig-gschnappige Tante einen solchen Hang zu romantischer Lektüre hatte?

Dr. Stefanie Frank und die große Liebe …

Sofie schüttelte den Kopf: Ja mei, liebe Tante Vroni. Solche schnulzigen Happy Ends gab's eben nur in Büchern oder Filmen …

Sofie wühlte weiter. Wo, um alles in der Welt, steckte dieser vermaledeite Wohnungsschlüssel? Nur deshalb war sie ja in den unförmigen, silberfarbenen Müllcontainer im Hinterhof der Giesinger Zugspitzstraße geklettert – und steckte nun knietief zwischen den Hinterlassenschaften der Zivilisation …

Zu ihren Füßen klirrte es. Zwischen alten CDs, welken Salatblättern und einer ramponierten Barbiepuppe lugte ein Schlüssel heraus. Erleichtert fischte sie nach ihm – endlich! Wenn sie Glück hatte, würde sie es noch rechtzeitig schaffen, bevor die Tante grantig wurde.

Schnaufend versuchte Sofie, sich an der Innenwand des Containers hochzustemmen, aber: Fehlanzeige. Na klar, von außen hatte sie ja auch Obstkisten als Steighilfe benutzt. Hier drinnen allerdings sah die Sache anders aus …

Sofie verdrehte die Augen, halb genervt und halb belustigt: Wär ja auch zu schön gewesen! Sie versuchte, mit den Füßen einen Haufen zusammenzuscharren, von dem aus sie sich abstoßen könnte.

Jetzt musste es einfach klappen!

Oder sollte sie hier gefangen bleiben und darauf warten, bis jemand vorbeikam und ihr aus dieser übel riechenden Falle half?

Sie war drauf und dran, sich erneut am Innenrand des Müllcontainers hochzustemmen, als plötzlich eine Stimme an ihr Ohr drang: Tante Vroni! Das war ihre Rettung!

»Super, dass du da bist. Na kann des Überraschungsessen ja gleich steigen. Ich wollt nur noch schnell bei der Sofie läuten und Bescheid geben, dass alles fertig ist.«

Sofie stutzte. Wie jetzt? Hatte die Tante noch jemanden eingeladen? Schon wollte sie sich Vroni zu erkennen geben, als sie erstarrte. Denn die zweite Stimme, die nun antwortete, war ihr nur allzu bekannt – auch wenn sie sie seit gut zwei Jahren nicht mehr gehört hatte.

»Ich weiß fei ned so recht, ob des wirklich a guade Idee von dir is, Vroni. Des letzte Zusammentreffen von der Sofie und mir war ja eher – wie soll ma sagen – unglücklich.«

»Mei, Bua, des is doch scho über zwoa Jahr her! Und manchmal muass ma dem Lauf der Dinge eben a bissl nachhelfa.«

Sofie, mucksmäuschenstill in ihrem silbernen Versteck kauernd, schloss die Augen. So war das also: Ausgerechnet ihr Ex und Tante Vroni hatten sich zusammengetan und planten eine Verschwörung. Hinter ihrem Rücken. Sauber!

Sofie hielt den Atem an. Jetzt nur keine unachtsame Bewegung – und den Niesreiz, der sich schon seit Längerem ankündigte, noch ein paar Sekunden unterdrücken! Der Tante würde sie es dann später schon einschenken. Und dem Joe, diesem Hund …

»Ihr zwoa, ihr seids doch wie füreinander geschaffen!«

»Mei, Vroni, erzähl mir nix! Wie oft hab ich mir gewünscht, ich könnt die Uhr einfach zurückdrehn. Da würd ich so manches anders machen …«

»Und die Sofie auch. Des woaß i gwiss, Joe.«

Ha… – Hatschi!

Zefix.

Nur eine Sekunde später linste bereits ein Paar nussbrauner Augen in den Container hinein. Lustig zwinkernde Augen, die

Sofie immer wieder zum Lachen gebracht hatten. Augen, denen man einfach nicht böse sein konnte – und die es so nur einmal auf der Welt gab.

»Da schau her. Servus, Sofie! So sieht man sich wieder, gell … Guad schaust aus!«

Sofies Herz begann bis zum Hals zu klopfen. Während sie sich mit dem Handrücken über die verschwitzte Stirn strich, suchte sie fieberhaft nach einer lässigen Antwort. Giesinger Mundwerk? Von wegen. Das ließ sie gerade elendiglich im Stich. Stattdessen versank sie in Joes Augen.

Joe warf einen kurzen Blick auf die Müllsäcke rings um Sofie, dann grinste er sie schelmisch an: »Soll ich dir da vielleicht raushelfen?«

Sofie nickte stumm.

15

Pfaffenstück

Inzwischen glich ihr Bett einem Wühltisch im Schlussverkauf, so oft hatte sie sich umgezogen. In den nachlässig gestapelten *Gfeiter*-Umzugskartons, die kreuz und quer in der Wohnung standen, war nun endgültig das Chaos ausgebrochen. Und eigentlich hätte Sofie nach der Szene im Container natürlich auf stur schalten und zu Hause bleiben müssen.

Andererseits: Verdienten ihr Ex und die hinterlistige Tante nicht eine saftige Abreibung?

Vor dem großen Spiegel straffte sie sich und drückte den Rücken durch. Sie wusste genau, wie gut ihr das bordeauxrote Jerseykleid stand, in dem sie zwar binnen Kurzem wie verrückt schwitzen würde, das aber großzügig alle Speckröllchen in anmutige weibliche Rundungen verwandelte. Dafür schnürte sie der Shapewearbody, den sie darunter angezogen hatte, damit sich dieses Wunder auch vollzog, schon jetzt ein. Inständig sehnte sie sich nach einem bequemen Riesenshirt, nackten Beinen und dem Herumlümmeln auf ihrem uralten Sofa – aber dafür war es jetzt zu spät.

Plötzlich hielt sie im Drehen und Wenden inne. Was tat sie hier eigentlich? Donnerte sie sich etwa so auf, um ihren Ex wieder schwach zu machen?

Unsinn, dachte Sofie und setzte sich in Bewegung. Aber sehen, was er da verloren hat, soll der Joe durchaus!

Vroni riss die Wohnungstür auf, als hätte sie auf das Klingeln bereits gelauert. Die Flasche eiskalten Grauburgunder aus Sofies Arm nahm sie nicht minder rasch in Beschlag.

»Hab doch gwusst, dass du vernünftig worn bist, Madl!« Sie klang hochzufrieden. »Herein mit dir!«

Der köstliche Duft nach Gebratenem, der Sofie entgegenströmte, war überwältigend. Genauso hatte es an Feiertagen gerochen, wenn es gute Noten zu feiern gab – oder wenn ihre kleine Seele Trost gebraucht hatte. Die Tante hatte stets eine besondere Nase dafür gehabt, was notwendig war, und ihre bedingungslose Liebe für die verwaiste Nichte eher mit einer Leibspeise als mit vielen Worten ausgedrückt.

Mit reichlich gemischten Gefühlen, in denen sich Erinnerung, Unwillen und Wachsamkeit abwechselten, betrat Sofie die altvertraute Wohnküche. Die Eckbank, der viereckige Tisch, die Bauernmalerei an den Wänden, die von einem lang zurückliegenden Kuraufenthalt Vronis in Murnau stammten – alles unverändert. Woran Sofie allerdings nicht mehr gewohnt war, das war Joes unübersehbare Präsenz.

Bei ihrem Anblick pfiff er anerkennend.

»Wow – die Schöne des Abends«, sagte er halblaut. »Die alte Heimat scheint dir gutzutun, Spatzl.«

»Wenn du hier einen auf Monaco Franze machst, kann ich auch gleich wieder gehen«, erwiderte Sofie. »Hat sich ein für alle Mal ausgespatzelt, kapiert?«

»Ihr zwoa werdets doch ned gleich wieder anfangen zu streiten«, rief Vroni beunruhigt. »Wo ich mir a solchene Müh gmacht hab!«

Unübersehbar.

Die Tischdecke war die feine mit den Damaststreifen, Vroni hatte das gute Geschirr mit Goldrand aufgedeckt und die böhmischen Kristallgläser aus dem Schrank geholt. In einer Schüssel lockte ihr sagenhafter bayerischer Kartoffelsalat, in einer zweiten, kleineren war Krautsalat.

Joe gab den Kavalier und entkorkte den Grauburgunder.

»An mir soll's ned liegen«, sagte er, während er fachmännisch den Korken beschnupperte und Sofie einen Probierschluck einschenkte. »Bekanntermaßen gibt's keinen friedlicheren Zeitgenossen auf diesem Planeten!«

Der Wein war süffig und genau so kalt, wie er sein musste, und doch bekam Sofie plötzlich Lust auf etwas anderes.

»Eigentlich hätt ich am liebsten a Bier«, sagte sie. »Ihr auch?«

Joe grinste. »Also doch. Des von der Giasinger Privatbrauerei, oder? Stell dir vor, als ob ich's gwusst hätt, hab ich just a paar Flaschn mitbracht!« Er sprang auf, holte zwei Flaschen aus dem Kühlschrank und verteilte den Inhalt gerecht auf drei Gläser.

Vroni werkelte weiter am Herd.

»Dabei wars nix als a reiner Zufall, dass der Bua mir übern Weg gelaufen is«, sagte sie. »Da hab i mir denkt ...«

»Wenn ihr glaubts, ich hätt Tomaten auf den Augen und Petersil in den Ohren, dann habts euch sauber täuscht«, fiel Sofie ihr ins Wort. »Was soll des hier werden, wenns fertig is? Die große Sofie-und-Joe-Wiedervereinigung? Könnts grad vergessen!«

Sie nahm einen genüsslichen ersten Schluck.

Das Bier schmeckte nach Hopfen – und nach Heimat. Sie hatte gar nicht gewusst, wie sehr sie beides vermisst hatte.

Joe versuchte, neutrales Terrain anzusteuern.

»Sag amal, Vroni, was macht eigentlich dei Bua? Arbeitet der immer noch in Kempten bei der Rialto-Versicherung?«

Vroni zögerte und wischte sich nervös die Hände an der Schürze ab.

»Der Alois? Der … macht sich richtig guad. Wird wahrscheinlich demnächst zum Abteilungsleiter befördert.«

»Sauber, sag i. Da werdets euch wahrscheinlich eher selten sehen, oder?«

Vroni hüstelte.

»Mir telefoniern halt regelmäßig.«

Was nicht gelogen war. Das letzte Mal hatte sie ihren Sohn gesehen, als seine Waschmaschine kaputtgegangen war und er plötzlich mit gefühlten zwanzig Kilo Schmutzwäsche vor ihrer Tür stand. Ein halbes Jahr war das jetzt schon her. Mindestens. Seitdem hatte sie bis auf eine vorgedruckte Weihnachtskarte der Versicherungsgesellschaft nichts mehr von ihm gehört. Was Vroni immer wieder schlaflose Nächte bereitete. Trotzdem hätte sie sich lieber die Zunge abgebissen, als auch nur ein Sterbenswörtchen darüber zu verlieren.

»Aber jetzt sollt ma wirklich endlich amoi essen!«, sagte Vroni, die inzwischen einen hochroten Kopf bekommen hatte. Interessanter Gegensatz zu ihren lila getönten Haaren, die Sofie erst jetzt auffielen. »Sonst werd mei Hendl noch kalt.«

Was mochte in die Tante gefahren sein, dass sie sich auf solch ein modisches Wagnis eingelassen hatte? Etwa doch ein neuer Verehrer, der irgendwo auf seinen Einsatz lauerte?

»Des war die Manu«, sagte Vroni, die schon früher immer wieder Sofies Gedanken lesen konnte. Sie lächelte kokett. »Schee, gell? Der allerletzte Schrei, hats gsagt.«

Mit beiden Händen trug sie die Reine zum Tisch, setzte sie auf ein großes Brett und zückte dann ein Tranchiermesser, um das Hendl zu zerlegen.

»Magst des ned lieber unserer Expertin überlassen?«

Joe grinste. »Wenn eine sich auskennt mit Sektionen, dann doch wohl unsere Frau Doktor.«

»Jetzt reicht's!« Sofie warf ihm einen warnenden Blick zu, während sie Vroni das Tranchiermesser abnahm und es fachgerecht ansetzte. »Schon a echte Schand, wenn ned amoi der Herr Kriminaler und die eigene Tante wissen, dass ich ned jeden Tag von der Früh bis aufd Nacht Leichen aufschneid. Mir Rechtsmediziner haben zum Glück noch a ganze Menge anderes zu tun. Sonst hätt ich mir des Studium grad schenken können und waar bei der Polizei blieben. Aber bitte, kauts nur munter weiter auf euren Klischees, wenns euch a solche Freud macht!«

Das hatte gesessen. Plötzlich waren die beiden auffallend still. Obwohl sie natürlich teilweise recht hatten – zumindest was Sofies Freude am fachgerechten Tranchieren des Hendls betraf. Aber natürlich würde sie sich hüten, das ausgerechnet hier und jetzt zuzugeben.

Den ersten Schnitt setzte sie bei der rechten Keule, klappte sie mithilfe eines Löffels leicht auf und wiederholte den Vorgang dann auf der linken Seite. Sie schaute kurz auf.

»Wer möcht was?«, fragte sie.

»Ich die Flügel«, sagte die bescheidene Vroni schnell. So war es auch früher schon gewesen, wenn Sofie und ihr Vetter Alois sich am Sonntagstisch regelmäßig um Brust oder Schenkel stritten.

Sofie kippte das Hendl leicht und ließ den Saft in die Reine tropfen, bevor sie es wieder auf das Brett verfrachtete. Sie schnitt weiter entlang des Brustbeins.

»Ein mageres Brüstchen bitte für mich«, sagte Joe. »Ich hab's nicht so mit dem Fieseln.«

»Das Pfaffenstück – natürlich«, versetzte Sofie, während sie die Schenkel ablöste und zum Schluss mit einem resoluten

Schnitt die Flügel für Vroni abtrennte. »Für unseren Herrn Pascha am Tisch! Hoffentlich ist es recht trocken!«

Ihre Blicke trafen sich.

Offensichtlich erinnerten sich beide gleichzeitig an jene goldenen Zeiten, wo sie gemeinsam am Gabelbein gezogen hatten, in der Hoffnung, das größere Knochenstück zu ergattern und damit einen Wunsch frei zu haben.

»Ich kann fei gehn, wenn du mich so unerträglich findest«, sagte Joe schmallippig.

»Nix da!«, widersprach Vroni energisch, die inzwischen jedem einen Berg von Kartoffel- und Krautsalat aufgehäuft hatte. »Warum verzählst uns ned lieber was von deiner Arbeit?«

»Das interessiert hier doch keinen«, murrte er.

»Mich schon. Und dich auch, Sofie, gell?«

Sofie nickte.

»Aber zuerst du«, verlangte Joe. »Soll ja ned ganz einfach sein mit deiner Chefin, dieser Frau Dr. Falk, wie man so hört ...«

»Echt?«, sagte Sofie. »Wie kommst jetzt du auf so was? Mein erster Tag war jedenfalls grandios. Ich glaub, die Falk und ich, wir zwei werden noch allerbeste Freundinnen ...« Sie lächelte vielsagend. »Und jetzt du. Also?«

»Wir ham da so a komische Brandleiche gfunden«, sagte Joe nachdenklich, während er sich ein Stück Huhn in den Mund schob. »In einem verkohlten Gartenhäusel. Harlaching. Feinste Lage. Tappen aber noch total im Dunkeln. Mayr, dieser Depp, sitzt mir schon gewaltig im Nacken. Wenn ich ned bald was Gscheids zsammbring, seh ich schwarz für meine Beförderung ...«

Sein Bariton klang warm und beruhigend, so hatte er schon immer auf Sofie gewirkt. Und fesch sah er aus in seinem lässigen T-Shirt, das sie so viel lieber an ihm mochte als diese komischen steifen Hemden, mit denen er sich manchmal verkleidete, wenn er besonders schick sein wollte.

Ja, in gewisser Weise wirkte Joe noch immer auf sie, vor allem wenn er einen Anflug von Selbstzweifel zeigte wie gerade eben. Sofie wusste, was diese Beförderung für ihn bedeutete und wie lang er schon darauf gewartet hatte. Wie ein Blitz war seine Ehefrau seinerzeit durchgestartet. Ein harter Schlag für einen ehrgeizigen Kerl wie ihn, den er wieder wettmachen wollte, auch wenn sie inzwischen seine Ex war.

Aber das hieß natürlich noch lange nicht …

»Sofie?« Joes Stimme holte sie zurück aus ihren Tagträumen. »Hallo! Wo bist du? Du träumst doch ned etwa von …?«

»Iss dei Pfaffenstückl auf!«, sagte sie barsch. »Aus uns beiden wird nix mehr, dass des klar is!«

16

Blindes Huhn

Aspirin? Oder eher Kaffee?

Am besten beides, nach diesem seltsamen Abend gestern, der Sofie doch mehr in den Knochen saß, als ihr lieb war.

Sie warf den Kocher an. Dann füllte sie ein Glas mit Wasser, gab eine Brausetablette hinein und beobachtete nachdenklich, wie die weiße Scheibe sich sprudelnd auflöste.

Ungefähr genauso war ihr zumute.

Joe war zuckersüß gewesen, unterhaltsam und charmant. Das war ja schon immer seine Stärke. Trotzdem – er hatte sich verändert. Irgendeine Art Ernsthaftigkeit war zwischendurch aufgeblitzt, die sie so bisher nicht bei ihm gekannt hatte. Und diesen Deppen umso liebenswürdiger machte, Zefix!

Den ganzen Abend über hatte Sofie die Rolle der Unnahbaren, Kühlen perfekt gespielt. Was ihr zugegebenermaßen nicht gerade leichtgefallen war. Nicht nur wegen der verstohlenen nachdenklichen Blicke, die Vroni ihr immer wieder zugeworfen hatte.

Der Tante hatte Sofie die Aktion längst verziehen. Mit sich selbst allerdings war sie alles andere als im Reinen.

Aus heiterem Himmel war sie wieder da gewesen: diese Vertrautheit. Diese Unbeschwertheit. Dieses Gefühl, nichts auf dieser Welt könne ihr etwas anhaben, solange Joe an ihrer Seite war.

Das Abschiedsbussi am Schluss hatte ihr dann endgültig den Rest gegeben. Natürlich war es nur ein Kuss auf die Wange gewesen. Fast nur ein Hauch, denn Sofie war eine Sekunde später erschrocken zurückgewichen. Und dennoch hatte dieser kurze Körperkontakt gereicht, um nicht nur einen bunten Schmetterling in ihrem Bauch aus dem Tiefschlaf zu holen.

Kein Zweifel: Aus ihrem geradezu unverschämt gut aussehenden Ex mit seinem umwerfenden, jungenhaften Humor war ein ganzer Mann geworden. Einer, dem garantiert die Frauen zu Füßen lagen, mehr denn je. Und eben das war das Problem.

Oder war es überhaupt eines?

Dachte Sofie hier in der lausigen Teeküche des Instituts für Rechtsmedizin allen Ernstes über eine Neuauflage ihrer Beziehung zu Herrn Lederer nach?

Nix da!

Energisch schüttelte sie den Kopf und leerte das Wasserglas mit der sprudelnden Flüssigkeit in einem Zug. Brrr. Bitter! Dazu noch ein randvoller Becher rabenschwarzer Kaffee aus dem Fertigpulver, das sie sich heute früh noch schnell besorgt hatte – damit dürfte sie ihre wild gewordenen Hormone endgültig wieder in den Griff bekommen.

Hoffentlich.

Sofie nahm gerade einen ersten Schluck des dunklen Gebräus, als sich eine bekannte frostige Stimme in ihrem Rücken meldete.

»Na, Frau Kollegin? Wieder mal in der Teeküche? Wir zwei Hübschen hatten heute früh eigentlich noch was zu klären. Schon vergessen?«

Sofie zuckte zusammen. Prompt ergoss sich aus dem Becher ein Schwall heißer Kaffee über ihr helles T-Shirt. Na super!

Dr. Falk verschränkte die Arme und musterte Sofie missbilligend von oben bis unten.

»Ohne kleinere Unfälle scheinen Sie wohl nicht über die Runden zu kommen. Aber das ist für mich im Moment das geringste Problem. Die Sektionsräume sind nicht zu Ihrem Privatvergnügen da, Frau Rosenhuth. Und erst recht nicht zur Obduktion eines Nagetiers. Ich hoffe, Sie haben eine überzeugende Erklärung für Ihr eigenmächtiges Vorgehen von gestern?!«

Sofie schluckte. Ohne die Sektion der Maus und eine gründliche Analyse der Körperflüssigkeiten hätte sie genauso im Dunkeln getappt wie die hochkarätigen Kollegen in der Haunerschen Kinderklinik. Die alte Regel: Wenn man nicht weiß, wonach man suchen soll, steht auch der beste Toxikologe gelegentlich im Regen. Erst die Einstichstelle hatte Sofie auf die richtige Spur gebracht. Aber ob Frau Dr. Iglu ihr diese Geschichte glauben würde? Zumal Sofie nicht einmal wusste, ob die kleine Vanessa die Nacht überhaupt lebend überstanden hatte …

»Also? Ich höre?«

Doch Sofie war eine Gnadenfrist vergönnt. In diesem Moment klingelte Dr. Falks Mobiltelefon. Mit einem schnippischen »Moment!« wandte sie sich ab und nahm das Gespräch entgegen.

»Institut für Rechtsmedizin. Falk am Apparat.«

Zu Sofies Erstaunen glätteten sich die bedrohlichen Falten auf Dr. Falks ansonsten makelloser Stirn wie von Zauberhand. Und: War das etwa so was wie ein Lächeln, das sich auf ihrem Gesicht ausbreitete? Auch ihre Stimme nahm nun einen sanften Ton an.

»Freut mich zu hören, Dr. Sonner. Toxikologie ist nun mal mein besonderes Steckenpferd. Sie kennen ja unseren Leitspruch: *Mortui vivos docent* – die Toten lehren die Lebenden. Gerade

Fälle mit GHB landen zunehmend häufiger auf meinem Tisch. Umso mehr beglückt es mich, dass wir Ihrer kleinen Patientin helfen konnten. – Selbstverständlich, Herr Kollege. Jederzeit. Auf Wiederhören!«

Mit einem Glitzern in den Augen legte Dr. Falk auf.

»Na also. Wer sagts denn.«

Sofie atmete tief durch. »Heißt das, der kleinen Vanessa geht es wieder besser?«

Dr. Falk nickte knapp und fixierte Sofie von oben herab.

»Offensichtlich nicht danebengegriffen, Frau Kollegin. Verbuchen wir es am besten unter der Rubrik blindes Huhn.«

Sofie schluckte die Kröte. Dass die Falk den Erfolg ohne mit der Wimper zu zucken für sich beanspruchte, war ein starkes Stück. Aber vielleicht läutete Vanessas Besserung ja auch bessere Zeiten für Sofie hier im Institut ein?

»Dann wird es Sie sicher interessieren, wie ich auf diese Substanz gekommen bin. Das mit der Maus war nämlich ...«

Frau Dr. Falk winkte ab.

»Verschonen Sie mich mit Ihren Geschichten! Was kümmert mich schon irgendein totes Viech. Mich interessieren vor allem Ergebnisse.«

Sofie starrte ihre Vorgesetzte fassungslos an.

»Aber Sie wollten doch ausdrücklich von mir wissen, wie ...?«

Die andere räusperte sich indigniert und schaute ungeduldig auf die Uhr.

»Zeit ist Geld, Frau Rosenhuth. Auf uns beide wartet eine Menge Arbeit. Deshalb wäre ich Ihnen dankbar, wenn wir unser kleines Plauderstündchen an dieser Stelle beenden und uns den eigentlich wichtigen Dingen des Tages zuwenden könnten.«

17

Unschuldig!

Der Leichnam eines stämmigen älteren Mannes erwartete Sofie auf dem Sektionstisch, mit einem unglaublichen Wanst, der das über ihn gebreitete Leintuch steil nach oben wölbte. Das wulstige Gesicht unter dem schütteren Haarkranz schien entspannt, die starren Augen waren weit geöffnet, aber noch ungetrübt, der Kiefer hing locker nach unten.

Dr. Falk schenkte der Leiche nur einen kurzen Blick, dann wandte sie sich an Sofie.

»Wenn Sie die Freundlichkeit hätten, den Körper schon mal freizulegen, Frau Rosenhuth?«

Sofie nickte und machte sich an die Arbeit, während Dr. Falk das Diktafon zückte und den Polizeibericht überflog.

»Anton Zeislmaier, 65 Jahre, Metzgermeister …«

Der auffallend zugepiercte Obduktionsassistent namens Stefan Moosbichler alias Spike, der gerade den Wagen mit dem sterilisierten Sektionsbesteck heranrollte, hielt erstaunt inne.

»*Der* Zeislmaier? Mit dem besten Leberkäs weit und breit?« Er korrigierte sich. »Jedenfalls bis er auf die Schnapsidee kam, zu expandieren …«

Ein eisiger Blick von Dr. Falk brachte ihn schnell zum Verstummen.

»Wenn Sie erlauben, würde ich gern fortfahren, Herr Moosbichler!«

»'tschuldigung«, murmelte Spike, arretierte den Wagen neben dem Sektionstisch und tauschte über seinen Mundschutz ein stummes Augenrollen mit Sofie, die das Leintuch, das den Metzgermeister bedeckt hatte, nun in einem Wäschekorb entsorgte.

»... heute früh um 6:17 Uhr im betriebseigenen Kühlraum von einem Mitarbeiter tot aufgefunden. Die Tür war von außen abgesperrt.«

Sofie warf einen prüfenden Blick auf den massigen, mit Hemd und Hose bekleideten Leichnam vor ihr – und stutzte.

Ungerührt fuhr Dr. Falk fort: »Fingerabdrücke an der Klinke laut Spurensicherung identisch mit denen des Kompagnons.« Dann sah sie kopfschüttelnd auf. »Klingt eindeutig, würde ich sagen. Der Mann hat wohl geglaubt, seinen Geschäftspartner auf diese Weise ganz bequem loswerden zu können – warum auch immer. Vermutlich die üblichen Querelen darum, wer das Sagen in der Firma hat.«

»Und warum war der Typ dann so ungeschickt, seine Fingerabdrücke zu hinterlassen?«, fragte Spike stirnrunzelnd.

»Was weiß denn ich?« Dr. Falk zuckte leicht genervt mit den Achseln. »Jedenfalls hat der Bursche für den gestrigen Abend kein Alibi, schreibt der ermittelnde Beamte. Was mich im Übrigen auch nicht weiter interessiert. Wir sind hier schließlich in der Rechtsmedizin und nicht im Mordkommissariat. Unsere Aufgabe ist es, die Todesursache zu diagnostizieren. Und die scheint mir eindeutig zu sein.«

Dass die Diagnose, die sie hier im Lauf der nächsten Stunde stellen würden, nicht zuletzt auch über Schuld oder aber Unschuld eines Menschen entscheiden würde, schien die werte Kollegin hingegen kaltzulassen.

Sofie räusperte sich.

»Sie tippen also auf Kältetod?«, hakte sie nach.

»Selbstverständlich. Was denn sonst!«, schnappte Dr. Falk zurück.

»Dann frage ich mich allerdings, weshalb der Mann vollständig angezogen ist.«

Kälteidiotie – so lautet der eher unfreundliche, dennoch passende Fachbegriff für die bei Absinken der Körperkerntemperatur unter 32 Grad auftretenden Halluzinationen und paradoxen Wärmegefühle. Sie führen in der Regel dazu, dass die Unterkühlten sich vor Eintritt der Bewusstlosigkeit entkleiden – und verleiten Ermittler beim Auffinden von Kälteopfern oft dazu, ein Sexualverbrechen zu vermuten.

Ein Verdacht, der in diesem Fall eher auszuschließen war. Dennoch geriet Dr. Falk für einen kurzen Moment aus dem Konzept.

»Fehlende Kälteidiotie ist noch kein Ausschlusskriterium für Kältetod. Das wissen Sie ja wohl ebenso gut wie ich. Zumindest haben wir aufgrund der uns bekannten Fakten vorerst keinen Anlass, eine andere Todesursache in Betracht zu ziehen.« Indigniert presste sie die perfekt geschwungenen Lippen zusammen. »Aber bitte. Wenn es Sie beruhigt, Frau Rosenhuth, fangen wir jetzt einfach mal an!«

Sorgfältig schnitten Sofie und Spike die noch klamme Kleidung auf, jedes einzelne Stück wurde gewissenhaft dokumentiert, bevor es in einen Papiersack zur eventuellen späteren Untersuchung wanderte.

Es folgte die genaue äußere Begutachtung des nun unbekleideten Körpers: Kopf, Hals, Brustkorb, Bauchdecke, äußeres Genitale, Analregion, Extremitäten, schließlich der Rücken.

Hellrote Totenflecken – ja. Was lediglich bewies, dass der

Körper für längere Zeit hoher Kälte ausgesetzt gewesen war, ob der Metzgermeister in diesem Zeitraum noch gelebt hatte, hingegen nicht. Darüber hätten etwa die bei Kältetod typischen grobfleckigen, geschwollenen, blau- oder scharlachrot gefärbten Hautbezirke an Ellenbogen, Knien, Händen oder Füßen Auskunft geben können – die in diesem Fall jedoch nirgends zu finden waren. Doch auch diese äußeren Unterkühlungsbefunde mussten nicht zwingend auftreten.

Was Sofie viel mehr wunderte: Der Körper des toten Metzgermeisters wies keinerlei Kampfspuren auf. Auch nicht die sonst oft bis aufs Blut abgekratzten Fingernägel, mit denen Kälteopfer meist panisch versuchten, die Tür zur Freiheit zu öffnen. Und das, obwohl der Mann angeblich bei lebendigem Leib und vollem Bewusstsein in einen Kühlraum gesperrt worden war, wo er schließlich seinen letzten Atemzug getan hatte?

Es sei denn, sein Kompagnon hatte ihn zuvor mit irgendwelchen betäubenden Substanzen schachmatt gesetzt. In diesem Fall würde ihnen eine anschließende Analyse des Mageninhalts, vor allem aber des Schenkelvenenblutes vielleicht weiter Aufschluss geben.

Hoffentlich.

Auch Frau Dr. Falk schien ins Grübeln gekommen zu sein und warf Sofie und Spike ein unsicheres, etwas ungeduldiges Lächeln zu.

»Nach der Pneumothoraxprobe sollten wir uns dann am besten gleich als Erstes Brust- und Bauchhöhle zuwenden, wenn Sie nichts dagegen haben.«

Sieh an! Die Falk zeigte ja direkt menschliche Regungen. Waren ihr inzwischen etwa auch Zweifel an der Diagnose »Kältetod« gekommen?

Behutsam schob Spike eine Stütze unter den Nacken und

eine Art Bock unter den Rücken des Toten, sodass Schultern und Kopf nach hinten sanken, während die Brust sich nach oben wölbte. Dann setzte Sofie das Skalpell an: der erste Schnitt von der linken Schulter in bogenförmigem Zug zur rechten Schulter, der zweite beginnend am oberen Ende des Brustbeins bis hinunter zum Schamhügel. Anschließend spreizte sie die Schnittränder, öffnete die Bauchdecke mit sägenden Schnitten, spannte den Schnittrand oberhalb der Rippen über ihrer Hand und trennte am Schluss mithilfe eines Messers Brusthaut und Muskulatur von den Rippen.

In angloamerikanischen Ländern als Y-Schnitt, in Deutschland eher als Kragenschnitt bekannt und weniger geläufig – für Sofie dennoch reine Routine und in diesem Fall durchaus angemessen. Angesichts der überwältigenden Körperfülle des toten Metzgermeisters allerdings eine ziemlich anstrengende Angelegenheit.

Doch Sofies Mühe wurde schneller belohnt, als sie gedacht hatte. Gleich nach der Öffnung des Brustkorbs mit der Rippenschere: Die Milz war mit Blut gefüllt, deren Kapsel bei Unterkühlten sonst in der Regel blutarm war und außerordentlich faltig. Somit also weiterhin keinerlei Befund, der für einen Kältetod sprach.

Auffallend hingegen der bis zum Platzen mit Blut gefüllte Herzbeutel.

Kein Zweifel: Metzgermeister Anton Zeislmaier war an einer Herzbeuteltamponade gestorben – ein lebensbedrohliches Krankheitsbild, bei dem der Bindegewebsbeutel, der das Herz wie eine Art Sack schützend umschließt, sich innerhalb kürzester Zeit mit Blut füllt. Dadurch wird das Herz zusammengedrückt, bis es seine Funktion nicht mehr ausüben kann. Es setzt aus.

Noch war unklar, was die Herzbeuteltamponade verursacht hatte – entweder ein Riss in der Herzkammerwand infolge eines Infarkts oder aber in der Körperhauptschlagader, ausgelöst durch Ablagerungen an der Gefäßinnenwand. Angesichts der Leibesfülle des Metzgers kamen beide Ursachen gleichermaßen in Betracht.

Viel wichtiger aber: Der Mann war eindeutig eines natürlichen Todes gestorben, und zwar bereits am frühen Abend, kurz nachdem er den Kühlraum betreten hatte. Damit war sein zu Unrecht beschuldigter Kompagnon entlastet.

Geradezu erleichtert sah Sofie auf – und traf auf den frostigen Blick ihrer Kollegin.

Elke Falk räusperte sich. »Na also. War ja von Anfang an zweifelhaft, diese vorschnelle Diagnose des Ermittlers vor Ort. Der Rest ist dann eher Formsache, schätze ich. Wenn Sie uns noch kurz bei den Präparationen zur Seite stehen könnten? Das Vernähen schafft Herr Moosbichler dann sicher auch allein. Zumal sich in Ihrem Büro ja bekanntlich jede Menge Gutachten stapeln, die dringend Ihrer geschätzten Aufmerksamkeit bedürfen – übrigens ebenso wie Ihr T-Shirt, wenn ich Sie noch mal daran erinnern darf.«

18

Rein beruflich

Die anschließende Präparation der Organe des Metzgermeisters hatte Sofies Verdacht hinsichtlich der Todesursache eindeutig bestätigt: Die bei Kältetod sonst zwingend auftretenden schwarzen Verfärbungen der Magenschleimhaut, die sogenannten Wischnewski-Flecken, hatten sich nicht nachweisen lassen, ebenso wenig entsprechende Befunde im Urin, die für eine durch Unterkühlung bedingte Stoffwechselstörung gesprochen hätten. Auch die Blutanalyse war negativ gewesen; eine vorab erfolgte Betäubung ließ sich also definitiv ausschließen.

Stattdessen hatte sie erhebliche arteriosklerotische Veränderungen der Aorteninnenwand vorgefunden, die in unmittelbarer Herznähe zu einem Riss und in weiterer Folge zu einer Tamponade des Herzbeutels geführt hatten.

Damit ließ sich nun auch der Hergang in der Kühlkammer relativ exakt rekonstruieren: Der Metzger hatte vermutlich gleich nach Geschäftsschluss, also gegen 20 Uhr, den Raum betreten und dort eine Herzbeuteltamponade erlitten, an deren Folgen er wenige Minuten später verstarb.

Etwa eine Stunde später, gegen 21 Uhr, war sein Kompagnon nach eigenen Angaben auf die offen stehende Tür zum Kühlraum aufmerksam geworden. Allerdings hatte er den Leichnam, der hinter einem Regal verborgen lag, nicht sehen können. Er hatte die Tür daher einfach zugesperrt und war nach Haus gegangen – ohne zu ahnen, dass er am nächsten Morgen unter dringenden Mordverdacht gestellt würde.

Zufrieden schloss Sofie die Tür zu ihrem Büro halb hinter sich und nickte dem freundlich grinsenden Skelett in der Ecke kurz zu. Wenigstens einer, dem die nach wie vor auf ihrem T-Shirt prangenden Kaffeeflecken nichts ausmachen würden!

Dann setzte sie sich an den Schreibtisch und griff konzentriert nach dem ersten Aktenordner.

Wäre sie nicht so vertieft gewesen in die Frage, ob der vorliegende fragliche Nackenschuss wirklich ein Mordfall war oder aber ein Selbstmord, vom Opfer auf heimtückische Art und Weise als Mord vorgetäuscht, hätte sie vielleicht die Schritte gehört, die eine halbe Stunde später an ihrer Bürotür vorbei zielstrebig die Sektionsräume ansteuerten.

So aber war Sofies Chance, sich rechtzeitig zu verkrümeln, gleich null.

Auch Frau Dr. Falk war alles andere als begeistert, als der schmucke Mordkommissar plötzlich in ihren geheiligten Sektionsräumen stand. Sie legte das Diktafon beiseite, in das sie soeben die letzten Befunde zum Fall Anton Zeislmaier diktiert hatte, und sah schmallippig hoch.

Stefan Moosbichler hingegen grinste stumm und wechselte einen vertraulichen Blick mit Joe.

»Unangemeldeten Besuch schätze ich grundsätzlich nicht. Sollten Sie eigentlich wissen, Herr Lederer.«

Optisch passte Joe zwar perfekt in Elke Falks Beuteschema, trotzdem flüsterte eine innere Stimme ihr bei jeder Begegnung warnend zu, lieber die Finger von diesem allzu lässigen Vorstadtcowboy zu lassen, dem das Zeug zum Herzensbrecher buchstäblich auf den Leib geschrieben stand. Sie behielt nun mal gern die Kontrolle über ihre Gefühle. Nicht nur beruflich.

»Ich wollte mich nur erkundigen, ob es schon News zu den verkokelten Leichenresten gibt, die wir Ihnen gestern geschickt haben. Bislang hab ich nichts von Ihnen gehört. Da dachte ich, ich schau einfach mal vorbei ...«

Joe steckte die Hände in die Hosentaschen und grinste breit. Das auch noch!

Winzige Schweißtröpfchen traten auf Frau Dr. Falks Oberlippe.

»Kann ich zaubern, oder was? Wie stellen Sie sich das vor? Wissen Sie, wie viel Arbeit hier tagtäglich auf den Tischen landet? Vor morgen oder übermorgen geht da gar nichts. Tut mir leid.«

»Kaum zu glauben. Und da heißt es immer, die vom Staatsanwalt angeordneten Obduktionen in Deutschland sind rückläufig ...« Joe schüttelte bedauernd den Kopf. »Tja. Der Herr Staatssekretär jedenfalls wird alles andere als happy sein. In aller Herrgottsfrüh hat der heut schon bei uns im Kommissariat angerufen und nachgefragt. Klang nicht so, als ob der sich gern vertrösten ließe. Gibt es denn außer Ihnen niemanden in dem Laden, der sich darum kümmern könnte?«

Dr. Falk griff nach einem sterilen Tupfer und wischte sich den Schweiß aus dem Gesicht. Es gab wenig, was sie mehr hasste.

Sie zögerte. Andererseits: Was konnte schon schiefgehen? Ein derart smarter Typ wie dieser Mordkommissar würde an der molligen neuen Kollegin und deren ungebärdiger Mähne kaum Gefallen finden.

»Sie meinen unseren Neuzugang aus Berlin? Eine eher unbedarfte Kraft, wenn Sie mich fragen. Aber gut. Mit dem bisschen, was die Kollegen von der Spurensicherung uns da gestern angeliefert haben, kann man ohnehin nicht mehr viel falsch machen.«

»Und wo finde ich die von Ihnen so hochgeschätzte Kollegin?«

Joe betrachtete Elke Falk schmunzelnd, was für einen neuerlichen Schweißausbruch bei ihr sorgte.

Der Typ brachte sie wirklich völlig aus dem Konzept!

»Wenn Sie rausgehen, dritte Tür rechts. Und jetzt würde ich gern weiterarbeiten, wenn Sie nichts dagegen haben, Herr Lederer.«

»Geht klar, verehrte Frau Dr. Falk. Dann wünsch ich noch frohes Schaffen!«

Joe wechselte ein vielsagendes Grinsen mit Moosbichler und hob verstohlen den Daumen, dann schloss er sacht die Tür hinter sich.

Strike!

Jetzt musste Sofie nur noch anbeißen …

Behutsam klopfte er an ihre Tür.

»Herein?«

Joe betrat Sofies Zimmer.

»Hi. Ich bin's!«

Neugierig sah er sich um in dem miefigen Kabuff, durch das sich auch heute das Sonnenlicht nur mühsam einen Weg bahnte, und pfiff anerkennend durch die Zähne.

»Schön hast du's hier. Richtig … kuschlig.« Sein Blick fiel auf das lebensgroße Skelett in der Ecke. »Und einen attraktiven Zimmergenossen hast auch, wie ich sehe. Griabig!«

Sofie starrte ihren Ex an wie eine Geistererscheinung. Dann runzelte sie die Stirn. »Was soll das jetzt? Kommst schon wieder an, oder was? War ich gestern nicht deutlich genug?«

Charmant lächelnd schüttelte Joe den Kopf. »Und ob. Wenn

ich deine Hilfe nicht bräuchte, hätt ich mich nie im Leben hergetraut.«

Er räusperte sich und setzte eine frustrierte Miene auf.

»Ich bin rein beruflich da. Du erinnerst dich an die Brandleiche, von der ich Vroni und dir erzählt hab? Auch politisch ein ziemlich heißes Eisen. Wir brauchen da schleunigst Ergebnisse. Und da deine charmante Kollegin ja momentan bis über beide Ohren in der Arbeit steckt, hat sie mich an dich verwiesen.«

Sofie musterte ihren Ex ungläubig. Irgendwas führte der doch im Schilde!

»Die Falk, die alte Giftspritze? Is ned wahr. Da würd die doch lieber freiwillig ein Paar ihrer idiotischen Stilettos opfern!«

Uups! Jetzt hatte sie sich doch verraten!

Aber Joe tat, als ob nichts wäre, und zuckte unschuldig mit den Schultern.

»Wenn ich's dir sag. Außerdem wär ich echt froh, wenn du mich da unterstützen könntest. Wir sind immer noch keinen Millimeter weitergekommen. Und der Chef setzt mir inzwischen so was von die Pistole auf die Brust …«

Sofie zögerte.

Joe warf ihr einen seiner berühmt-berüchtigten schmelzenden Blicke zu.

»Jetzt sag halt schon Ja, Sofie! Niemand wär für den Fall besser geeignet als du. Das weiß ich.«

Sofie biss sich auf die Lippen. Dieser Bazi! Wusste doch einfach immer wieder, wie er sie an den Haken bekam. Standhaft bleiben! Das hatte sie sich vorhin in der Teeküche noch geschworen. Daran würde auch Joes zugegebenermaßen hinreißender Dackelblick nichts ändern.

»Okay. Ich kümmer mich drum. Um die rechtsmedizinische Analyse der Brandleiche, dass das klar ist. Wennst nämlich meinst, ich helf dir auch noch bei den Ermittlungen, hast dich sauber gschnitten.«

Nun war es Joe, der sich auf die Lippen biss. *Shit!* Hoch gespielt, glatt verloren.

»Ja mei. Kann man nix machen.«

Zögernd zückte er sein Notizbuch, riss eine Seite heraus, kritzelte etwas darauf und legte sie neben Sofie auf den Tisch.

»Für den Fall, dass du dir's doch noch anders überlegst: Das ist die Adresse vom Tatort und meine Handynummer. Pfiat di derweil!«

Mit hängenden Schultern verließ Joe Sofies Rumpelkammer und machte sich davon. Sofie wechselte einen nachdenklichen Blick mit George. Täuschte sie sich, oder nickte der stumme Freund ihr grinsend zu?

Männer!

Hielten doch alle zusammen wie Pech und Schwefel!

Energisch griff sie nach dem Zettel, riss ihn in Fetzen und entsorgte ihn im Papierkorb.

19

Eierkopf

Sofie war noch ein ganzes Stück entfernt, als sie die beiden schon debattieren hörte. Zum Glück schoben unmittelbar vor ihr zwei Harlachinger Luxuswachteln ihre sündteuren Babyjogger samt Inhalt so aufreizend langsam vor sich her, dass sie das Gespräch in bester Qualität und voller Länge mithören konnte.

»Sie gehen da jetzt rein, Lederer – und dann erwarde ich endlich Klartext, gabiert? Mit diesen mageren Ergebnissen kann ich dem Herrn Oberstaatsanwalt nicht länger daherkommen.«

»Und woher sollen wir, bitte schön, mehr nehmen?« Joe klang mühsam beherrscht. »Die Befragung der Regensburger Kollegen hat, wie Sie wissen, ergeben, dass …«

»Bleiben Sie mir doch gefälligst mit diesem Brovinzgesocks vom Leib!« Xaver Mayrs fränkische Wurzeln waren trotz aller Bemühungen, Hochdeutsch zu sprechen, unüberhörbar. »Da muss endlich Zug rein, gabiert? Sonst rollen demnächst noch Köpfe, Sie haben den Chef ja gestern selbst gehört! Der war sowieso schon wieder auf hundertachtzig, als der Fall Hinterstoißer heut früh bei ihm auf dem Tisch gelandet ist. Und wer hat den jetzt an der Bagge? Ich. Nur weil die elenden Knochenleser in der Nußbaumstraße sich mal wieder eingemischt haben.«

Missgelaunt verzog er sich schnellen Schritts zu seinem Dienstwagen.

Der Eierkopf!

Unter Hunderten hätte Sofie ihn auf der Stelle wiedererkannt. Ein Kriminaler der übleren Sorte, vom Ehrgeiz zerfressen, unkollegial, einzig und allein auf den eigenen Vorteil bedacht. Sein beeindruckender Kahlkopf schimmerte im Sonnenlicht wie frisch poliert. Unter spärlichen blonden Brauen tief liegend ein misstrauisches blassblaues Augenpaar, das alles und jeden abschätzig musterte. Als Polizistin war Sofie ihm nur ein einziges Mal in die Quere gekommen – das hatte ihr schon gereicht. Plötzlich tat ihr Joe, den sie aus vielerlei Gründen vor ein paar Stunden noch zum Teufel gewünscht hatte, fast leid.

Die beiden Wachteln und ihre aufwendig navigierte Brut waren inzwischen abgebogen. Frauen wie diese konnten bisweilen die niedersten Instinkte in Sofie auslösen. Hier in München würde sie sich erst wieder an diese Spezies Frau gewöhnen müssen.

Joe war inzwischen ebenfalls verschwunden.

Siebert stand auf dem dezent geschwärzten Schild, die Tür zum Vorgarten konnte Sofie einfach aufdrücken. Ein schmaler Weg führte an der Doppelgarage vorbei. Dann öffnete sich der Garten, konservativ angelegt, aber offensichtlich aufwendig gepflegt, mit einigen Obstbäumen und akkuraten Blumenrabatten, in denen Tulpen nach Farben sortiert wie Soldaten in Reih und Glied dem Licht entgegenstrebten.

Einem verkohlten Schandfleck gleich prangte inmitten dieser Geometrie die Ruine des Gartenhäuschens. Das Dach war verschwunden, die schwarz versengten Holzwände bis auf Kniehöhe abgebrannt. Beim Näherkommen stieg Sofie das bittere Brandaroma in die Nase.

»So a gottverdammtes Arschloch!«, fluchte Joe vor sich hin – und erstarrte, als Sofie ihn behutsam von hinten antippte.

»Und?«, sagte sie, während er erschrocken zu ihr herumfuhr. »Wie ist die Lage?«

»Fällt dir nix Bessers ein?«, schnauzte er sie an, während sein Mund sich zu einem zutiefst erleichterten Grinsen verzog.

»Soll ich wieder abhaun?«, konterte sie. »Oder willst du vielleicht doch erst noch wissen, was ich über die Brandleiche rausgefunden hab?«

Sein Nicken hatte etwas Starres.

»Besonders viel hatte ich ja nicht gerade zur Verfügung«, begann Sofie. »Ein Häufchen Asche, Knochensplitter und ein paar Zähne. Da erübrigt sich die übliche Untersuchung von Brusthöhle, Bauchhöhle, Kopfhöhle ganz schnell. Allerdings fanden sich in den Ascheresten höchst interessante Textilspuren.«

»Was bedeutet ...«

»... dass wir weiteranalysieren müssen. Du kennst doch das Prozedere.«

»Männlich oder weiblich?« Joes Augen hingen an ihren Lippen, und Sofie hätte nicht gerade behaupten können, dass ihr das unangenehm war.

»Auch das wird sich erst zeigen«, sagte sie. »Die Zahnfüllungen werden noch eingehender untersucht. Amalgam. So viel wissen wir bereits. Die Tox ist weiter dran. War also wahrscheinlich schon mal kein reicher Privatpatient oder -patientin. Manchmal können Füllungen ja auch Aufschluss darüber geben, woher jemand stammt.«

»Und wenn nicht?«, fragte Joe.

Sofie zuckte die Achseln.

»Dein Part, Herr Hauptkommissar. Für Mutmaßungen bin ich nicht zuständig.«

Zwischen seinen dunklen Brauen erschien eine tiefe Falte.

»Weißt du eigentlich, wie lang ich schon auf diese Beförderung warte?«, fragte er dumpf. »Und dann kommt dieser Eierkopf daher und will ...«

»Den Mayr, den packst du doch mit links«, unterbrach sie ihn. »Und jetzt dreh dich mal ganz schnell um! Diese Herrschaften ...«

Der Mann, der auf sie zustürmte, war untersetzt und hatte eine Halbglatze. Zum grauen Janker trug er eine weinrote Krawatte, die die zahlreichen geplatzten Äderchen auf seinen Wangen ins Bläuliche changieren ließ. Handgenähte Haferlschuhe an seinen Füßen verrieten weniger Geschmack als vielmehr ein gut gefülltes Bankkonto.

»Ministerialdirigent Konstantin Siebert«, trompetete er ihnen entgegen. »Was haben Sie auf unserem Grundstück zu suchen?«

»Hauptkommissar Lederer«, stellte Joe sich vor. »Und das ist Dr. Sofie Rosenhuth von der Münchner Rechtsmedizin ...«

»Und weiter?«, unterbrach Siebert ihn ungehalten. »Was wollen Sie denn noch von uns? Ich habe der Polizei in Regensburg bereits alles Wissenswerte mitgeteilt.«

»Konni, bitte«, sagte die blonde Frau mit dem exakt geschnittenen Bob neben ihm. »Die Dame und der Herr tun doch nur ihre Arbeit!« Ihr kühles Lächeln erwärmte sich um ein halbes Grad. »Greta Siebert«, fuhr sie fort. »Sie müssen wissen, meinen Mann regt die ganze Angelegenheit furchtbar auf. Das Gartenhäuschen hat er vor mehr als zehn Jahren eigenhändig erbaut. So viele Stunden, die er da hineingesteckt hat! Dass es jetzt so zerstört ist ...« Ihre schmale Hand sank resigniert nach unten.

»Sie waren also beide in Regensburg, als das Feuer ausbrach?«, fragte Joe.

»Das haben wir doch alles ...«, schäumte Siebert los, als die energische Stimme seiner Frau dazwischenfuhr.

»Zuerst waren wir in der Regensburger Uni, wo der Festakt stattfand«, sagte Greta Siebert. »Nach der Ansprache meines Mannes gingen wir mit dem Rektor, dessen Gattin und einigen Professoren ins Restaurant ›Ophelia‹ – sehr empfehlenswert übrigens, wenngleich natürlich nicht ganz Münchner Niveau. Übernachtet haben wir später im gleichnamigen Hotel, gleich zwei Stockwerke darüber. Durchaus komfortabel – eigentlich.«

Sofie sah sie fragend an.

»Nun, auch das bequemste Himmelbett und die duftigsten Vorhänge verlieren deutlich an Wirkung, wenn vor dem Fenster randaliert wird«, fuhr Greta Siebert fort. »Ein paar junge Leute, die glaubten, ausgerechnet vor unserem Hotel mächtig feiern zu müssen. Betrunken, wie es ja heutzutage leider immer öfter vorkommt. Wir haben gerufen, gebettelt, schließlich sogar gedroht. Leider vergeblich. Irgendwann haben wir beide eine Schlaftablette eingenommen. Manchmal muss man eben zu Medikamenten greifen, um Ruhe zu finden.«

»Ein Mensch ist in Ihrem Gartenhaus umgekommen«, sagte Joe. »Die genauen Umstände prüfen wir noch.«

Rot vor Zorn zischte Siebert ihn an. »Wissen Sie wenigstens schon, wer dieser Einbrecher war?«, fragte er. »Zum Glück wird ja die Hausratversicherung für den Schaden aufkommen. Aber der ganze Ärger, bis es wirklich so weit ist!«

»Leider nein«, musste Joe einräumen. »Woher wissen Sie eigentlich, dass es ein Mann war?«

Greta Sieberts dünne Lider zuckten.

»Da war so ein junger Kerl, der sich in den letzten Wochen immer wieder in unserer Straße herumgetrieben hat«, sagte sie. »Ich hab meinen Mann darauf aufmerksam gemacht, aber Konni hat ja wirklich Wichtigeres im Kopf. Wer hätte denn ahnen können …« Sie presste sich die Hand vor den Mund.

»Können Sie den Mann vielleicht näher beschreiben?«, fragte Sofie. Leider ließ ihr Nasenflügel sie im Stich und dachte nicht daran zu jucken.

»Ganz normal.« Greta Siebert zuckte die Achseln. »Blond. Eher muskulös. Sportlich gekleidet, in Jeans und Turnschuhen – wie diese jungen Leute heute eben so aussehen.« Sie begann zu hüsteln und musste sich schließlich abwenden, weil ihr Gesicht rot anlief, so sehr hatte sie sich offenbar verschluckt.

»Jetzt bringen Sie mit Ihren aufdringlichen Fragen auch noch meine Frau ganz durcheinander«, bellte Siebert. »Wir sind die Geschädigten, falls Sie das vergessen haben sollten. Ich werde mich an Ihre Vorgesetzten wenden, damit dieser Albtraum endlich ein Ende hat. Und jetzt verlassen Sie gefälligst unser Grundstück! Alle weiteren Befragungen nur noch nach Anmeldung.« Er nahm den Arm seiner Frau. »Komm, Greta! Ich bring dich ins Haus.«

Die beiden entfernten sich in Richtung Villa, ohne Joe und Sofie noch eines weiteren Blickes zu würdigen.

»Ich weiß schon, weshalb ich die Großkopferten noch nie hab leiden können«, sagte Joe. »›Wir sind die Geschädigten‹«, imitierte er in gespieltem Falsett den Ministerialdirigenten. »Der Tote interessiert die doch einen Dreck!«

Sofie hatte auf einmal schmale Augen bekommen und lugte angestrengt zu den Tulpenrabatten.

»Hat die Spusi hier eigentlich schon alles abgegrast?«, fragte sie und setzte sich in Bewegung.

»Was glaubst du denn?«, sagte Joe, der ihr folgte.

»Und was ist das?« Blitzschnell bückte sich Sofie und kam mit einer Flasche wieder nach oben. Zwischen dem Glas und ihrer Hand befand sich ihre Jacke. »Wodka Absolut«, buchstabierte sie.

»Edle Marke«, sagte Joe.

»Wenn du es sagst.«

»Du meinst, die Flasche war womöglich auch mit im Gartenhäuschen?«, fragte Joe.

»Genau das werden wir herausfinden.« Sie trug das Beweisstück vorsichtig zu Joes Dienstwagen und ließ es auf die Rückbank fallen, nachdem er aufgeschlossen hatte. »Du bringst das Ding wohlbehalten zu uns ins Institut, okay? Ich kümmer mich dann später drum und geb dir Bescheid, sobald wir mehr wissen.«

»Später? Das heißt, du willst gar nicht mit?« Er klang enttäuscht.

»So ist es. Es gibt da nämlich jemanden ganz Bestimmten, der mich um einiges dringender braucht.« Sofie schenkte ihm ihr strahlendstes Lächeln. »Und da zisch ich jetzt hin.«

20

Böses Gutti

Kein einziges Kinderlachen.

Stattdessen: das Summen der Überwachungsmonitore.

Das regelmäßige Zischen, Pumpen und Surren der Beatmungsgeräte.

Das mechanische »Plopp« am Ende eines jeden Atemzyklus.

Das leise Huschen dienstbarer Geister.

Hie und da gedämpftes Flüstern.

Es gibt noch Schlimmeres als bleierne Stille …

Behutsam schlich Sofie an den großen Klinikbetten vorbei. Kissen, Decken und Wände waren in bunten Farben und fröhlichen Mustern gestaltet – und dennoch ließen sie alles für keinen Moment vergessen, dass in jedem dieser chromblitzenden Gestelle ein kleiner Mensch um sein Leben rang, unterstützt von einem wahren Maschinenpark an Hilfsgeräten, Schläuchen und Kabeln.

Endlich hatte Sofie ihr Ziel erreicht. Über dem Bett der kleinen Vanessa prangte eine freundlich grinsende Giraffe mit roter Mähne und riesigen Augen an der Wand.

Das dreieckige Gesichtchen des Mädchens war eingefallen und blass, aus der Stupsnase ragten zwei dünne Plastikschläuche, doch die Augen waren geöffnet und der Mutter zugewandt.

Sofie atmete tief durch und räusperte sich.

Katrin Füracker sah auf, die Augen rot gerändert, darunter lagen tiefe Schatten.

»Mei, des is aber liab, dass Sie bei uns vorbeischaun, Frau Doktor«, wisperte sie. »Der Nessie geht's schon wieder viel besser. Gell, Prinzessin?«

Behutsam strich Katrin ihrer Tochter eine Strähne aus dem Gesicht. Dann fasste sie nach der schmalen Kinderhand, die unter der Decke hervorlugte, und streichelte sie liebevoll.

Ein dankbares Lächeln huschte über Vanessas Gesicht. Dann wandte sie den Kopf zu Sofie und nickte kaum merklich.

»Wie heißt denn du?« Vanessas Stimme klang schwächer als ein Flüstern.

Sofie warf ihr ein betont munteres Lächeln zu und gesellte sich an Katrins Seite.

»Mein Name ist Sofie Rosenhuth. Kannst aber gern Sofie zu mir sagen, wennst magst.«

»Sofie Rosenhuth ...« Vanessa ließ den Namen förmlich auf der Zunge zergehen und lächelte erneut. Diesmal zeigte sich sogar ein Paar niedliche Grübchen in ihren Wangen. »Des is aber ein schöner Name!«

Sofie schluckte und wechselte einen kurzen Blick mit Vanessas Mutter. Die Kleine war süß. Grad zum Dahinschmelzen!

In Sofies Innerem meldete sich eine ihr nur allzu bekannte Stimme: Ja, schau's dir nur gut an, des Madl! Weißt du eigentlich, wie alt du heuer wirst? Vierzig Jahre! Und? Wie lang willst du noch warten? Die Uhr läuft, meine Liebe. Wenn du irgendwann auch die Mama von so einem goldigen Fratz werden willst, solltest du dich allmählich ranhalten!

Sofie verzog das Gesicht.

Zu einem Kind gehören bekanntlich zwei. Schon vergessen?

Ich denk jedenfalls nicht im Traum daran, mich aus Torschlusspanik dem nächstbesten Kerl an den Hals zu werfen. Dann lass ich es lieber ganz.

Verdreh mir nicht ständig das Wort im Mund!, entgegnete die strenge Stimme in ihrem Kopf. Davon war nicht die Rede. Aber bitte. Wie du meinst. Erzähl mir später bloß nicht, ich hätt dich nicht gewarnt!

Sofie rollte entnervt die Augen – als sie ein zartes Stupsen an ihrem Arm spürte.

»Alles okay mit Ihnen, Frau Doktor? Sie sind ja plötzlich ganz blass?«, fragte Katrin Füracker besorgt.

Sofie blies ein widerspenstiges Haar aus ihrem Gesicht und zwang sich zu einem Lächeln. Vanessa und ihre Mutter konnten ja wohl am allerwenigsten etwas dafür, dass ihre biologische Uhr immer lauter tickte. Trotzdem, sie blieb dabei: Lieber kinderlos als unglücklich. Das hatte sie sich geschworen, und dabei würde es bleiben. Punkt.

»Alles bestens, keine Sorge!«

»Ich wollte Sie nämlich fragen, ob Sie kurz bei meiner Tochter bleiben könnten. Ich würd mich gern mal schnell frisch machen.«

»Natürlich. Wir zwei machen es uns einstweilen gemütlich. Stimmt's, Nessie?« Aufmunternd zwinkerte Sofie der Kleinen zu. Die nickte leise und griff nach Sofies Hand.

»Danke!« Schon war Katrin Füracker weg.

Die Kinderhand fühlte sich warm und samtweich an. So vertraut …

Sofie hatte alle Mühe, ihre Gefühle im Zaum zu halten. Jetzt ging es nicht um sie, zefix, sondern ausschließlich um das kleine Mädchen hier, das sie mit großen Augen betrachtete.

»Glaubst du, ich werd wieder ganz gesund, Sofie?«

»Aber hallo.« Sofie nickte. »Und dann gehen wir zwei ein Eis essen. Versprochen!«

Vanessas Lächeln wurde intensiver. »Au ja. Ich nehm Erdbeer und Banane. Die san mir am liebsten.«

»Du magst gern Süßes, gell?«

Vanessa nickte heftig.

Sofie betrachtete die Kleine nachdenklich. Ihr Nasenflügel begann zu kribbeln. Natürlich! Warum war sie da nicht eher draufgekommen!

»Sag mal, da auf dem Spielplatz ... Hast du da auch was genascht?«

Vanessa zuckte zusammen und schaute Sofie verdutzt an. »Woher weißt du das?« Dann legte sie zögernd den Finger auf die Lippen. »Sag aber nix der Mama! Die schimpft nämlich sonst mit mir!«

Sofie hob drei Finger hoch. »Ehrenwort.«

Wie und ob sie dieses Versprechen halten könnte, war ihr zwar noch ein Rätsel, Hauptsache aber, sie erfuhr endlich, was dem kleinen Mädchen zugestoßen war.

Vanessa warf Sofie den ernsthaftesten aller Kinderblicke zu, dann gab sie sich einen Ruck: »Also, da war so ein Gutti, das war ganz, ganz toll eingepackt in ganz viel Glitzer...«

»Und das hast du dann gegessen?«

Vanessas Nicken sprach Bände. »Richtig lecker war das.«

Kein Wunder. Mit Zucker ließ sich der leicht salzige und seifige Geschmack von GHB nur allzu leicht verdecken. Das erklärte auch den hohen Glukosegehalt in Vanessas Magen unmittelbar nach dem Vorfall.

Was aber hatte eine derart appetitlich verpackte Süßigkeit mit einer solch lebensgefährlichen Füllung in der Nähe eines Kinderspielplatzes zu suchen? Sofie hatte ja die Blut- und Urinproben der Maus wie auch die von Vanessa genauestens analysiert: Nach der Konzentration zu urteilen, hätte die Dosis dieses einen Bonbons locker gereicht, nicht nur eine Maus oder ein kleines Kind, sondern auch einen Erwachsenen ins Jenseits zu befördern. Nicht auszudenken, was gewesen wäre, wenn Vanessa nicht sofort in die Klinik gekommen wäre …

Sofie musterte die Kleine besorgt, deren Augenlider zunehmend schwerer wurden.

»Und dann – bin ich sooo miad gwordn …«

Vanessa schloss für einen Moment die Augen und gähnte. Sicher nicht nur, weil sie sich an die Wirkung des rätselhaften Bonbons erinnerte. Das Mädchen war noch nicht außer Lebensgefahr, das durfte Sofie nicht vergessen.

Liebevoll strich sie über Vanessas Gesicht.

»Ist schon gut, Nessie. Jetzt ruh dich aus und schlaf a bissl! Ich komm dich bald wieder besuchen.«

Die Lider der Kleinen zuckten. Sichtlich mühsam öffnete sie wieder die Augen, die Finger nun fest um Sofies Hand geklammert.

»Du darfst noch ned gehn, bitte«, murmelte sie schwach. »Ich möcht doch so gern wissen, wer das Madl auf dem Foto war.«

Sofie stutzte. »Welches Foto, Nessie?«

»Ganz a schönes Madl war da drauf. Mit roten Haaren und großen Augen.« Vanessas Lider fielen zu. Fast war ihre Stimme nicht mehr zu hören. »Wenn ich träum, kommts mich ganz oft besuchen. Aber ich weiß ja ned amal ihren Namen …«

Vanessa verstummte. Ihre Finger glitten aus Sofies Hand, sacht fiel ihr Kopf zur Seite.

Panisch warf Sofie einen Blick auf die Kontrollgeräte über Vanessas Bett – und atmete erleichtert durch. Alles im grünen Bereich. Das Mädchen war schlicht eingeschlafen.

»Was die Kloane nur immer hat mit diesem Foto!« Katrin trat neben Sofie. »Dem Dr. Sonner hats auch schon davon erzählt. Aber der sagt, dass so was typisch ist, wenn die Leut aus dem Koma aufwachen. Da sinds halt noch nicht wieder ganz bei sich.« Besorgt zupfte sie an der Bettdecke und strich ihrer Tochter die verschwitzten Haare aus der Stirn. »Aber des wird schon wieder, Nessie, gell?«

Langsam stand Sofie auf und betrachtete nachdenklich die fröhliche rothaarige Giraffe über Vanessas Bett.

Halluzinationen?

Alles, was Nessie ihr erzählt hatte, hatte für Sofie sehr plausibel geklungen. Sollte sich die Kleine das alles nur eingebildet haben?

21

Sein bester Freund

Wie er diesen Blick hasste – abschätzig, resigniert, voller Frust.

»Auch scho wieder da?« Das ausgeschnittene Shirt entblößte ihre fleischigen Oberarme. Wann genau war sie eigentlich derart aus dem Leim gegangen? Es waren nicht nur die beiden Schwangerschaften gewesen. Viele, viele Tüten Chips, kombiniert mit diesem widerlichen irischen Likör aus Whiskey und Sahne, auf den sie so stand, weil er angeblich ihre Nerven beruhigte, hatten ein Übriges getan.

Ein kurzes Fiepen, dann spürte er die kühle Schnauze an seiner Hand und begann, mechanisch den Hunderücken zu streicheln. Sein bester Freund. Bei Lichte betrachtet der einzige, den er jemals gehabt hatte.

»Eine Firma macht sich nun mal ned von allein«, erwiderte er missmutig. »Und a Unternehmer wie ich …«

»Unternehmer?«, fiel sie ihm bissig ins Wort. »Dass i ned lach! Übrigens warst du gar ned dort.«

»Woher willst das wissen?« Treten hätte er sie können. Stoßen. Würgen. Immer öfter überfielen ihn in letzter Zeit solche Fantasien. Dabei hatte er sie früher anziehend gefunden, so rattenscharf, dass er sie nur hatte anschauen müssen, um schon geil zu werden.

Doch das war lang vorbei.

»Wozu gibt's a Telefon?«, spie sie ihm über die Schulter entgegen. »In der Firma warst jedenfalls ned. Wahrscheinlich hast di wieder irgendwo rumgetrieben und billigen Weibern hinterhergspechtet, während ich mir hier die Seele halb aus dem Leib brutzle!«

Es stank durchdringend nach altem Fett.

In ihrer Anfangszeit hatte er die Fleischpflanzl gemocht, die sie so oft auf den Tisch brachte, obwohl sie ihr häufig zu dunkel gerieten, weil sie sie nicht früh genug wendete. Inzwischen hätte er sich allein bei dem durchdringenden Geruch, der in der Küche hing, übergeben können.

Ebenso wie bei ihrem Anblick, der ihm heute besonders unangenehm vorkam.

Die wabbelnden Schenkel. Der speckige Rücken. Die zwei kompakten Fettrollen, wo einst eine schmale Taille gewesen war. Und die schlaffen Hinterbacken, die besser zu einer alten Frau gepasst hätten, ebenso wie die müden Haarsträhnen, die ihr ins Gesicht hingen. Früher regelmäßig in Magenta leuchtend, weil sie sein ausgesprochenes Faible für Rothaarige kannte, war die Haarfarbe inzwischen zu einem schmutzigen Straßenköterblond verkommen.

Seine Alte war reif für die Tonne.

Inzwischen dachte er Tag und Nacht darüber nach, wie er sich am besten absetzen könnte. Viel zu verlieren hatte er nicht.

Mit seiner kleinen Umzugsfirma ging es stetig bergab. Er hatte nun mal weder das Kapital noch die Leute, um mit den Großen, die inzwischen den Markt beherrschten, auch nur halbwegs konkurrieren zu können. Immer seltener hielt er sich daher in den muffigen Geschäftsräumen auf und haute ab, sobald die erstbeste Möglichkeit es erlaubte.

Nur draußen fühlte er sich wohl.

Mit dem Hund an seiner Seite die Isar entlangzutraben gab ihm das Gefühl von Jugend und Freiheit zurück, eine Illusion, die allerdings rasch wieder zerstob, wenn er sich mit seiner Familie konfrontiert sah.

Wie zum Beispiel jetzt.

Nebenan zeterten die beiden Kinder um einen Ball. Aggressiv schob sich die Jungenstimme über das weinerliche Organ der kleinen Schwester.

»Des sag i fei der Mama, dass du mir den Ball auf die Nasn gschossn hast!«, jammerte das Mädchen.

»Gar ned wahr! Warst ja nur wieder amoi zu bleed, um ihn zu halten …«

Aufgelöst erschienen die beiden in der Küche.

Zwei Loser. Jetzt schon, wie er unwillkürlich dachte.

»Gehma ins Schyrenbad?«, bettelte sein Sohn. »Bitte, Papa! Gleich wenn die Fleischpflanzl fertig san. Die Mama hat's versprochen. Heut hams doch den ersten Tag wieder auf!«

Er zuckte die Achseln. Hatte plötzlich diese unverwechselbare Mischung aus Chlorwasser, Sonnenöl und ranzigen Pommes in der Nase, die Jahr für Jahr gleich blieb, und dazu den Anblick von knackigen Hintern und jungen Titten vor Augen …

Mit diesen beiden Schreihälsen, die neben ihm erbittert um jedes Fleischpflanzl stritten, waren seine Chancen, auch nur in die Nähe einer der Bikini-Schönheiten zu kommen, gleich null.

»Du gehst gefälligst mit dene zwoa!«, unterbrach die schrille Stimme seiner Frau seine Träumereien. »Das ist das Mindeste, was ich von dir erwarten kann. Ich will später zur Sonja, die macht mir die Nägel – schwarz natürlich, die regulären Preise im Nagelstudio kann ich mir ja schon lang nimmer leisten.«

»Des werma dann schon sehn«, knurrte er, während der Hund sich enger an sein Bein schmiegte.

»Nix werma!«, keifte sie. Von vorn war sie noch abstoßender, in ihrem fettbespritzten Shirt und den beigen, ausgeleierten Leggings. »Als ob ich die ganze Woche über ned genug zu tun hätt mit dene zwoa. Da kannst du dich doch wenigstens an einem Tag wie heut um deine Kinder kümmern. Hätt ich doch nur auf meinen Vater gehört. Der hat von Anfang gwusst, dass du ein Haderlump bist!«

»Gehma, Papa? Jetzt gleich?«

Er schlug nach der kleinen Hand seiner Tochter, die sich vorsichtig genähert hatte.

»Blasts mir den Schuh auf, Schrazn, elende! Mir glangt's für heut. Raus mit euch! Sonst fällt der Watschnbaum gleich um.«

Die Kinder verschwanden. Seine Frau hatte ihm erneut den Rücken zugekehrt und stocherte lustlos weiter in den Pfannen.

Weinte sie?

Das hätte ihm gefallen.

Aber es war nur ein lautes, empörtes Schnauben, das sie ausstieß.

Früher hatte sie schier gejauchzt, wenn er sie rangenommen hatte, so lange, bis seine Ohren dröhnten. Ihre spitzen Brüste hatten dabei gebebt und ihn nur noch schärfer werden lassen …

Wie lang war es eigentlich her, dass er sie zum letzten Mal nackt gesehen hatte?

Die Erregung fuhr ihm in die Lenden.

Er trat hinter sie, umschlang sie fest, schob seine Hände unter das Shirt. Kein BH, was ihm nur recht sein konnte. Den Geruch nach Zwiebeln und Fett versuchte er zu ignorieren, während er begann, ihre Brustspitzen zu kneten. Jetzt musste er nur noch diese verdammten Leggings runterschieben …

Der heiße Bratenwender traf seine Wange und ließ ihn aufschreien.

Um ein Haar wäre er ihr an die Gurgel gegangen.

»Perversling!«, schrie sie. »Dreckiger Depp, dreckiger! Moanst vielleicht, ich lass mich von dir mitten in der Küch vernaschen? Lass mi in Frieden, du …«

Schon war er aus der Küche gestürmt, packte seinen Jogginganzug, die Laufschuhe und die schicke verspiegelte Sonnenbrille.

Ein Pfiff.

Dann war der Hund an seiner Seite.

22

Tag der Arbeit

Tote Mäuse in glitzerndem Bonbonpapier.

Eine grinsende rothaarige Giraffe in einem winzigen fliegenden Jaguar-Cabrio, das seltsam mechanische Atemgeräusche von sich gab.

Vanessas kleine Kinderhand in einer flaschengrünen Tulpe, erst zur Faust geballt, dann, als sie sich öffnete, nichts als ein Häufchen Asche darin.

Dazwischen immer wieder: Joe, breit lächelnd, und Charly, der Polizeireporter, der sie neulich so galant nach Haus chauffiert hatte, beide Arm in Arm mit George, dem stummen Bürogenossen, in dessen weißknöcherner rechter Hand ein Foto flatterte …

Nein, sie hatte alles andere als gut geschlafen.

Erst am frühen Morgen war sie in einen tiefen, traumlosen Schlaf gefallen. Bis der Wecker sie dann daran erinnert hatte, dass es auch noch so etwas wie die Wirklichkeit gab.

Wofür sie, zumindest heute, mehr als dankbar war.

Ganz eilig war sie aus dem Bett und in ihre Klamotten gefahren.

Katzenwäsche.

Kein Kaffee. Auch nicht beim Stehbäcker.

Nach dieser anstrengenden Nacht brannte sie geradezu darauf, sich bis über beide Ohren in die Arbeit zu stürzen.

Im Affentempo war sie den Giesinger Berg hinunter und über die Wittelsbacherbrücke geradelt und hatte dabei alle bösen Träume hinter sich gelassen. Wenigstens würde sie heute superpünktlich sein – und Frau Doktor Iglu keinen Grund zur Beanstandung liefern.

Völlig verschwitzt kam Sofie vor dem weißen Gebäude in der Nußbaumstraße zum Stehen und stieg schwungvoll von ihrem Fahrrad. Grimmig tätschelte sie den verwitterten ledernen Herrensattel. Ein paar Tropfen Öl hatten zum Glück gereicht, um der wandelnden Rostlaube die Zicken auszutreiben. Mal sehen, wie lang es dauern würde, bis die Kette wieder heraussprang.

Sofie richtete sich atemlos auf, setzte den Helm ab und strich sich die Haare aus der Stirn. Mehr aus Gewohnheit denn aus Vernunft legte sie ihren räudigen Drahtesel an die Kette.

Noch mal kurz gestreckt und in diesen traumhaft sonnigen Tag geblinzelt, bevor sie sich ins dunkle Kellerverlies des Instituts begeben würde. Entschlossen wandte sie sich um und stürmte die Treppe zum Eingang hoch, zwei Stufen auf einmal nehmend.

Plötzlich stutzte sie. Das Kabuff des kauzigen Pförtners war verwaist. Komisch.

Sofie stieß gegen die verglaste Eingangspforte: verschlossen.

Was war denn hier los?

Allmählich breitete sich auf Sofies Gesicht ein triumphierendes Grinsen aus. Nicht zu fassen. Sah ganz so aus, als sei sie heute tatsächlich nicht nur pünktlich, sondern – noch besser – die Erste von allen.

Sofie neigte sonst nicht zu Überheblichkeit, aber diese sicher seltene Gelegenheit, vor der Falk, dieser aufgebretzelten Krampfhenne in Flaschengrün, mit der Arbeit zu beginnen, würde sie bewusst genießen.

Schmunzelnd zückte Sofie den Generalschlüssel, den ihr die reizende Kollegin am ersten Tag dann doch, wenn auch widerwillig, ausgehändigt hatte, und öffnete die schwere Eingangspforte.

Nachdem sie weitere Türen aufgesperrt und einen Abstecher in die Teeküche gemacht hatte, wo sie sich schnell einen Pulverkaffee braute, stand sie endlich in dem winzigen, verstaubten Arbeitszimmer, das ihr trotz seiner Enge bereits ans Herz gewachsen war.

Nach der Hektik im Berliner Großraumbüro tat es richtig gut, mal einen Raum ganz für sich allein zu haben, und sei er noch so mini.

Andererseits: Ganz so allein war sie hier auch wieder nicht. Entschuldigend nickte sie George, ihrem knöchernen Zimmergenossen, zu.

Der grinste unschuldig zurück.

Typisch.

Dass George nicht nur in ihren Träumen einen gewissen Hang zu Männerbündelei hegte, war inzwischen unverkennbar. Aber so waren sie nun mal, die Y-Chromosomen. Ansonsten war George äußerst diskret, höflich, immer gut gelaunt, was man von seinen lebenden Artgenossen weiß Gott nicht immer behaupten konnte.

Noch im Nicken entdeckte Sofie ein zusammengefaltetes DIN-A4-Blatt in Georges rechter Hand.

Was war das denn?

Stirnrunzelnd trat sie näher, nahm George das Papier ab und entfaltete es.

Hi, liebe Frau Doktor Rosenhuth,

bevor ich mich in meinen verdienten Feierabend stürze, hier noch schnell ein paar News:

Bingo. Wie Sie richtig vermutet haben, war in der Asche noch jede Menge organisches Material. Für eine DNA-Analyse hat es jedenfalls locker gereicht.

Ergebnis: männlicher Chromosomensatz. Übereinstimmung mit Daten im Polizeiarchiv noch nicht geprüft.

Nach STR-Marker kein Hinweis auf Mischspuren.

Von einem Moment auf den anderen war Sofie hellwach.

Also war es ein einzelner Mann gewesen, der in dem abgefackelten Siebert'schen Gartenhäuschen ums Leben gekommen war. Was allerdings noch nicht hieß, dass er allein gewesen war.

Hatte der Herr Ministerialdirigent also recht? Waren es tatsächlich Einbrecher, die in den Pavillon eingestiegen und dabei vom Feuer überrascht worden waren? Oder aber: Hatten sie das Feuer vorsätzlich gelegt – und wenn ja, warum?

Verschmorte Textilreste (Stoffdecke?), zum Teil deutlich abnorme Verschmelzung mit organischem Material.

Analyse der Textilreste läuft.

Das allerdings sprach eindeutig gegen einen Einbruch. Eher dafür, dass es sich der Unbekannte mit einer kuscheligen Decke im Gartenhäuschen gemütlich gemacht hatte – bis das Feuer ihn im Schlaf überraschte.

Wäre tiefster Winter gewesen, hätte Sofie auf einen Obdachlosen getippt, der sich vor der Kälte notdürftig in Sicherheit hatte bringen wollen. Doch selbst diese Hypothese erschien ihr, abgesehen von den inzwischen geradezu frühsommerlichen Temperaturen, äußerst fragwürdig. Der Siebert'sche Garten war von keiner Seite aus einsehbar, das war Sofie sofort aufgefallen. Ein normaler Passant jedenfalls wäre nie im Leben auf die Idee gekommen, dass sich hinter den hohen Hecken ein Gartenhäuschen verbarg.

Der Mann musste das Gelände demnach genauer gekannt haben. War es etwa dieser dubiose Typ, der sich nach Aussage von Greta Siebert schon wiederholt vor ihrem Anwesen herumgetrieben hatte?

Aber warum hatte er im Pavillon geschlafen, statt sich dort zu bedienen, wo es garantiert ordentlich was zu holen gab, nämlich in der Siebert'schen Villa?

Last but not least: An der Wodkaflasche, die Sie mir netterweise auch noch zur Analyse überlassen haben (voll wäre sie mir lieber gewesen), finden sich leider keine DNA-Spuren.

Luminol-Test entsprechend negativ. Dafür jede Menge Fingerabdrücke. Und zwar von zwei Personen.

Abgleich mit Archivmaterial läuft.

Sofie stutzte. War der Typ also doch nicht allein gewesen? Oder stammte am Ende keiner der vorhandenen Fingerabdrücke von ihm?

Blieb zu hoffen, dass der Abgleich von Fingerabdrücken und DNA mit den in den Archiven gespeicherten Daten neue Erkenntnisse brachte.

Fest stand jedenfalls, dass in der Brandnacht ganz schön was los gewesen war auf dem Grundstück des cholerischen Ministerialdirigenten Konstantin Siebert. Sofern die Flasche wirklich in diesem Zeitraum geöffnet worden war – was sich im Nachhinein leider nicht mehr feststellen ließ …

Irgendwo draußen läutete eine Kirchturmuhr.

Schon Viertel nach zehn, wie ein rascher Blick auf Sofies Armbanduhr bestätigte.

Frau Dr. Falk ließ offensichtlich auf sich warten. Vielleicht war sie mit einem ihrer schwindelerregend hohen Absätze irgendwo hängen geblieben? Oder ihr Lippenstift war abgebrochen?

Fakt war, sie war enorm spät dran.

Sofie grinste triumphierend.

Und jetzt kommt der Knaller: Eine Analyse des Flascheninhalts ergab, dass sich darin nicht nur allerfeinster Wodka befand, sondern auch Flurazepam in hoher Dosis. Lecker, oder?

Schlagartig war jeder Gedanke an Elke Falk vergessen.

Flurazepam? Ein Hypnotikum, also ein richtig heftiges Schlafmittel, zumal in Verbindung mit Alkohol.

Irgendwer hatte irgendwen betäuben wollen. Aber warum? Nicht ihr Bier. Zum Glück. Sollte Joe sich daran mal hübsch die Zähne ausbeißen!

Das war's erst mal. Ich hoffe, Sie genießen den freien Tag und lassen sich's so richtig gut gehen. Soll ja Superwetter werden, und die Freibäder haben auch endlich wieder auf.

Grüßchen

Spike

Verdutzt starrte Sofie auf die letzten Zeilen.

»Freier Tag«?

Ein Blick auf das Handy bestätigte Sofies Irrtum.

Na super!

Der Falk würde sie hier und heute jedenfalls nicht begegnen, so viel stand fest.

23

Erster Mai

Vorsommerfeeling!

Im strahlenden Licht der Maisonne leuchteten die Auen hellgrün, das Blau der Isar funkelte fast übermütig. Erste Grillschwaden stiegen in die Luft, da und dort erklangen Fetzen von Gitarrenmusik, und während Jogger ihre Runden zogen, breiteten immer mehr Müßiggänger am Flussufer ihre Decken aus.

Laura ließ sich davon ebenso wenig beirren wie von den anerkennenden Pfiffen, die ein Rudel Halbwüchsiger ihr hinterherschickte.

Kein Wunder. Ihr neuer roter Minirock sah einfach zum Anbeißen aus, ebenso wie das nahezu rückenfreie schwarze Top. Stolze zehn Kilo hatte sie seit dem Winter abgespeckt. Jetzt machte es Riesenspaß, sich ohne Scheu und Hemmungen öffentlich zu präsentieren.

Ihr nachlässig geschulterter Rucksack barg Handtuch, Sonnencreme, Handy und iPod, zusammen mit dem Schmöker, den eine Freundin ihr geliehen hatte. Normalerweise war sie an solchen Schmonzetten wenig interessiert, heute aber hatte sie sich das dicke Buch für alle Fälle eingesteckt.

In ihren roten Chucks lief sie bis zur Wittelsbacherbrücke, wo ihr die Wiesen eindeutig zu voll waren. Laura blieb stehen, angelte die Wasserflasche aus der Tasche und nahm einen tiefen Schluck.

Dann trabte sie weiter stadtauswärts.

Die Decken und Handtücher wurden weniger, je weiter sie gelangte, aber noch immer war sie nicht am Ziel. Schließlich entdeckte sie den idealen Fleck: ein kleines Rasenstück zwischen halbhohen, frisch belaubten Büschen, die Neugierigen die Sicht versperrten, aber von oben die Sonne durchließen.

Sie breitete das Handtuch aus, streckte sich der Länge nach aus, schloss die Augen und genoss die warmen Strahlen auf ihrem Körper.

Keine Lust, Musik zu hören, geschweige denn zu lesen. Sie wollte nur atmen, spüren, genießen.

Nach einer Weile wurde es so heiß, dass Laura den Mini noch weiter nach oben schob. Sollte sie ihn ganz ausziehen und sich lieber im Bikini sonnen?

Zu faul dafür, entschieden zu faul.

Sie döste weiter, verlor sich in lebhaften Tagträumen, während hinter ihren Lidern bunte Farben ineinander verschmolzen.

So versunken war sie, dass sie das Rascheln in ihrer Nähe nicht bemerkte …

24

Versuchungen

»Darf's sonst noch was sein, Sofie?«

Sofie starrte ins Leere.

Dass sie ausgerechnet an diesem strahlend schönen ersten Mai nichts anderes zu tun gehabt hatte, als dienstbeflissen zum Institut zu radeln, während der Rest der Menschheit sich dem süßen Nichtstun hingab, machte ihr immer noch zu schaffen.

Ganz abgesehen davon, dass es mit ihrem Triumph über die Falk nichts geworden war. Leider.

Wie betäubt hatte Sofie erst Spikes Botschaft, dann ihren knöchernen Zimmergenossen und schließlich die diversen Papierberge auf ihrem Schreibtisch angestarrt, die ständig höher wuchsen – so kam es ihr zumindest vor.

Aber sie war tapfer gewesen. Ehrlich.

Hatte nicht gleich die Flucht ergriffen und sich zu all den Sonnenhungrigen gesellt, die inzwischen bestimmt die Biergärten, Freibäder und Isarauen scharenweise bevölkerten. Sie hatte sich ganz brav hinter den Schreibtisch gepflanzt und nach dem erstbesten Gutachtenstapel gegriffen.

Tatsächlich hatte sich der von Sofie vermutete Selbstmord aufgrund der Aktenlage bestätigt. Der Typ war wirklich äußerst raffiniert vorgegangen: Um seinem verhassten Bruder noch post mortem eins auszuwischen und ihn für immer hinter Gitter zu bringen, hatte er für die notwendigen Fingerabdrücke auf dem Revolver gesorgt, bevor er sich selbst in den Nacken geschossen hatte. Dafür sprachen neben den Schmauchspuren an der Hand des Toten eine ganze Reihe weiterer Indizien, etwa der Abfall der Körperkerntemperatur, mit denen sich der Todeszeitpunkt ziemlich exakt eingrenzen ließ. Dass sein Bruder für den entsprechenden Zeitraum ein niet- und nagelfestes Alibi vorweisen konnte, hatte der Mann allerdings nicht vorausahnen können.

Schicksalsergeben hatte Sofie schon zum nächsten Ordner greifen wollen, als ein Sonnenstrahl sich auf ihren Schreibtisch verirrte. Sie hatte aufgesehen und in die golden tanzenden Stäubchen geblinzelt.

Täuschte sie sich, oder zwinkerte George ihr zu? Meinte er, für heute habe sie genug geschafft – hier zumindest?

Dafür gab es daheim leider mehr als genug zu tun. Immer noch stapelten sich unausgepackte Kartons in ihrer Wohnung, um die sie sich dringend kümmern sollte.

Wenn nicht heute, wann dann?

Sofie seufzte. Vielleicht würde später ja noch genug Zeit bleiben, um sich an der Isar in der Frühlingssonne zu rekeln und die in den langen Wintermonaten verblassten Sommersprossen auf ihrer Nase wieder etwas aufzufrischen.

Entschlossen hatte sie den Aktenordner weggeschoben, sich Rucksack und Helm geschnappt und ihrem liebenswürdigen stummen Freund ein dankbares Lächeln zugeworfen. Dann war sie Richtung Ausgang losgedüst.

Inzwischen war auch das gläserne Kabuff besetzt. Beinahe mitleidig hob der Pförtner die Augenbrauen, als er Sofie aus dem Untergeschoss kommen sah.

»Habts ihr da unten jetzt auch schon Dienst an Feiertagen?

Als ob's ned reichen würde, wenn unsereiner ab Mittag anwesend sein muss. Wo doch sowieso nix los is.«

Sofie schüttelte den Kopf.

»Hab nur kurz was erledigen müssen. Ab jetzt hab ich …«, sie zögerte, »… frei.« Jedenfalls, was ihre Pflichten im Institut betraf.

»Dann wünsch ich an schönen ersten Mai, Frau Doktor Rosenhuth.«

Sieh an. Der Bursche konnte ja richtig zuvorkommend sein!

Nachdenklich radelte Sofie Richtung Wittelsbacherbrücke.

Die Auen längs der Isar leuchteten in zartem Frühlingsgrün, die Schneeschmelze hatte den sonst so träge dahinfließenden Fluss in einen reißenden Strom verwandelt, lustig glitzerten kleine Schaumkronen auf den Wellen. Darüber: tiefblauer Himmel ohne das kleinste Wölkchen.

Ein Tag, gerade wie aus dem Bilderbuch.

Und ausgerechnet da fiel Sofie nichts Besseres ein, als sich ihren elenden Umzugskartons zu widmen?

Entschlossen schüttelte sie den Kopf: Ja, ganz genau.

Nur kurz noch einen Milchkaffee beim Stehbäcker geholt, und dann endlich das Chaos daheim sortieren. Es wurde höchste Zeit!

Der Abstecher zur Sengmeierin stellte Sofies Disziplin allerdings auf eine weitere harte Probe: Bis auf die Humboldtstraße hinaus duftete es unwiderstehlich nach frischen Croissants und Brezn. Und das, nachdem sie sich doch hoch und heilig geschworen hatte, endlich Diät zu machen – oder wenigstens eine halbe Stunde pro Tag zu joggen.

»Magst vielleicht noch a Nusskipferl oder a resche Brezn zum Kaffee? Kommt alles grad frisch aus dem Ofen.«

Erwartungsvoll sah die alte Bäckerin Sofie an und deutete auf die reichhaltigen Kalorienbomben in ihrer Theke.

Nein, sie würde hart bleiben. Nichts und niemand würde sie davon abhalten. Auch kein verlockend süß duftendes, krosses Schmalzgebäck oder der mit Marzipan gedeckte Apfelkuchen.

Sofie atmete durch und hob entschlossen den Kopf. »Danke. Das wär's.«

»Wiasd moanst. Kaffee kimmt glei.«

Während Sofie wartete, drang eine schrille Stimme an ihr Ohr, die ihr leider allzu bekannt vorkam.

»Seit Tagen und Wochen geht des schon so, Fanny. Du glaubst es ned!«

War das nicht ihre alte Handarbeitslehrerin, die Sofie und ihre Mitschülerinnen in der Grundschule immer bis aufs Blut drangsaliert hatte?

Ein kurzer Blick aus dem Augenwinkel bestätigte Sofies schlimmste Befürchtungen. Tatsächlich.

Ausgerechnet die dürre Weidinger stand kopfschüttelnd hinter ihr am Stehtisch und ertränkte gerade den Zipfel eines Croissants energisch in ihrem Kaffee.

Wie Sofie das damals schon gehasst hatte!

»Grad wia auf der Müllkippn riachts bei uns im Treppenhaus.«

Frau Weidingers Gegenüber, eine Art Flusspferd im Trachtenkostüm und damit optisch das genaue Gegenstück zu ihrer mageren Freundin, riss mitfühlend die Augen auf, während sie sich ein großes Stück Torte einverleibte.

»Ehrlich wahr? Und was sagt der Hausmeister?«

Frau Weidinger hob ratlos die Achseln. »Mei, woaßt eh, wias san, die Mannsbilder. Immer hams was Besseres zum tun. Bis es zu spät is. Irgendwas stimmt da ned, i sags dir!« Vertraulich zog sie ihre Freundin näher zu sich heran. »Dabei könnt ich schwörn, dass des aus der Wohnung unter mir kimmt. Frag mi ned, wer da wohnt – bei dene vielen Leit bei uns im Haus blickt ja koa

Mensch mehr durch. Trotzdem bin ich runtergangen und hab versucht, mit dene zu redn. Aber glaubst du, da hätt jemand aufgmacht? Einfach auf stur hams gschaltet, die Deppn.«

»Da, bittschön! Dein Kaffee, Sofie.«

Hastig legte Sofie zwei Euro auf den Tisch, griff nach dem heißen Pappbecher und sah zu, dass sie wegkam, ohne von Frau Weidinger erkannt zu werden.

Beinahe allerdings hätte der melodische Klingelton ihres Handys ihr dabei einen Strich durch die Rechnung gemacht. Sie stürzte hektisch vor die Tür, blinzelte in den hellen Sonnenschein und nahm das Gespräch an.

Joe!

Seine Stimme klang ernst. »Ich weiß, heut is erster Mai, und du hast eigentlich frei. Aber wenn du's irgendwie einrichten kannst, Sofie, dann komm bitte schnell vorbei. Es is dringend!«

25

Mit Gewalt

Ein kurzes Kläffen, das rasch wieder verstummte. Dann war der Kerl plötzlich über ihr.

Schwer, fleischig, mit groben Händen, die überall zu sein schienen.

Laura stieß einen lauten, zornigen Schrei aus – den das zusammengeknüllte Papiertaschentuch, das er ihr grob in den Mund stopfte, jäh erstickte.

Der Würgereiz, der ihr die Tränen in die Augen trieb, ließ ihre Gegenwehr kurz erlahmen, was sich der Mann zunutze zu machen wusste.

Er zerrte an ihrem Slip.

Sie hörte, wie der dünne Stoff zerriss, fühlte sich hilflos.

Ausgeliefert.

»Ned amal rasiert!« Seine Stimme klang enttäuscht. »Und ich hab gedacht, das seid ihr geilen jungen Fotzen jetzt alle.«

Er versuchte, ihre Beine auseinanderzudrücken. Laura strampelte wie wild, kniff die Schenkel zusammen, doch er ließ sich nicht beirren.

Wenigstens bekam sie bei dem brutalen Zweikampf die Arme wieder frei. Jetzt schlug sie ihre Nägel tief in seine entblößten Unterarme.

Schmerzerfüllt schrie er auf und versetzte ihr eine harte Ohrfeige, die ihren Kopf nach links schleuderte.

Für einen Moment wurde ihr schwarz vor Augen, dann kehrte sein schweißbedecktes Gesicht mit dieser widerlichen verspiegelten Sonnenbrille in ihr Blickfeld zurück.

»Willst mi richtig wütend machen?«, keuchte er. »Des kannst fei haben, du Dreckstück!«

Auf einmal erschien er ihr doppelt so schwer. Wie ein Felsbrocken aus Fleisch und Blut lag er auf ihr. Seine Hände umklammerten ihren Hals, während er sich abmühte, in sie einzudringen.

Würde er sie umbringen, wenn sie sich weiter wehrte?

Laura war nahe daran aufzugeben, dann aber wurden Ekel und Wut in ihr so groß, dass sie plötzlich wieder glasklar denken konnte.

Speichel hatte das Papiertaschentuch durchtränkt und es zu einem Klumpen werden lassen. Sie spie ihn aus und begann gellend zu schreien.

»Halt's Maul!«, brüllte der Mann. »Sonst mach i di hi …«

Das Geräusch schneller Schritte.

Dann sauste ein Knüppel auf seinen Kopf. Mit einem seltsamen Quieken fiel er zur Seite. Rührte sich nicht mehr.

Eine schlanke Gestalt in Röhrenjeans und einem dunklen Hoodie, der tief ins Gesicht gezogen war, blieb einen Lidschlag lang stehen, dann warf sie den Knüppel ins Gebüsch und spurtete leichtfüßig davon.

Laura setzte sich auf, völlig benommen.

Ihr Angreifer machte keinen Mucks. Ein Schäferhund beschnüffelte ihn leise fiepend.

Wie in Zeitlupe angelte sie nach ihrem Rucksack, dann erhob sie sich mit zitternden Beinen. Schließlich bückte sie sich nach den Resten ihres Slips und steckte ihn mit spitzen Fingern ein.

Als ihre Finger über das Handy-Display zuckten, war sie schon ein ganzes Stück weiter. Jeden, der ihr entgegenkam, hätte sie umarmen können. Menschen bedeuteten Leben. Sicherheit.

Freiheit.

»Ich bin's. Laura.« Jetzt erst begann sie hemmungslos zu weinen. »Jemand hat gerade versucht, mich zu vergewaltigen.«

26

Rein freundschaftlich

»Ich glaub, ich spinn. Sag amal, bist du narrisch, oder was? Lockst mich einfach hierher, als ob sonst was los wär.«

Fassungslos starrte Sofie ihren Ex an, der unschuldig grinsend mit den Schultern zuckte.

»Mei, Sofie, früher hast du's doch kaum erwarten können, bis es endlich wieder so weit war. Und heut ist einfach der perfekte Tag dafür! Da hab ich mir gedacht …«

»… dass ich nix Besseres zu tun hab, als ausgerechnet mit dir über die Maidult zu spazieren? Das kannst grad vergessen!«

Was bildete dieser Strizzi sich eigentlich ein?

Ganz aufgebracht griff Sofie in die noch warme Tüte, die Joe ihr als Willkommensgruß überreicht hatte, und zermalmte wütend eine frisch gebrannte Mandel zwischen den Zähnen.

Nervennahrung – das war's, was sie jetzt dringend brauchte.

Das heißt: Moment mal!

Sofie dämmerte, dass sie gerade drauf und dran war, Joes Bestechungsversuch auf den Leim zu gehen.

Von wegen. Nicht mit ihr!

Voller Verachtung wollte sie die Tüte zusammenknüllen, um sie Joe hocherhobenen Hauptes vor die Brust zu knallen.

Zu spät.

Inzwischen war bereits eine weitere Mandel in ihrem Mund gelandet, wohligknackigsüß breitete sich der geradezu magische Geschmack nach Karamell, Zimt und Mandeln auf ihrer Zunge aus.

Eh sie sichs versah, griff sie bereits nach der nächsten Mandel.

So schmeckte Kindheit …

Eine Flut früher Erinnerungen stürmte auf sie ein: Sofie an der warmen, festen Hand von Tante Vroni, überwältigt vom atemlosen Stakkato des billigen Jakob, begeistert applaudierend beim Kasperltheater, fasziniert von den Kunststücken der winzigen Akrobaten im Flohzirkus, bezaubert von dem Märchenbuch mit den wunderschönen Holzschnitten, das die Tante auf Sofies inständiges Betteln hin in der Antiquariatsgasse erstanden hatte und das Sofie seither wie ihren Augapfel hütete. Dazu diese einzigartige, verlockend wabernde Duftmischung aus Rostbratwürstln, Apfelküchlein, Zuckerwatte und gebrannten Mandeln über den Dächern der verwinkelten Buden …

Wie in Trance schob Sofie sich eine weitere Mandel in den Mund.

Joe schaute sie fragend an, dann senkte er betreten den Kopf.

»Ich weiß schon, dass das nicht okay war mit dem Anruf. Andererseits: Wenn ich dich einfach so gefragt hätt, hättst garantiert Nein gesagt. Also blieb mir nix andres übrig, als a bissl zu tricksen. Aber ich versteh natürlich, wennst lieber wieder gehn magst …«

Grimmig, aber auch amüsiert musterte Sofie ihren Ex. Die tiefe Zerknirschung stand ihm zur Abwechslung mal richtig gut.

In diesem Moment setzte sich ein paar Meter weiter das alte Kettenkarussell in Bewegung, begleitet von ausgelassenem Kinderjauchzen. Die silbernen Sitze flitzten an Sofie und Joe vorbei durch das strahlende Blau des Himmels.

Hatte sie ausgerechnet heute wirklich nichts Besseres zu tun, als sich daheim durch das Chaos in ihren Umzugskartons zu wühlen?

Sofie atmete tief durch und griff erneut in die Tüte.

Sie war gerade dabei, nicht nur einen guten Vorsatz in den Wind zu schießen, sondern gleich einen ganzen Strauß davon. Vor allem aber: Hatte sie sich nicht geschworen, Joes Annäherungsversuchen gegenüber standhaft zu bleiben?

Andererseits: Was war denn schon Schlimmes dabei, mit dem Ex ein bisschen über die Dult zu schlendern? Rein freundschaftlich natürlich.

Um die Kartons konnte sie sich auch am späten Nachmittag kümmern. Und die paar Mandeln bedeuteten auch nicht gleich den kompletten Weltuntergang.

Sofie gab sich einen Ruck. »Also gut. Wenn ich schon mal da bin … Aber höchstens für ein Stündchen, dass das klar ist!«

»Logisch!« Schlagartig hellte Joes Gesicht sich auf.

Seite an Seite ließen die beiden sich mit der bunten Menge ausgelassener, fröhlicher Menschen durch die Budengassen der Tandler und Töpfer, der Goldschmiede und Antiquitätenhändler treiben.

Küchenreiben und Räucherstäbchen, Bratpfannen und Reisigbesen, Porzellan und Putzmittel, Korbmöbel, Holzspielzeug und Liebesäpfel – fast nichts, was es auf der Dult nicht gab.

Natürlich auch den Autoscooter. Und die Schießbude, wo Sofie prompt auch diesmal – genau wie früher – Joe übertrumpfte und ihm breit grinsend eine rote Rose schoss.

Fast schien es ihr, als wäre die Zeit stehen geblieben.

Alles war da, so wie immer. Auch das Riesenrad. Wenn man diese Minimühle überhaupt so nennen konnte.

Schwindlig geworden war ihr damals trotzdem – und wie!

Was aber wahrscheinlich weniger am Schaukeln gelegen hatte als an jenem dermaßen himmlischen ersten Kuss.

Sofie warf einen verstohlenen Blick auf Joe, der scheinbar unbekümmert dicht an ihrer Seite schlenderte, dann auf die leere Stelle an ihrem rechten Ringfinger.

Ein paar Jahre später hatte er dann um ihre Hand angehalten. Natürlich auch im Riesenrad, ganz standesgemäß. Kaum hatte sie strahlend genickt, hatte er den Arm fest um ihre Schulter gelegt und sie einfach nur angesehen aus seinen verschmitzt zwinkernden braunen Augen, denen man einfach nicht böse sein konnte. Hatte Sofie jedenfalls gedacht, damals.

Ihre Schritte wurden schneller, ihre Miene verhärtete sich.

Was vorbei war, war vorbei.

Auch Joe schien es plötzlich eiliger zu haben. Ob er sich wohl auch an jenen lauen Frühlingsabend erinnerte, an dem sie beide die Welt hätten umarmen können vor lauter Glück?

Kurz trafen sich ihre Blicke, dann wandten sie sich beinahe erschrocken wieder voneinander ab.

Vielleicht sollte sie jetzt am besten nach Haus gehen.

In diesem Moment dudelte ihr Handy.

Erik? Der hatte ihr gerade noch gefehlt!

»Hi, Sofie, ich bin's. Stör ich gerade?«

»Geht so.«

Kurz schaute Sofie zu Joe.

»Was gibt's denn? Hast du heut nicht frei?« Sofie gab sich keine Mühe, ihren Missmut zu verbergen.

»Das schon. Aber wie ich dich kenne, freust du dich, wenn du so bald wie möglich mehr weißt zu den Zahn- und Kieferknochenproben, die du uns geschickt hast.«

Von einem Moment auf den anderen war Sofie ganz bei der Sache. Die odontologische Analyse, natürlich! Womöglich ihre einzige Chance, die Identität des Mannes, der in dem Siebertschen Gartenpavillon ums Leben gekommen war, näher bestimmen zu können.

Schnell winkte sie Joe zu sich und stellte das Handy auf laut.

»Sieht ganz so aus, als hättest du mal wieder ins Schwarze getroffen, Sofie. Material und Technik der Zahnfüllungen und Wurzelstifte deuten jedenfalls darauf hin, dass das Gebiss des Mannes nicht in Deutschland behandelt worden ist. Die Kollegen und ich tippen eher auf den Osten. Wahrscheinlich Ukraine.«

Was mit ziemlicher Sicherheit bedeutete, dass auch der Rest des Mannes von dort stammte. Sie würden also in Kontakt mit den ukrainischen Behörden treten müssen. Eine zähe und ziemlich langwierige Angelegenheit.

Sofie musste schmunzeln. Jedenfalls für Joe. Nicht für sie. Ihren Job als Rechtsmedizinerin hatte sie nämlich, wie es aussah, fast vollständig erledigt.

»Super. Danke dir! Das hilft uns schon mal sehr weiter.«

»Und sonst? Wie geht's dir, Sofie? Ich muss gestehen, dass ich dich zwischendurch sehr vermisse …«

Joe zog fragend die Augenbrauen hoch.

Sofie konnte sich ein Grinsen nicht verkneifen. Sieh einer an! Hatte ihre einstige Rivalin Erik etwa schon wieder fallen lassen, oder wie?

»Mir geht's super. Nach München zu gehen war die beste Idee seit Langem. Und jetzt muss ich Schluss machen. Danke noch mal für deine Mühe!«

»Meld dich doch wieder mal bei mir! Ich würde mich wirklich sehr freuen, Sofie. Hörst du?«

»Schaun wir mal. Pfiat di, Erik!«

Klick.

»Dein Lover aus Berlin, oder was?« Joes Augen musterten sie fragend.

»Das geht dich gar nix an. Ich frag dich ja auch nicht, was du neben deiner Arbeit sonst noch so treibst. Oder?«

Da war es wieder. Joes unwiderstehliches Augenzwinkern.

»Zum Beispiel über die Dult bummeln. Mit meiner extrem charmanten, zwischendurch allerdings ziemlich giftigen Exgattin.«

Schon lag Sofie eine gesalzene Antwort auf der Zunge, als sie plötzlich innehielt.

Diese trippelnde Gestalt, die da direkt Kurs auf sie nahm, hatte sie heute doch schon mal gesehen! Sofie wandte sich schnell ab und suchte nervös nach einer Ausweichmöglichkeit.

»Was hast denn, Sofie? Du tust ja plötzlich so, als ob du einen Geist gesehen hättest.«

»Viel schlimmer. Da vorn ist die Weidinger!«, wisperte Sofie.

»Dein Handarbeitsdrachen aus der Schule? Und? Magst ihr nicht Grüß Gott sagen?«

»Spinnst du? Hilf mir lieber!«

Joe grinste. »Dein Wunsch ist mir Befehl. Nichts lieber als das.«

Eine Sekunde später fühlte Sofie Joes Arme um sich. Sein Atem streifte ihre Wange – Pfefferminz und ein warmer Hauch Calvin Klein. Eine süße Welle von Vertrautheit durchflutete sie. Für einen kurzen Moment war sie versucht, sich noch enger an Joe zu schmiegen.

Ihre Ohren rauschten, ihr Herz klopfte bis zum Hals. In ihrem Bauch meldete der erste zarte Schmetterling ein Tänzchen an.

Ging's eigentlich noch?

Vorsichtig riskierte sie einen Blick über Joes breite Schultern. Frau Weidinger musterte das eng umschlungene Pärchen irritiert. Dann machte sie kopfschüttelnd kehrt und trippelte in die entgegengesetzte Richtung davon.

Hastig löste sich Sofie aus Joes Umarmung und zwang sich zu einem unverfänglichen Lächeln.

»Sie ist weg. Gott sei Dank!«

»Schade eigentlich. Von mir aus hätte sie ruhig noch länger bleiben können.« Joe schmunzelte scheinbar unbekümmert. Doch in seinen Augen las Sofie versteckte Sehnsucht.

Sie schluckte und wandte sich ab.

»Du hast gut reden. Ich hatte heute immerhin schon mal das Vergnügen, sie zu hören. Hat sich bitter über ihre Nachbarn beklagt, die Alte. Nur weil es bei denen seit Tagen komisch riecht vor der Tür und keiner aufmacht.«

Sofie stutzte und wechselte einen alarmierten Blick mit Joe, der nun ebenfalls beunruhigt wirkte. Erst jetzt dämmerte ihr, dass an Frau Weidingers Geschichte mehr dran sein könnte, als ihr bisher bewusst gewesen war.

27

Tanz in den Mai

Bergab spürte sie das rechte Knie wieder. Vroni wechselte die Tragetasche mit der Thermoskanne und den sorgfältig eingeschlagenen Rohrnudeln von der rechten in die linke Hand und blieb einen Augenblick stehen.

Vor ihr zogen sich die langen Kehren des Giesinger Bergs, wohlgemerkt des lauschigen Fußwegs, den man zwischen frischem Grün zurücklegen konnte, wenn man ohne fahrbaren Untersatz nach Untergiesing wollte. Sie hörte eine Amsel singen, dann das freche Tschilpen einer Spatzenschar.

Arthrose, hatte der geschniegelte Vico-Torriani-Verschnitt von Orthopäde im letzten Herbst lapidar diagnostiziert, zu dem sie dann nicht mehr gegangen war, weil ihr nach seinen Tabletten immer so schlecht geworden war. Viel besser vertragen hatte sie die winzigen weißen Kügelchen der jungen Hausärztin am St.-Martins-Platz – aber auch die musste sie sich erst wieder neu besorgen.

Beim vorsichtigen Weitergehen flammte der Schmerz erneut auf.

Herrgottzari – ob sie nicht doch besser umkehren und sich daheim eine Runde aufs Sofa legen sollte?

Grimmig schüttelte sie den Kopf.

Sie war doch noch kein altes, klappriges Weibsbild! Und das mit dem Sichschonen hatte ihr ganzes Leben eh noch nie richtig geklappt. Außerdem wartete Vronis erkrankte Freundin Rosa bestimmt schon sehnsüchtig auf ihren Krankenbesuch.

Und was Vroni versprochen hatte, das hielt sie auch.

Sie begann zu schwitzen. Was sie ärgerte, weil sie das blaue Kostüm, das sie heute ausnahmsweise angezogen hatte, dann gleich in die Reinigung bringen konnte.

Sie drosselte ihr Tempo und fand schließlich einen Rhythmus, der das Gehen halbwegs erträglich machte. Trotzdem war sie gottfroh, als sie endlich unten angelangt war.

Jetzt folgte sie ein Stück der Bahnlinie und bog dann in die Kühbachstraße ein, die auf den Hans-Mielich-Platz zulief. Frisch gestrichene Häuserfronten, viele der Dachgeschosse ausgebaut – mit jedem Schritt war zu spüren, dass sich hier nach und nach hippe Singles mit einem fetten Bankkonto breitmachten, ohne Scheu vor teuren Mieten. Mit ihnen veränderte sich auch das Gesicht des ehemaligen Kleineleuteviertels drastisch – eine Entwicklung, die die Alteingesessenen, unter ihnen auch viele Migranten, sorgenvoll beobachteten, ohne dagegen einschreiten zu können.

Musikfetzen flogen Vroni entgegen und verdichteten sich beim Näherkommen zu einer schmissigen Melodie, die ihr sofort in die Beine fuhr.

Der Platz, eigentlich eine städtebauliche Todsünde, wie die echten Giesinger fanden, glich heute einem venezianischen Campo. Rings um den mächtigen Maibaum, der weiß und blau gen Himmel strebte, waren Biertische und Bänke aufgestellt, die bereits gut besetzt waren. Kinder kreischten, Hunde kläfften, es roch nach Bratwürsten, die vor dem »Café Lü« auf einem großen Rost brutzelten.

»Wollens Eahna ned hersetzn?«, rief eine gnadenlos blondierte Frau mittleren Alters, die Vronis Zögern bemerkt zu haben schien. »Bei uns is a jeder willkommen.«

»Koa Zeit«, sagte Vroni bedauernd. »Leider! Ich werd nämlich scho erwartet.«

»A geh! An so am schönen Tag. Wenigstens auf a Halbe …«

»Wirklich ned. Schon gar ned mitten am Tag«, lehnte Vroni ab.

»Aber a Haferl Kaffee werd doch grad no drin sei.« Die Frau rutschte zur Seite. »So jung kemma mir nimmer zsamm!«

Jetzt saß sie doch.

Ein dunkel gestromter Schäferhund kam angelaufen und schob seinen Kopf auf ihr Knie. Nach kurzem Zögern begann sie ihn zu streicheln, doch ein scharfer Pfiff seines Herrchens, einem unangenehmen Typ im Jogginganzug und mit verspiegelter Sonnenbrille, rief ihn wieder weg.

Der Kaffee, der eine Sekunde später dampfend vor ihr stand, schmeckte Vroni.

»Und? Sans zufrieden mit der neuen Farb? Steht Eahna echt guad, find ich.«

Stirnrunzelnd blickte Vroni von ihrer Tasse auf – ausgerechnet Manu, Joes Schwester, die das mehr als zweifelhafte Wunder auf Vronis Kopf vollbracht hatte. Daran hatten auch mehrfache Haarwäschen im Nachhinein nichts ändern können.

Manu nahm Vronis Zögern ganz selbstverständlich als Zustimmung. »Gfreit mi, dass es Eahna gfällt. Geht halt nix über an frischen Wind, sag ich immer. Und dafür san mir Hair-Stylisten ja schließlich da. Apropos: Wie geht's eigentlich der Sofie? Von der hört man ja gar nix. Gfällt ihr der neue Job?«

Vroni nickte nachdenklich. Das schon, soweit sie das mitbekam. Aber Arbeit war auch nur das halbe Leben …

Um den Maibaum herum war Bewegung entstanden. Sechs junge Paare, die Madln im schwarzen Dirndl mit bunter Schürze, die Burschen in Leinenhemd und Lederhose, stellten sich zum Tanz auf.

Verstohlen folgte Manu Vronis Blick und schüttelte scheinbar betrübt den Kopf. »Mir hat's ja schier das Herz zerrissen, als des mit dem Joe und der Sofie in die Brüche gangen is, damals. Aber es hat halt einfach nicht sollen sein.«

Sie warf einen Blick auf ihre Armbanduhr und wurde nervös.

»Jessas! Jetzt muass i aber wirklich wieder weiter, des Essen für meine Familie richten. Nix als Arbeit hat unsereins. Und des sieben Tage di Woch.«

Seufzend stand sie auf und griff nach ihrer unförmigen, zerbeulten Handtasche in Lilametallic.

»Hat mich sehr gefreut, unser kleiner Ratsch, Frau Ilmberger. Grüßens die Sofie recht herzlich von mir, gell. Und falls sie mal an Schnitt oder a neue Farb braucht – jederzeit. Natürlich zum Freundschaftspreis!«

Ein letztes überschwängliches Händeschütteln, dann stob sie davon.

Überrumpelt sah Vroni ihr nach, als nun die Musiker, fünf Bläser und einer mit einer uralten Ziehharmonika, erneut munter loslegten.

Ein Zwiefacher. Die Paare setzten sich in Bewegung, nicht ganz synchron, aber durchaus anmutig.

Manus Worte hallten in Vroni nach. Ob die Sofie und der Joe wirklich nicht mehr zusammenkommen würden? Sie hatte ja alles vermasselt, vor zwei Tagen bei der Einladung. Nicht einmal ihr berühmtes Hendl hatte da noch was rausreißen können, und auch nicht ihre stillen Gebete und das Kerzerl vor der Muttergottes …

Die Musik schwoll an, wurde lauter, fröhlicher.

Vroni atmete energisch durch.

Nein. So schnell warf eine Veronika Ilmberger die Flinte nicht ins Korn!

Eine Welle von Erinnerungen drohte sie mit einem Mal zu überfluten. Ihr treuloser Vinzenz, dieser Saubazi – was für ein himmlischer Tänzer war er doch gewesen! Frei und aufgehoben zugleich hatte sie sich damals vor mehr als vierzig Jahren in seinen Armen gefühlt, übermütig, zum Fliegen bereit …

Hände, die nach den blau-weißen Bändern griffen und sie im Gegentanz wieder aufflochten.

Lachen.

Geflüsterte Worte.

Wärme, die in ihr aufstieg.

Der Duft nach Jugend, nach Sommer.

All diese unausgesprochenen Verheißungen, die endlich wahr werden könnten …

»Steht Eahna fei guad, die zarte Röte.« Der sanfte Bariton ihres Sitznachbarn schräg gegenüber, eines freundlichen Herrn mit silbergrauem Haar und verschmitzten blauen Augen, holte sie in die Gegenwart zurück. »San Sie auch von hier?«

»Sozusagen«, erwiderte sie.

»Des heißt?«, hakte der Mann mit charmantem Lächeln nach.

»Ich? Ich komm von Obergiasing …«

Seine Augen ließen sie nicht mehr los. Blitzblau unter dunklen Wimpern. Seltsam eindringlich.

Jetzt war sie plötzlich doch froh, dass sie heute das gute Kostüm angezogen und die weiße Bluse darunter noch einmal frisch aufgebügelt hatte.

Und Manus wilde lila Haarfarbe?

Ihm schien sie zu gefallen.

»I bin aus der Sommerstraß«, sagte er. »Da, wo die Schreinerei is.« Er zögerte. »Wenns was brauchen, können mich gern amal dort besuchn …«

»Schau ma mal.« Vroni wurde noch wärmer ums Herz. »Aber jetzt muass i wirklich wieder weiter.« Abrupt erhob sie sich. »Jemand wartet schon auf mich.«

Sein Gesicht verdüsterte sich.

»A kranke ehemalige Nachbarin«, setzte Vroni erklärend hinzu. »Wohnt gleich hier in der Näh.«

Das Strahlen kehrte zurück.

»I bin der Denninger Florian. Flo – für meine Freunde. Und mit wem hab i das Vergnügen ghabt? Des müssens mir scho no verraten!«

»Veronika«, sagte sie, schon halb im Gehen. »Veronika Ilmberger.«

»Vroni«, wiederholte er, galant schmunzelnd. »Ja, des passt!«

Plötzlich konnte es ihr gar nicht mehr schnell genug gehen, bis sie endlich um die Ecke gebogen war. Bildete sie sich das nur ein – oder hatte sie tatsächlich seine Blicke im Rücken gespürt?

Atemlos drückte Vroni den Klingelknopf und war froh, als prompt der Summer ertönte. Im dämmrigen Hausflur wartete sie darauf, dass ihr Herzschlag wieder langsamer wurde. Hatte sie wirklich gerade einem völlig Fremden ihren Namen verraten?

Oide Spinatwachtl!, schimpfte sie sich streng, während sie ihre Jacke zurechtzupfte und die duftenden Rohrnudeln in der Tasche an die richtige Stelle schob. Solchene Frühlingsgefühle, und des in dem Alter! Wo kemma denn da hin?

Doch Vronis Mundwinkel blieben hartnäckig nach oben gekräuselt, während sie die Treppe hinauf in den zweiten Stock stieg.

28

Gammelfleisch

Eines musste man der Weidinger, diesem inkarnierten Kinderschreck auf zwei zaundürren Beinen, allerdings lassen: Sie hatte nicht übertrieben.

Schon im Treppenhaus der Genossenschaftsanlage in der Werinherstraße schlug Sofie und Joe ein süßlich riechender, widerlicher Geruch entgegen.

Kopfschüttelnd fixierte Joe den dicklichen, kleinwüchsigen Hausmeister.

»Sagens amal, ist Ihnen des ned komisch vorkommen, dass es hier derart streng riecht?«

Wenn es noch eine Steigerung in Sachen rote Gesichtsfarbe gab, dann jetzt. Die Wangen des Mannes wechselten von einem zarten Apfelton über Kirsche hin zu tiefem Karminrot – ein interessanter Kontrast zum Purpur der knolligen, von roten Äderchen und tiefen Kratern durchzogenen Nase.

Nachlässig mochte der Bursche vielleicht sein. Sicher aber gehörten zwei, drei Humpen Bier pro Tag garantiert zu seinem eisernen Pflichtprogramm. Ein klassischer Herzinfarktkandidat. Und bedauernswerter Anwärter auf einen baldigen Platz in den Kühlschubladen der Kollegen von der Pathologie.

»Mei, wenn Sie wüssten, wie viel Arbeit ich hier hab, Herr

Kommissar! Sogar heut, am ersten Mai. Da kann man sich wirklich nicht um alles kümmern. Des könnens mir glauben.«

»Kennen Sie denn den Mieter der Wohnung?«

Unsicher fuhr der Mann sich durch die letzten verbliebenen Haare auf seinem ansonsten blanken Schädel.

»Tuat ma leid. Des kann ich Ihnen auch nicht sagen. Da müssens schon die Hausverwaltung fragen.«

Inzwischen waren Joe und Sofie vor der Wohnung im dritten Stock angekommen. Dem geradezu infernalischen Gestank zufolge waren sie hier goldrichtig.

Joes Instinkt hatte also nicht getrogen. Dabei waren Sofie durchaus noch Zweifel gekommen. Vor allem, als sie das steile Stück am Nockherberg auf ihrem Fahrrad hochgejapst war, vorbei an dem riesigen Biergarten, aus dem fröhliches Gejohle und das stumpfe Klirren schwerer Maßkrüge erscholl.

Tickten sie beide noch ganz richtig?

Nur weil eine Zimperliese wie die Weidinger sich über Geruchsbelästigung beklagte?

Trotzdem hatte Joe unverzüglich die Dult verlassen und sich auf seine schwarze BMW gesetzt, freier Tag hin oder her.

Die Kollegen hatten heut schon genug um die Ohren. So ein milder Frühlingsbeginn hatte eben auch seine Schattenseiten. Kaum war die Starkbierzeit im März, von den Münchnern scherzhaft auch »fünfte Jahreszeit« genannt, halbwegs überstanden, ging es jedes Jahr spätestens zum ersten Mai wieder los: Besäufnisse, Schlägereien und Messerstechereien, die leider nicht nur in der Ausnüchterungszelle oder der Notfallambulanz endeten, sondern mitunter auch auf dem Seziertisch.

Ehrensache, dass Sofie Joe doch begleitete. Wenn seine Befürchtungen sich bewahrheiten sollten, war ohnehin auch ein Rechtsmediziner vor Ort gefragt.

Und in der Tat: Es roch nach Verwesung.

Hastig schlug Sofie ihren Schal vors Gesicht, Joe schützte sich notdürftig mit einem seiner akkurat gebügelten Stofftaschentücher, die er immer bei sich trug. Dann zückte er Gummihandschuhe, reichte Sofie ein Paar und zog das andere selbst über.

Schwer atmend hatte nun auch der Hausmeister die letzten Stufen bewältigt. Er hüstelte und hob beklommen den Ärmel vor die Nase.

»Meinen Sie, da drin is – was passiert? Ned, dass ich noch Ärger krieg.«

»Keine Ahnung. Das werden wir hoffentlich gleich wissen.«

Joe musterte das Namensschild neben der Tür, auf dem ein schlichtes *Schmidt* zu lesen stand. Dann betätigte er die Klingel.

Im Inneren der Wohnung rührte sich nichts.

Auch nicht beim zweiten Läuten.

Joes wandte sich an den verängstigt dreinschauenden Hausmeister: »Tja, sieht ganz so aus, als wären wir auf Ihre Hilfe angewiesen. Haben Sie den Schlüssel dabei?«

»Selbstverständlich.«

Betreten senkte der Mann den Blick und fischte schnaufend einen Schlüsselbund aus seinem schmutzig blauen Arbeitskittel.

»Dürfen Sie denn da überhaupt rein?«

Das Karminrot wich allmählich einer ungesunden Blässe.

Beschwichtigend nickte Sofie dem zögernden Hausmeister zu.

»Alles im grünen Bereich, keine Sorge! Polizeigesetz Paragraf einunddreißig, Betreten und Durchsuchung von Wohnungen. Hier ist eindeutig Gefahr im Verzug.«

Ein amüsiertes Lächeln huschte über Joes Gesicht. Doktor hin oder her – seine Sofie war eben doch noch Polizistin durch und durch!

Leise nuschelnd öffnete der Mann die Tür.

»Ich muss dann auch wieder weiter. Wenn noch was sein sollte – ich bin unten im Keller. Die Wasserpumpe, des Glump, tropft schon wieder.« Erstaunlich behände machte er sich davon.

»Na, dann wollen wir mal.«

Joe warf Sofie ein aufmunterndes Lächeln zu. Dann gab er sich einen Ruck, stieß die Tür auf und betrat die Wohnung, dicht gefolgt von Sofie.

Obwohl sie von ihrem Beruf her einiges gewohnt war, nahm der bestialische Gestank ihr dennoch fast den Atem. Entschlossen durchquerte sie den größten Raum – der großzügigen Couchgarnitur aus schwarzem Leder und dem riesigen Flachbildfernseher nach offenbar das Wohnzimmer – und riss als Erstes die Fenster auf.

Ein paar tiefe Atemzüge, dann schloss sie sich Joe an und sah sich aufmerksam um. Eine typische Junggesellenwohnung. Top gepflegt. Und teuer gestylt, in Schwarz-Weiß, Leder, Lack, Chrom und Glas.

Jedoch: keine Menschenseele.

Nirgends. Weder im schwarz gefliesten Bad noch im Schlafzimmer.

Auch das riesige Bett mit der schwarz-weißen Satinbettwäsche war unberührt.

Joe warf einen kurzen Blick auf ein überdimensionales Aktfoto, auf dem ein muskulöser Jüngling lasziv seine Rückenansicht darbot.

»Scheint wohl eher nicht so auf Frauen abzufahren, der Herr Schmidt.«

Sofie nickte abwesend und schnüffelte konzentriert. Der penetrante Fäulnisgeruch war hier im Schlafzimmer deutlich schwächer.

Also zurück ins Wohnzimmer.

Links von der Eingangstür prangte eine aufwendig designte Küchenzeile, abgeschlossen von einer Art futuristischer Theke aus schwarzem Glas. Und ausgerechnet von diesem Hochaltar modernster Küchentechnik ging der entsetzliche Gestank nach verwesendem Fleisch aus!

Sofie drückte ihren Schal enger vor die Nase und trat vorsichtig näher. Sie hatte im Lauf der letzten Jahre ja schon viel gesehen, aber das hier toppte so ziemlich alles.

Auf der penibel gepflegten gläsernen Ablage thronte eine einsame, mit Küchenkrepp ausgeschlagene offene Tupperware-Box, darin etliche Fleischscheiben – beziehungsweise das, was das Gewimmel an Maden, Fliegen und Würmern davon übrig gelassen hatte. Geschickter konnte man eine Petrischale zur Aufzucht und Pflege von Mikroorganismen kaum improvisieren.

Wobei kaum davon auszugehen war, dass das die ursprüngliche Absicht des abwesenden Herrn Schmidt gewesen war. Sah eher so aus, als hätte er aus irgendeinem Grund alles mal kurz stehen und liegen lassen. Ganz offensichtlich hatte er gleich wieder zurückkehren wollen, um seine Steaks in die Pfanne zu werfen.

Dazu war es allerdings nicht gekommen. Irgendwas schien ihm zugestoßen zu sein …

»Wow! So was nenn ich a gscheids Gammelfleisch. Scheint jedenfalls kein Vegetarier zu sein, der Herr Schmidt.«

Fassungslos starrte Joe auf das seltsame Biotop, dann wandte er sich ab, etwas blass um die Nase.

Sofie nickte nachdenklich und zückte mehrere Plastiktüten, die sie in der Zwischenzeit in einer der Schubladen gefunden hatte.

»Ich nehm das Zeug am besten gleich mit und bring's ins Institut. Morgen kann ich dir dann wahrscheinlich schon sagen, um was für Fleisch es sich handelt. Und mit etwas Glück auch, wann dieser Schmidt ungefähr die Wohnung verlassen hat.«

Sorgsam steckte sie die Box in die Tüten.

»Forensische Entomologie. Sobald man das Alter der Maden bestimmt hat, weiß man auch, ab wann sie ungestört futtern und sich vermehren konnten.«

Joe pfiff anerkennend durch die Zähne. »Mit anderen Worten: Wann ungefähr der Typ das Zeug offen hingestellt hat?«

Sofie nickte. »Wissen wir denn inzwischen sonst noch was über ihn, außer, dass er auf Jungs steht und ein Faible für teure Designermöbel hat?«

Joe zuckte ratlos mit den Schultern. »Ich hab den Kollegen von der Spurensicherung schon Bescheid gesagt. Vorher wollte ich mich aber selbst schon mal umsehen. Dubioser Typ, dieser Schmidt. Ich hab nirgends irgendwas Persönliches entdeckt, weder Fotos noch Briefe oder Rechnungen, nicht mal ein Buch.« Er deutete nach hinten. »Keine Dokumente, auch kein Reisepass oder ein Führerschein.«

»Also auch kein Handy?«

Joe nickte. »Hatte er vermutlich alles bei sich, als er die Wohnung verließ.«

»Wie sieht's mit einem Festnetzanschluss aus? Oder einem PC?«

»Du meinst, wegen der Daten?« Joe schüttelte leicht gefrustet den Kopf. »Fehlanzeige. Abgesehen von ein paar frisch gereinigten Klamotten. Und dem Ding hier. Lag unter seinem Liebesnest.«

Joe zückte eine rot glänzende Visitenkarte mit schrill gelber Aufschrift: *Gay Sauna Giesing. Deine heiße Adresse für alles, was Jungs Spaß macht.*

»Besser als nix, würde ich sagen«, kommentierte Sofie. »Vielleicht ist er da ja Stammkunde. Sollte man auf jeden Fall mal vorbeischauen.«

Joe rollte die Augen. »Und dann? ›Servus, wir suchen einen Herrn Schmidt. Den Vornamen? Wissen wir leider nicht. Auch nicht, wie alt er ist und wie er aussieht. Vielleicht können Sie uns trotzdem weiterhelfen?‹ Oder so was in der Richtung?«

Sofie biss sich betreten auf die Lippen. »Stimmt auch wieder.«

»Mach dir nix draus! Gleich morgen früh klemm ich mich ans Telefon und kontaktier als Erstes die Hausverwaltung. Der Typ muss ja einen Mietvertrag haben.« Joe hielt inne. »Es sei denn, die Wohnung läuft nicht auf seinen Namen. Was ich mir leider nur zu gut vorstellen könnte.«

»Dann schauen wir eben, dass wir über seine DNA weiterkommen. Vielleicht hat Herr Schmidt uns ja wenigstens seine Haarbürste dagelassen.«

Hastig steuerten die beiden das Badezimmer an.

Rasierzeug, zwei gebrauchte Zahnbürsten, Vaseline, ein paar Aspirin – und ein Kamm, ohne ein einziges Haar darin.

Na super!

Eher ratlos griff Joe nach dem Handrasierer und hielt ihn gegens Licht.

»Sieht nicht so aus, als ob da noch was zu holen wäre.«

»Besser als nichts. Den nehmen wir zur Sicherheit mit.«

Sofie zückte eine Tüte, in der sie den Rasierer verstaute.

Joe sah sich mit gerunzelter Stirn weiter um.

»Das war's dann wohl. Oder?«

Nicht ganz. Eine Möglichkeit gab es vielleicht doch noch.

Sofie nahm die beiden Zahnbürsten genauer in Augenschein.

»Ich werd die Borsten abschneiden und analysieren lassen. Versprechen kann ich nichts. Aber wenn wir Glück haben, findet sich da noch Zellmaterial von Schmidts Zahnfleisch. Oder von seiner Mundschleimhaut.«

Sorgfältig packte sie die Bürsten in eine weitere Tüte.

Joe betrachtete Sofie stumm. Dann strich er ihr beinahe zaghaft über den Arm. Ein Schauer lief über ihren Rücken.

»Du, Sofie, ich muss dir was sagen«, druckste er verlegen herum. »Du weißt, dass ich die ganze Sache mit deinem Studium nie so ganz ernst genommen hab. Aber inzwischen kann ich nur sagen: Respekt!« Er senkte den Kopf. »Tut mir leid, dass ich dich damals so im Stich gelassen hab. Ehrlich.«

Sofie schluckte. Was hätte sie vor zwei Jahren für diese Worte gegeben!

Aber – jetzt?

Standen sie beide wirklich hier im übel riechenden Liebesnest eines verschollenen, vermutlich homosexuellen Mannes namens Schmidt und arbeiteten ihre gescheiterte Ehe auf?

Bitte nicht. Nicht hier, und überhaupt.

Sofie räusperte sich und zwang sich zu einem Lächeln.

»Wir haben beide Fehler gemacht. Lassen wir's dabei. Okay? Und jetzt würde ich sagen: Abflug!«

29

Blut unterm Nagel

Wäre es nach ihr gegangen, hätte die Fahrt auf Joes alter BMW 1000 von den Giesinger Genossenschaftsbauten bis zur Rechtsmedizin in der Nußbaumstraße ruhig länger dauern können. Fühlte sich beinahe an wie früher auf der Vespa, wo zwischen Joe und sie kein Blatt Papier mehr gepasst hätte. Alle sommerwarmen Seen und hohen Berge in der Umgebung Münchens hatten sie auf diese Weise gemeinsam erkundet und sogar eine kühne Tour durch die Alpen geplant, zu der es dann allerdings nicht mehr gekommen war.

Ja, achtzehn waren sie beide schon eine ganze Weile nicht mehr. Da, wo früher reine Muskelmasse gewesen war, spürte Sofie eine dezente Speckschicht unter Joes Lederjacke.

Was diesen Hallodri nicht weniger attraktiv machte.

Vermutlich nicht nur in ihren Augen. Oder warum sonst hatte er nach wie vor einen Ersatzhelm griffbereit im Topcase gehabt?

Wollte sie das wirklich wissen?

Unwillkürlich rückte Sofie ein Stück von ihm ab und kämpfte die aufkeimende Eifersucht energisch nieder.

Nicht mehr ihre Baustelle. Gott sei Dank!

Ab jetzt waren sie Kollegen. Vielleicht, mit etwas Glück, sogar Freunde. Und Punkt.

Leider machte die Überquerung des Goetheplatzes all ihre guten Vorsätze mit einem Schlag wieder zunichte.

Als Joe sich schwer in die Kurve legte, blieb Sofie nichts anderes übrig, als sich eng an ihren Ex zu schmiegen. Vergeblich warnte die kühle Stimme in ihrem Kopf sie vor irgendwelchen nostalgischen Gefühlen. Kein Zweifel: Ihr Körper genoss die Vertrautheit und Nähe in vollen Zügen.

Joe schien es nicht anders zu gehen. Eher zögernd brachte er die Maschine in der Nußbaumstraße zum Stehen. Dann stieg er ab und warf Sofie ein ungewohnt scheues Lächeln zu.

»Des sollten wir ganz bald wieder machen«, sagte er leise, während er seinen Helm absetzte. »Was moanst, Sofie?«

Das »Spatzl« sparte er sich klugerweise, obwohl sie darauf schon gefasst gewesen war.

»Schau ma mal.« Sofie tat sich schwer mit der Schnalle des Helms.

Ihre Gesichter kamen sich näher, als Joe sich an ihrem Helm zu schaffen machte. Für einen Moment trafen sich ihre Blicke. Dann sprang die Schnalle auf.

War es Bedauern, das Sofie in Joes Miene las?

Beinahe hastig wandte er sich ab, öffnete das Topcase und – verzog das Gesicht. Mit einem Schlag war jegliche Romantik verflogen.

Obwohl sie die diversen improvisierten Asservatenbeutel so dicht wie möglich verschlossen hatten, stank das Zeug noch immer bestialisch.

Vor der Pförtnerloge trafen sie auf drei junge Frauen. Joe nickte der hübschen Polizistin in Uniform zu. Trotz des warmen Wetters war sie vom Scheitel bis zur Sohle tipptopp gekleidet, ihre gekringelten Haare standen wie dunkle Antennen vom Kopf ab. Das Mädchen hinter ihr war jünger, groß gewachsen und überschlank. Mitfühlend hatte sie den Arm um ihre völlig verheulte Freundin geschlungen, deren roter Rock in Fetzen herabhing und wie ihr gesamtes Äußeres auf einen brutalen Überfall schließen ließ – wenn nicht mehr.

»Mannsbilder, elendige«, entfuhr es Joe, der sofort begriff, was die drei Frauen hierher verschlagen hatte.

Sofie fühlte sich plötzlich, als hätte sie einen Stock verschluckt.

»Mein Name ist Dr. Rosenhuth«, sprach sie die drei an. »Kann ich Ihnen helfen?«

Ein zaghaftes Nicken, dann dirigierte Sofie die Frauen am Pförtner vorbei, gefolgt von Joe.

»Am besten geb ich die Sachen gleich für Spike ab, damit er das Zeug analysieren lassen kann. Du hast ja jetzt erst anderes zu tun.«

Spike? Joe schien Stefan Moosbichler, den Obduktionsassistenten mit dem spektakulären Köperschmuck, ja richtig gut zu kennen!

Sofie ließ sich ihre Überraschung nicht anmerken, nickte dankend und verschwand mit den beiden jungen Frauen in Richtung Untersuchungsräume, während die junge Polizistin bei Joe stehen blieb.

»Servus, Kollege. Was treibst du denn hier an deinem freien Tag?«

Betont harmlos zuckte Joe mit den Schultern. »Mei, unsereiner ist doch immer im Dienst. Oder ned?«

Mit einem Seitenblick deutete er auf den streng riechenden Beutel in seiner Hand und bemühte sich, ihn so weit weg von ihr zu halten wie nur irgend möglich.

»Habts wieder mal Ärger mit irgend so einem Schwein?«

Sie nickte ernst.

»Ganz a komische Gschicht«, erwiderte sie. »Des Madl hat sich am Isarufer gesonnt, als sie plötzlich von irgend so einem Typen aus dem Hinterhalt überfallen wurde.«

»Hat er etwa … Ich mein …«

Die Polizistin schüttelte den Kopf. »Wie's aussieht, hatte er ganz sicher vor, Laura zu vergewaltigen. Aber dann hat ihm jemand einen Ast über den Schädel gezogen und ihn schachmatt gesetzt. Zum Glück hat des Madl sich sofort aufrappeln und losrennen können.«

»A anonymer Helfer also«, bemerkte Joe. »Der könnt euch ja vielleicht bei der Fahndung weiterhelfen. Wie sah er denn aus?«

»Groß. Schlank. Dunkler Hoodie. Offenbar sehr flink.« Sie zuckte die Achseln. »Mehr hat sie leider nicht erkennen können.«

»Und der Täter?«

Erneut schüttelte die junge Polizistin den Kopf. »Fehlanzeige. Laura war wie gelähmt vor Angst, wie die meisten Frauen in so einer Situation«, sagte sie ernst. »Oft können sie sich erst viel später an die Details erinnern – wenn überhaupt. Die meisten verdrängen alles und tun so, als wär gar nichts passiert. Oder sie trauen sich nicht, zur Polizei zu gehen, weil sie sich schämen. Zum Glück hat Lauras Freundin sie dazu überreden können, sofort zu uns zu kommen.«

Plötzlich zog sie die markante Nase kraus.

»Was riecht hier eigentlich so heftig?«

»Des willst du gar ned so genau wissen, Aylin. Glaub's mir!« Joe schmunzelte betont munter. »Eine spannende kleine Aufgabe für die Kollegen im Labor.«

Die Polizistin schenkte ihm ein kurzes Lächeln, das ihre dunklen Mandelaugen noch betonte. Dann wurde sie wieder ernst.

»Ich geh jetzt am besten auch zu Laura«, sagte sie. »Hoffen wir mal, dass die Ärztin noch mehr rausfindet.«

»Des Madl ist bei der Doktor Rosenhuth in allerbesten Händen«, sagte Joe, bevor er sich auf den Weg nach oben machte. »Und ich weiß nur zu genau, wovon ich spreche.«

Irgendjemand hatte wohl gemeint, dass Wände in sonnigem Gelb Albträume erträglicher machen. Vermutlich waren deshalb der Raum mit dem gynäkologischen Stuhl wie auch die angrenzenden Zimmer, in denen Malsachen und Spielzeug bereitlagen, in diesem Farbton gehalten. Doch nicht einmal die wärmsten Farben oder Worte vermochten solche Wunder zu vollbringen.

Sofie verhielt sich in solchen Fällen professionell zurückhaltend, aber einfühlsam. Wie sie herausgefunden hatte, war das die beste Methode, um Opfer nicht noch mehr einzuschüchtern, sondern sie zum Reden zu bringen.

Aufmerksam nickte sie der Polizistin zu, die gerade eingetreten war. Dann wandte sie sich wieder dem jungen Mädchen vor ihr zu, das sich inzwischen etwas beruhigt hatte.

»So, Laura. Bevor ich dich untersuch, wollen wir dich erst mal genauer anschauen.«

Sofies konzentrierter Blick wanderte von Lauras Kopf zu ihren Händen.

Tatsächlich. Da war doch was!

»Du hast da Blut unter den Nägeln – links übrigens auch.«

»Weil ich das Schwein ordentlich gekratzt habe!« Lauras Stimme, bis dahin leise und von Schluchzern unterbrochen, wurde laut. »Am liebsten hätt ich ihm die Augen ausgekratzt. Aber er hatte ja diese widerliche Sonnenbrille auf, so eine mit verspiegelten Gläsern. Nix hab ich erkennen können.«

Sie begann zu zittern und verbarg den Kopf in den Armen ihrer Freundin, während Sofie vorsichtig das Blut unter Lauras Fingernägeln herausschabte.

»Immerhin etwas«, meinte Sofie nachdenklich und verwahrte die Probe sorgfältig. »Falls wir seine DNA in der Strafkartei haben, ist er fällig.«

»Und wenn nicht?«, brauste die Freundin auf. »Kann der Typ dann etwa weiter frei rumlaufen und sich ungestört an jungen Frauen vergreifen?«

»Viele Vergewaltiger sind Wiederholungstäter, das stimmt«, beschwichtigte sie die Polizistin nachdenklich. »Wenigstens haben wir jetzt einen ersten Anhaltspunkt.«

Sofie nickte zustimmend und strich Laura behutsam über den Arm.

»Zum Glück bist du gleich zu uns gekommen. Nur so haben wir eine Chance, diesen Mistkerl zu erwischen.«

30

Miststück, verreckts

Wie ein Hauch aus Spinnweben lag der Morgendunst über der silbern schimmernden Wasseroberfläche, nur schemenhaft ließen die aufsteigenden Schwaden das gegenüberliegende Isarufer erahnen.

Tautropfen blitzten auf Gräsern und Büschen, die ersten Margeriten, Klatschmohn und Vergissmeinnicht reckten ihre Köpfe neugierig den Sonnenstrahlen entgegen. In der Ferne erklang das dumpfe, gleichmäßige Brausen der morgendlichen Rushhour auf der Candidstraße, ansonsten: samten goldene Stille.

Der Jogger mit der verspiegelten Sonnenbrille und dem großen Hund an seiner Seite hatte für den Zauber dieses neuen Tages weder Augen noch Ohren, während er langsamer als sonst vom Kiosk an der Braunauer Eisenbahnbrücke Richtung Brudermühlstraße trabte.

In der verlassenen Wohnung hatte immer noch dieser widerliche Geruch nach ranzigem Fett und verbrannten Zwiebeln gehangen, als er gestern am Spätnachmittag nach Haus gekommen war. Wenigstens waren ihm die nervige Stimme seiner Alten und das Dauergezänk der beiden Kinder erspart geblieben – vor allem aber irgendwelche neugierigen Fragen.

Den völlig verdreckten Jogginganzug hatte er gleich mal in die Waschmaschine geworfen. Zum Glück hatte das gute Stück alles bestens überstanden, bis auf eine aufgeplatzte Naht und einen kleinen Riss an der Seite. Konnte man alles wieder flicken.

Auch der tiefe Kratzer an seinem Unterarm verheilte ordentlich. Die Kopfschmerzen war er allerdings noch nicht ganz losgeworden. Am schlimmsten aber war der massive Bluterguss an seiner Hüfte, der ihm das Joggen heute eher verleidete.

Miststück, verreckts. Geschah der nur recht!

Der Schweiß brach ihm aus. Zum Glück kam da vorn endlich seine Lieblingsbank in Sicht.

Ächzend ließ er sich nieder und blinzelte hinter seiner Brille in die Frühlingssonne. Dicht neben sich hörte er plötzlich den Hund aufgeregt jaulen.

»Geh, was hast denn scho wieder? Ich werf dir gleich wieder dein Stöckchen, okay?«

Eine Sekunde später spürte er das Gewicht von etwas unangenehm Weichem auf seinem Oberschenkel.

Kreizkiesl noch amal. Bloß ned scho wieder eins von dene greislichen Trümmer!

Missmutig sah er auf seinen Schoß – und erstarrte.

Seine Augen weiteten sich. Eine verschwommene Erinnerung blitzte in ihm auf.

Ein milder Frühlingsabend, gerade so wie gestern.

Die sanfte Melodie eines Handys, die erst erstarb, als er das dudelnde Ding in hohem Bogen ins Wasser warf.

Aufgerissene blaue Augen.

Kupfern schimmernde Locken auf grünem Gras.

Samtig weiße, zuckende warme Haut …

Erst das Stupsen der feuchten Hundeschnauze an seinem Knie brachte ihn wieder in die Gegenwart zurück.

Beinahe sanft glitt der Vogelkadaver zu Boden, als er angeekelt aufsprang.

Wütend schleuderte er die tote Taube mit der Schuhspitze ins Gras.

Dann stürzte er wie von Sinnen davon.

31

PC-Spiele

In dem kleinen PC-Raum war es so stickig, dass man die Luft hätte schneiden können. Ein Vorhang angeschmutzter Lamellen sperrte die Frühlingssonne aus. Dazu das Brummen der Computer und das fahle Licht der Monitore: alles andere als Wohlfühlatmosphäre. Wahrscheinlich würde Sofie binnen Kurzem das fliederfarbene Shirt wie eine zweite Haut am Körper kleben. Es saß ohnehin ein wenig knapp, ließ aber dafür ihre grünen Augen besonders strahlen.

Die Tür blieb trotzdem zu.

Joe, der neben ihr hockte, schien die Enge nichts auszumachen. Und frisch wirkte er, als sei er eben erst der häuslichen Dusche entstiegen.

Warum sah man diesem Mann eigentlich niemals irgendwelche Strapazen an, während sie schon wieder spürte, wie ihre mühevoll vor dem Spiegel zusammengefummelte Frisur unaufhaltsam der Auflösung entgegenstrebte?

»Wie sieht's eigentlich mit diesem Typen aus, der Laura fast vergewaltigt hätte?«, fragte Sofie unwirscher, als sie eigentlich vorgehabt hatte, während sie beide gebannt den Bildschirm fixierten.

»Die Fahndung läuft.« Joe klang angesichts ihres unerwarteten

Tons leicht indigniert. »Aber du weißt ja, wie wenig wir bislang haben.«

Der Rechner gab ein Pling von sich.

»Bis auf seine DNA.« Sofie musterte frustriert den Monitor und schlug mit der flachen Hand auf den Tisch. »Aber der Datenbank scheint er unbekannt zu sein. Scheibe!«

»Was bedeutet, dass …«

»… man ihn bis jetzt noch nicht erwischt hat. Ganz genau. Ich möcht fast wetten, der hat des ned zum ersten Mal versucht.«

Mit einem wütenden Schnaufer lehnte sie sich zurück. »Wenn wir wenigstens diesen Typen auftreiben könnten, der ihm eins über den Schädel gezogen hat!«

»Träum weiter, Mrs. Marple! Dunkler Hoodie. Schlank. Sehr flink. Richtig? Auf wie viele Personen trifft diese Beschreibung wohl zu? Also mach dir lieber keine übertriebenen Hoffnungen.«

Schweigen breitete sich aus.

»Aber man kann doch nicht einfach …«

Verdutzt hielt Sofie inne und starrte das geradezu außerirdische Wesen an, das soeben die Tür aufriss.

Dunkellila Nietenjeans. Neongelbes Shirt. Der akkurat gestutzte Iro in frisch leuchtendem Maiengrün.

»Mein ganz persönlicher Beitrag zum Wonnemonat.« Spikes Grinsen wurde noch breiter. »Außerdem hab ich hier einiges für euch. Erst die guten oder die schlechten Nachrichten?«

»Die guten«, riefen Sofie und Joe wie aus einem Mund.

»Ich fang trotzdem besser mit den schlechten an«, sagte Spike. »Sonst gibt's ja keine Steigerungsmöglichkeiten mehr.«

Vergeblich suchte er nach einer Sitzgelegenheit, schließlich ließ er sich lässig auf der Tischkante nieder.

»Also, was unsere Brandleiche betrifft: Weder zur DNA der

Asche noch zu den Fingerabdrücken auf der Flasche haben wir irgendwelche übereinstimmenden Profile im Archiv. Sorry.«

»Wär auch zu schön gewesen«, murmelte Sofie mit zusammengebissenen Zähnen.

»Dafür wissen wir inzwischen mehr über die textilen Reste, die am Tatort gefunden wurden«, fuhr Spike ungerührt fort. »Handelt sich tatsächlich um eine Wolldecke mit hohem Kaschmiranteil.«

»Die garantiert aus dem Siebert'schen Besitz stammt«, knurrte Joe. »Das ganze Anwesen strotzt ja geradezu vor geldiger Gediegenheit! Der ›Einbrecher‹ hat sich wahrscheinlich nur mal kuschelig einwickeln wollen. Bis ihn dann leider das Feuer überraschte.«

»Ja, genau«, sagte Sofie mit sarkastischem Unterton. »Und zwar, nachdem er davor Wodka getrunken hat, der mit einem starken Narkotikum versetzt war. Und zwar ned allein. Wär jedenfalls durchaus möglich, dass ein paar von den Fingerabdrücken auf der Flasche von ihm stammen.«

»Was wir aber ned beweisen können. Leider«, brummte Joe. »Shit. Da haben wir die DNA von der Asche und eine Flasche mit Fingerabdrücken von zwei Personen – und nix passt zsamm. Ist er denn bei lebendigem Leib verbrannt? Kannst mir wenigstens des verraten?«

»Solang ich nur die Asche, eine Handvoll Knochen und a paar Zähn hab«, erwiderte Sofie, »leider ned. Rechtsmediziner können halt auch ned zaubern. Mein Job ist es, naturwissenschaftlich fundierte Ergebnisse zu liefern. Und ihr setzt das Puzzle dann zusammen.«

»Ah so? Meinst ned, du machst dirs da a bissl zu einfach?«

Sofie lief dunkelrot an. »Wer ist denn hier der Kommissar – du oder ich?«

Feindselig funkelten sie einander an.

»Nur die Ruhe putzt die Schuhe!« Spike sprang auf. »Ihr zwoa werdets euch deshalb doch ned glei in die Haare kriegen, oder? Lassts mich jetzt lieber weitererzähln!«

Er spitzte die Lippen und ähnelte auf einmal einem heftig gepiercten Faun. Sofie und Joe wandten sich ihm mit trotzig zusammengepressten Lippen und verschränkten Armen zu.

»Also: Das Gammelfleisch war tatsächlich allerfeinstes Rinderfilet. So ein Feinschmecker is bestimmt ned arm.«

»Oder er hat jemanden, der die Spendierhosen anhat. Gibt's ja öfter, grad in dem Milieu«, ergänzte Sofie nachdenklich. »Und sonst? Wissts ihr, wia lang des scho offen dastand?«

»Drei Tag mindestens, tat i sagen. Jedenfalls, wenn man des Viehzeug näher unter die Lupn genommen hat.«

Sofie stutzte. Dieser Schmidt war also am selben Tag verschwunden, an dem sich der Brand bei Ministerialdirigent Siebert ereignet hatte.

Zufall? Oder …

»Und wie schaut's mit der Analyse von dem Rasierer und den beiden Zahnbürstn aus?«

Der Faun schüttelte bedauernd den Kopf.

»Fehlanzeige beim Rasierer. Kein einziger Hinweis. Leider. Dafür …«, Spikes Gesicht hellte sich merklich auf, »… haben wir bei dene Bürstn tatsächlich Zellmaterial isolieren können – von zwoa verschiedenen Personen. Schick ich dir gleich alles rüber auf den Computer … Ich mein natürlich: Ihnen.«

»Passt scho!«, sagte sie schmunzelnd. »Ich Sofie – du Spike.«

Spike nickte Sofie grinsend zu und hob den Daumen.

»Alles roger! Dann wünsch ich euch beiden noch recht viel Spaß in eurem Computerdschungel. Und streitets ned so viel! Ich verzupf mich jetzt lieber. Der wilden Elke muass ich nämlich ned unbedingt begegnen, wenns ned sein muass.«

Ein kurzer verschwörerischer Blickwechsel zwischen Männern, dann fiel die Tür hinter Spike ins Schloss.

Sofie und ihr Ex sahen sich nachdenklich an – und sagten im gleichen Moment: »Tut mir leid, dass ich …«

Schmunzelnd verstummten sie.

Joe räusperte sich. »Ganz ehrlich: Des war ned okay von mir vorher, Sofie. Sorry.«

»Schon okay. Ich hätt ja a ned gleich dermaßen an die Decke gehen müssn. Oder?«

»Also Versöhnung?«

»Logisch!«

Ein kumpelhafter Händedruck – der sich verdammt gut anfühlte. Weich. Und warm. Und zärtlich …

Ein Pling vom PC rief die beiden rasch wieder zurück in die Gegenwart. Fast bedauernd wandte Sofie sich um und checkte den Monitor.

Das waren allerdings gute Nachrichten!

»Sauber. Da sans ja schon, die Zahnbürschtldateien. Echt schnell, dein Kumpel!«

Sofies Finger huschten über die Tasten. Ihr Verdacht von vorhin ließ sie nicht mehr los.

»Stell dir nur mal vor, wir hätten plötzlich …«

»Du, entschuldige, aber für irgendwelche PC-Spielchen bin ich grad ned in der richtigen Stimmung«, stöhnte Joe. »Is ja schön und guad, dass wir jetzt mehr wissen über den verschollenen Herrn Schmidt. Aber bei der Brandleich tapp ich immer noch genauso im Stockdunkeln wie vorher. Alles, was wir wissn, is, dass der Mann aus der Ukraine stammt. Vermutlich. Viel is des ned. Was moanst, wie der Chef ausflippt, wenn ich da no länger rumstopsl ohne irgendwelche Ergeb…«

»Von wegen!«, rief Sofie. »I glaubs ned! Da – schau her!« Aufgeregt deutete sie auf den Bildschirm. »Die DNA von der Brandleich und das Zellmaterial von der oane Zahnbürschtn – des stammt definitiv von ein und derselben Person! Und ich würd mal messerscharf drauf tippen, dass das der verschwundene Mieter von der Wohnung is. Der Schmidt.«

Joe starrte ungläubig auf den Monitor, der Sofies Worte jedoch eindeutig bestätigte. Abrupt sprang er auf, packte Sofie und wirbelte sie begeistert herum. »Weißt was, Sofie: Du bist echt einsame Spitze!«

Ausgerechnet jetzt gab sein Handy Laut, im fröhlichen Polkaton. Mit einem bedauernden Blick ließ Joe Sofie sachte los und meldete sich.

»Lederer, Hauptkommissar. Ja, da sind Sie genau richtig. Danke für Ihren Rückruf.« Hastig angelte er sich einen Stift und kritzelte für Sofie das Wort *Hausverwaltung* auf einen Zettel. »Es geht um einen Ihrer Mieter in der Werinherstraße. Einen Herrn Schmidt. Offenbar hat er die Wohnung vor einigen Tagen überstürzt verlassen und ist seitdem nicht mehr auffindbar.«

Konzentriert lauschte er der Stimme am anderen Ende der Leitung.

»Jan Schmidt, sagen Sie?«

Hastig schrieb er mit, während er das Handy zwischen Kinn und Schulter geklemmt hielt. Dann aber stutzte er und sah Sofie triumphierend an.

»Bei den Bewerbungsunterlagen für die Wohnung ist ein Foto von ihm dabei? Perfekt. Dann komm ich gleich zu Ihnen. Bin quasi schon auf dem Weg.«

Er beendete das Telefonat und wandte sich erleichtert an Sofie.

»Langsam tut sich doch was«, sagte er. »Endlich!«

Sofie grübelte laut: »Ein Ukrainer, der Jan Schmidt heißt? Des glaubst doch selber ned.«

Joe nickte zustimmend und zog die Fotokopie der Visitenkarte der Gay-Sauna aus der Tasche.

»Hauptsache is, dass wir jetzt endlich a Foto von ihm kriegen. Nach meinem Besuch bei der Hausverwaltung werd ich gleich mal bei den Schwulen dort vorbeischauen.« Er schmunzelte anzüglich. »Könnt mich ja vielleicht nebenher noch a bissl massiern lassn.«

»Spinnst jetzt du? Keinen Schritt machst du dahin ohne mich!«, brauste Sofie auf. »Des wär ja noch schöner – ich ebne den Weg als Rechtsmedizinerin, und der Herr Kommissar kassiert ab, oder was? Kannst grad vergessn!«

»Hast vielleicht Muffensausn, dass ich da auf Abwege geraten könnt?« Joe grinste. »Chancen hätt ich bei dene sicher, da hast scho recht …«

»Bild dir bloß nix ein!«, fuhr ihn Sofie an. »So gegen sechse treff ma uns dort, klar? Und wehe, du wartst ned auf mi!«

Er lachte verschmitzt und deutete einen Diener an.

»Ihr Wunsch ist mir Befehl, Euer Majestät!«

In diesem Moment sprang die Tür auf.

»Da also stecken Sie!« Elke Falks eisige Stimme ließ die Raumtemperatur augenblicklich um mehrere Grade sinken. »Arbeiten Sie eigentlich auch irgendwann?«

Misstrauisch musterte sie Joe, der sich hastig wieder aufgerichtet hatte.

»Jetzt nicht mehr.« Schmunzelnd packte Sofie die Tasche mit ihren Joggingklamotten. »Ich hab nämlich nur eine Halbtagsstelle, wie Sie ja wissen – und für heut ist meine Schicht zu Ende.«

Ihr Lächeln wurde schmelzend, als sie sich augenzwinkernd Joe zuwandte: »Pfiat Eahna Gott, Herr Lederer. Man sieht sich!«

32

Isar-Idylle

Der süße Duft von Hollerblüten, Flieder und Jasmin.

Vogelzwitschern.

Luft wie schiere Seide.

Nach dem nahezu sauerstofffreien PC-Raum des Instituts genau das, was sie jetzt dringend brauchte.

Mit den immer noch wild übereinandergestapelten und natürlich so gut wie gar nicht ausgepackten Umzugskartons zu Hause hatte sie sich inzwischen arrangiert. Die Leute von der Umzugsfirma Gfeiter hatten sich noch nicht gemeldet. Und da Sofie inzwischen alles fand, was sie akut brauchte – zum Beispiel ihren Jogginganzug und die Laufschuhe –, bestand in ihren Augen absolut kein Anlass, ihr dringend anstehendes Fitnessprogramm erneut zu verschieben.

Zumal an so einem traumhaften Frühlingstag.

Selig vor Glück sperrte sie ihr Fahrrad ab und schulterte den Laufrucksack. Dann streckte und dehnte sie sich ausgiebig und begann mit ersten Aufwärmübungen.

Hüftkreisen, Schulterkreisen, Fußkreisen.

Oberkörperrotation.

Lief ja besser als gedacht!

Schließlich die tiefe Hocke.

Ächzend klammerte Sofie sich an den Holzzaun und kam schnaufend wieder hoch.

Na servus!

Fünfzehnmal hatte sie es bis vor Kurzem noch geschafft. Heute hingegen brach ihr nach gerade mal drei Wiederholungen schon der Schweiß aus.

Durch die Bäume drang ausgelassenes Juchzen und Geplätscher vom benachbarten Schyrenbad an ihre Ohren. Der Tag wurde ebenso heiß wie gestern, geradezu perfekt also für ein erfrischendes Bad im kühlen Nass.

Nachdenklich wischte sich Sofie die schweißnasse Stirn.

Warum eigentlich nicht?

Nur, weil sie sich heute eisern »Joggen an der Isar« auf die Fahne geschrieben hatte? Und einen Bikini würde sie sich an der Kasse garantiert auch ausleihen können.

Aber genau da fing das Problem an.

Erst war es das Frustessen aus Liebeskummer gewesen, das sich wie ein Schwimmring auf ihren Hüften abgelagert hatte – wobei sich das Thema »gebrochenes Herz« inzwischen zum Glück erledigt hatte. Hoffentlich. Das Problem mit den Kalorien allerdings nicht.

Seit ihrer Ankunft in München war es vor allem Tante Vronis bayerische Kost am Abend, die sie regelmäßig schwach werden und einen glanzvollen Auftritt im knackigen Schwimmdress in immer weitere Ferne rücken ließ.

Aber damit war ab heute Schluss!

Entschlossen kehrte Sofie der verlockenden Geräuschkulisse jenseits des Zauns den Rücken zu und trabte los.

Bis zur Brudermühlstraße und wieder zurück, also rund fünf Kilometer, hatte sie sich für heute vorgenommen. Falls ihre Kraft noch reichte, konnte sie dann immer noch weiter zu den malerischen Kiesbänken am Flaucher, um dort wenigstens die Füße kurz ins Wasser zu tauchen.

Eine leichte Brise kühlte ihre Stirn, der unbefestigte Trampelpfad durch die kniehohen Gräser federte bei jedem Schritt. Allmählich fand sie ihren Rhythmus, wie von selbst glitt die Anspannung der letzten Tage von ihr ab.

Und das Karussell in ihrem Kopf begann …

Die auf so rätselhafte Weise ums Leben gekommene Maus. Der Ukrainer namens Jan Schmidt – wenn er überhaupt so hieß –, der im Siebert'schen Gartenpavillon vielleicht bei lebendigem Leib verbrannt war. Die kleine Vanessa, die immer noch im Krankenhaus lag und der sie versprochen hatte, bald wieder vorbeizuschauen. Das nervige Hickhack mit der Falk, dieser eiskalten Hyäne. Die Begegnung mit Charly, dem charmanten Polizeireporter, und seinem Cabrio namens Dante. Hatte er nicht versprochen, sich wieder bei ihr zu melden? Und dazwischen immer wieder: Joe mit seinem Schmunzeln, den sehnsüchtigen Augen und den warmen Händen, die so zärtlich sein konnten …

Hallo? Ging's eigentlich noch?

Energisch versuchte Sofie, ihre Gedanken an die kurze Leine zu nehmen, und legte einen Zahn zu.

Einatmen, ausatmen.

Und ein. Und aus.

Hier irgendwo im Gebüsch nahe am Isarufer war es gewesen, wo dieser widerliche Dreckskerl sich an Laura rangemacht hatte. Ein Jogger mittleren Alters in einem türkisfarbenen Trainingsanzug aus Nylon. Eine verspiegelte Sonnenbrille hatte er aufgehabt. Und ein großer Hund war bei ihm gewesen.

Das war alles, woran das Mädchen sich hatte erinnern können.

Sofie besah sich die ihr entgegenkommenden Läufer genauer.

Na super.

Sozusagen jeder zweite trug eine solche Sonnenbrille. Auch türkisfarbene Jogginganzüge für Herren schienen gerade ziemlich in Mode zu sein. Und auf der großen Wiese Richtung Isar tummelten sich jede Menge Zamperl in allen Größen, vom Chihuahua bis zur Riesendogge.

Sofie geriet ins Schnaufen und wurde langsamer.

Was hatte sie auch erwartet? Dass ihr der Typ einen Tag später einfach so über den Weg laufen würde? Kommissar Zufall, oder was?

Stirnrunzelnd wich sie einem weiteren Jogger aus, der sie beinahe angerempelt hätte. Natürlich auch er im türkisfarbenen, leicht ramponierten Anzug, mit verspiegelter Sonnenbrille und einem Schäferhund, den er energisch zu sich pfiff, bevor er sich seltsam humpelnd davonmachte.

Es nutzte nichts. Ihre Oberschenkel brannten, ihr Atem ging nur noch stoßweise. Was sie jetzt dringend brauchte, war eine Pause.

Den wunderbar romantischen, verwilderten Rosengarten, früher einer ihrer bevorzugten Rückzugsorte zum Lesen, Nachdenken und Träumen, hatte sie ja längst hinter sich gelassen. Aber zum Glück kam da vorn, direkt neben der Braunauer Eisenbahnbrücke, schon der Kiosk mit den legendären Brezn in Sicht.

Eine würde sie sich auf jeden Fall gönnen. Wofür sonst schindete sie sich denn hier so ab?

Als ob es auf Sofie gewartet hätte, lag ein letztes Exemplar tatsächlich noch in der Vitrine. Dick mit Butter bestrichen.

Ausgerechnet.

Das bedeutete: noch mehr Kalorien. Aber dafür umso leckerer.

Entschlossen packte Sofie die sorgfältig in eine Serviette gewickelte Butterbreze in ihren Rucksack, zahlte bei der resoluten älteren Dame im weißen Kittel – einer Institution, die weit über Giesings Grenzen hinaus bekannt war – und trabte weiter.

Natürlich würde sie noch bis zum Flaucher joggen, um ihr schlechtes Gewissen endgültig zu beruhigen. Aber ein kurzes Päuschen davor war ja wohl noch drin. Oder?

Aufatmend steuerte sie die nächste Bank an.

Ein donnerndes Grollen näherte sich, der Boden unter ihren Füßen begann zu vibrieren. Irritiert hielt sie inne und blinzelte nach oben.

Einer dieser kilometerlangen Güterzüge, von denen man nie wusste, wann und ob überhaupt der letzte Waggon jemals in Sicht kommen würde, passierte ohrenbetäubend die stählerne Eisenbahnbrücke.

Sofie machte einen weiteren Schritt hin zur erlösenden Bank – als sie plötzlich mit dem Fuß gegen etwas stieß. Etwas Graues, Lebloses.

Eine tote Taube, die hier wohl ihren letzten Flügelschlag getan hatte. Ein Sonnenstrahl streifte den Kadaver und brachte ein glitzerndes Etwas zum Leuchten.

Moment mal!

Stirnrunzelnd bückte Sofie sich und begutachtete den seltsam verkrümmten Vogelkörper genauer. Ein Seidenband war um den Hals der Taube geschlungen, daran befestigt: ein verlockend blinkendes Bonbon.

Aber das war noch nicht alles.

Im Vogelschnabel steckte das Foto eines lächelnden jungen Mädchens mit roten Haaren.

Sofie schnappte nach Luft.

Mal abgesehen davon, dass die äußeren Symptome auf fatale Weise denen der toten Maus glichen, die Sofie auf dem Spielplatz an der Wittelsbacherbrücke gefunden hatte – war es nicht genau das gewesen, ein glitzerndes Bonbon und ein Foto, von dem die kleine Vanessa gesprochen hatte?

Sofie versuchte sich zu erinnern …

»Du darfst noch ned gehen, bitte«, murmelte sie schwach. »Ich möcht doch so gern wissen, wer das Madl auf dem Foto war.«

Sofie stutzte. »Welches Foto, Nessie?«

»Ganz a schönes Madl war da drauf. Mit roten Haaren und großen Augen.« Vanessas Lider fielen zu. Fast war ihre Stimme nicht mehr zu hören. »Wenn ich träum, kommts mich ganz oft besuchen. Aber ich weiß ja ned amal ihren Namen …«

Kein Zweifel. Vanessa hatte alles andere als halluziniert.

Und jetzt?

Die Ruhepause konnte Sofie gleich mal knicken. Und den Abstecher zum Flaucher sowieso. Hektisch zog sie die Butterbreze aus ihrem Rucksack und legte sie auf der Bank ab. Appetit hatte sie keinen mehr. Aber irgendwelche Tiere würden sich garantiert noch darüber freuen. Außerdem brauchte sie in ihrem Rucksack jetzt vor allem Platz für den toten Vogel.

Endlich fand sie, wonach sie gesucht hatte: die Plastiktüte, in der sie normalerweise ihre Joggingschuhe aufbewahrte.

Während sie den Taubenkadaver behutsam einwickelte und verstaute, stahl sich ein kleines Lächeln auf ihr Gesicht. Improvisierte Asservatenbeutel in Form von Supermarkttüten, Pappbechern, Zeitungen und Tiefkühlbeuteln schienen ja fast so etwas wie ihre Spezialität zu werden!

Schnell wurde sie wieder ernst. Ein totes Tier, ein Glitzerbonbon, ein Foto von einem rothaarigen Mädchen – das Ganze hatte offensichtlich Methode.

Aber wer legte sie aus, diese seltsamen todbringenden Arrangements?

Und warum?

Nachdenklich schulterte Sofie ihren Rucksack mit dem rätselhaften Inhalt. Vermutlich gab es nur einen Weg, eine Antwort auf diese Fragen zu finden: Sie musste schleunigst in Erfahrung bringen, wer dieses unbekannte rothaarige Mädchen war.

Am liebsten wäre sie sofort losgezischt, um Vanessa das Foto zu zeigen, oder aber, um wenigstens den Kadaver in die Nußbaumstraße zu bringen und dort ordnungsgemäß zu verwahren, bis sie ihn genauer unter die Lupe nehmen und auch das Bonbon analysieren lassen konnte.

Ein kurzer Blick auf die Uhr belehrte sie jedoch eines Besseren. Gerade mal eine gute Stunde blieb ihr noch bis zu ihrem Rendezvous mit Joe vor der Schwulensauna.

Bis dahin musste sie es geschafft haben, zurückzujoggen, nach Hause zu radeln, den toten Vogel notgedrungen in ihrem Kühlschrank zwischenzulagern, sich zu duschen, umzuziehen und weiterzudüsen zum Wettersteinplatz.

33

Heiße Luft

Die Glocken von St. Helena schlugen sechsmal, als Sofie in der Säbener Straße ankam. Wie sie das alles in nur einer Stunde hinbekommen hatte, war ihr immer noch ein Rätsel. Aber es war ihr gelungen!

Dafür stand sie jetzt derart unter Strom, dass sie innerlich vibrierte.

Sie stieg von ihrem Fahrrad, das den ganzen Wahnsinn erstaunlicherweise ohne Mucken mitgemacht hatte, und schloss es ab.

Nirgendwo eine Spur von Joe.

Auch nicht in den folgenden zehn Minuten.

Das sah ihm wieder mal ähnlich – sie gab ihr Letztes, und er ließ sich alle Zeit der Welt!

Sie zog ihr Handy heraus.

Wo steckst du?, simste sie. *Warten gehört nicht zu meinen Lieblingshobbys. Das weißt du genau!*

Seltsame Gegend, hier beim Wettersteinplatz. Äußerlich stockbieder, wenn man die leicht ramponierten 70er-Jahre-Fassaden betrachtete. Ein knapper Kilometer dieselbe Straße entlang, und schon war man bei den Clubanlagen des FC Bayern angelangt. Wiederum gute zweihundert Meter in die andere

Richtung erhoben sich die alten Tribünen des Sechzger-Stadions an der Grünwalder Straße.

Also echtes Jungsrevier?

Die Jungs, nach denen sie gerade suchten, trieben vermutlich andere Spiele.

Niemals hätte man hier einen Gay-Treff vermutet. Doch das dezente Messingschild *Sauna* neben der Haustür war eindeutig.

Wer hier wohl verkehrte?

Die geparkten Edelkarossen, die sie bei ihrem kleinen Rundgang entdeckte, sprachen für sich. Auf die Schnelle entdeckte sie mehrere nagelneue SUVs, eine aufgemotzte BMW-Limousine und einen Lancia der Extraklasse – nichts unter geschätzten achtzigtausend Euro. Während sie sich früher nie für solche Schlitten interessiert hatte, hatte die Liaison mit Erik, diesem extravaganten Snob, ihren Blick dafür geschärft. Es gab tatsächlich nichts Schlechtes, aus dem sich nicht auch etwas Gutes gewinnen ließ. Nicht nur in Sachen Rechtsmedizin.

Der mattschwarze Hummer, frech halb auf dem Gehsteig geparkt, fiel als echte Zuhälterkarre allerdings deutlich aus dem Rahmen.

»Sorry!«, hörte sie jemanden in ihrem Rücken rufen. Jemand, der zu ihrem Ärger kein bisschen schuldbewusst klang, obwohl mittlerweile mehr als eine Viertelstunde verstrichen war. »Tuat ma echt leid! Aber dieser Typ von der Hausverwaltung hat gelabert und gelabert …«

»Hast wenigstens das Foto?«, unterbrach sie ihn. »Weil ohne brauch ma hier ja gar ned erst aufschlagen.«

Joe nickte grinsend und zog das Gewünschte aus der Jackentasche.

»Jan Schmidt«, sagte er, »falls er wirklich so heißt. Das is doch eher a Boris, a Igor oder a Wladimir. Oder was meinst du?«

Markantes Kinn, hohe Wangenknochen. Der slawische Einschlag war unübersehbar. Die Augen tief liegend und taxierend. Eine hellblonde Strähne, die die kantige Stirn noch niedriger machte. Was Sofie am wenigsten mochte, waren die auffallend schmalen, leicht nach unten gezogenen Lippen.

»Schaut fast guad aus«, sagte sie. »Vorausgesetzt, man steht auf solchene harte Typen.«

»Die Miete kommt schon mal ned von seinem Konto«, sagte Joe. »Folglich scheint er jemandem Geldigen ziemlich gut gefallen zu haben.«

»Möglicherweise dem Besitzer der zweiten Zahnbürste aus seinem Badezimmer?«

Joe zuckte mit den Schultern und zog die Nase kraus. »Keine Ahnung. Ein Herr Müller hat die neunhundert Euro plus Nebenkosten pünktlich abgedrückt, Monat für Monat, seit geschlagene drei Jahr. Mehr konnten die in der Hausverwaltung mir a ned sagn.«

Beinahe gegen ihren Willen musste Sofie laut lachen.

»Schmidt und Müller«, sagte sie. »Pfenningguad! Wenn wir jetzt auch noch auf einen Herrn Wagner treffen, san ja alle beisammen.« Sie räusperte sich und wurde wieder ernst. »Also. Bring mas hinter uns, oder?«

Sie drückte die Klingel.

Eine Weile geschah nichts, dann meldete sich eine leicht nasale Männerstimme.

»Ja?«

Sofie stieß ihren bewegungslosen Ex aufmunternd in die Rippen. »Dein Auftritt!«

Joe näherte sich der Sprechanlage. »Ich bin der Joe«, säuselte er in seinem betörendsten Bariton. »Sie san mir von Bekannten empfohlen worden.«

Der Summer ertönte. Die Haustür sprang auf.

Im Türrahmen der ersten Wohnung links stand der Typ, der Sofie schon bei ihrem Arbeitsantritt vor der Rechtsmedizin begegnet war: der Joe-Verschnitt für Arme. Für *sehr* Arme.

Seine Tolle war steif vor Gel, seine schweren Lider deuteten auf regelmäßigen, nicht gerade sparsamen Alkoholkonsum hin, die massive Panzerkette um seinen kräftigen Hals verstärkte die Aura eines abgehalfterten Zuhälters, ebenso die knackengen Jeans und die schwarze Lederweste auf nackter Haut.

»Ich glaub, Sie san hier falsch«, sagte er mürrisch in Richtung Sofie. »Only men.«

»Des glaub ich ned.« Joe zückte seinen Ausweis. »Hauptkommissar Lederer. Die Dame hier ist meine Kollegin Frau Rosenhuth. Wir hätten da ein paar Fragen an Sie.« Sein Lächeln war formell.

»Ohne Durchsuchungsbeschluss muss ich Sie ned reinlassn, des wissens ganz genau. Vor allem jetzt, zur Hauptgeschäftszeit …«

»Wir können uns auch gern im Kommissariat unterhalten«, unterbrach ihn Joe. »Dann werden Ihre Kunden Sie allerdings noch länger entbehren müssen.«

Missmutig trat der Typ zur Seite. »Wenns unbedingt sei muass! Aber nur im Foyer. Darauf muss ich bestehn.«

Was er als »Foyer« bezeichnete, war eine geflieste Diele, aufgestylt mit zwei künstlichen Palmen und einigen Pappsäulen undefinierbaren Stils. Hinter einem sanft geschwungenen Tresen, bezogen mit rotem Samt, stand ein schlanker junger Mann mit engelsgleichen Zügen: blonde Locken, Augen so klar wie ein Bergsee, eine Nase, als hätte Botticelli sie gemalt.

Und splitternackt, wie Sofie zunächst dachte. Ein gefallener Engel, der soeben seine Schwingen verloren hatte.

»Und Ihr Name wäre?«, begann Joe die Befragung seines missglückten Doubles.

»Schlegl. Kai Schlegl.«

»Sie sind hier der Geschäftsführer?«

Lustloses Nicken.

Der gefallene Engel begann zu lächeln, als habe er gerade einen köstlichen Scherz gehört. Tiefe Grübchen erschienen auf seinen Wangen.

»Seit …?«

»Seit drei Jahren. Aber was wollen Sie …«

»Nur ned hudeln!«, sagte Joe und holte das Foto heraus. »Kennen Sie diesen Mann?«

Der gefallene Engel reckte seinen Hals und zog seine Lippen zu einem erschrockenen Kussmund zusammen.

Schlegl nickte verkniffen.

»Das ist der Jan. Der kommt ab und an zu uns. Eher unregelmäßig, würd ich sagen.«

»Jan Schmidt?«, bohrte Joe nach.

»Ich kenn lediglich den Vornamen. Mir san hier ganz leger.«

»Kommt er allein?«, schaltete Sofie sich ein.

Schlegl und der gefallene Engel tauschten einen Blick.

»Hier muass niemand allein bleiben«, sagte Schlegl. »Deshalb kommen die Jungs ja schließlich zu uns.«

Die Wangen des gefallenen Engels röteten sich, zwischen seinen blonden Brauen erschien eine angestrengte Falte. Er trat einen Schritt hinter der Theke hervor und entblößte dabei lange, verdammt gut geformte Beine, die in einem neckischen weißen Lendenschurz endeten.

»Sauna mit Lichtspektrum, verspiegeltes Sternenzimmer, römisch-griechisch, Dschungel, Rauchertreff im Freien, Cage …«

Er biss sich auf die Lippen, als sei ihm schon zu viel entschlüpft. »Halt alles, was das Männerherz begehrt.«

Schade, dachte Sofie, die ihn keinen Moment aus den Augen gelassen hatte. Optisch wirklich zum Anbeißen. Was für eine Verschwendung für uns Frauen!

»Und wie ist Ihr Name?«, fragte sie beinahe freundlich.

»Ich bin der Sascha«, stellte er sich vor. »Sascha Hahn. Der Freund vom Kai.«

»War Jan am 28. April auch hier in der Sauna?«, fragte Joe.

Schlegl zuckte gelangweilt die Schultern.

»Doch, war er, Bärchen«, flötete der gefallene Engel. »Da haben wir doch meinen Geburtstag nachgefeiert. Mit dieser spitzenartigen Legionärsparty.« Er begann zu kichern. »Alle in Lederröckchen und diesen hinreißenden geschnürten Sandalen. Jan war einer von den ganz, ganz Wilden ...«

Schlegl warf seinem Lover einen vernichtenden Blick zu. Dann räusperte er sich. »Wieso wollens des eigentlich alles wissn?«

Sofie und Joe tauschten einen Blick.

»Jan ist tot«, sagte Sofie. »Verbrannt im Gartenhäuschen des Herrn Ministerialdirigenten Siebert in Harlaching. Können Sie sich vorstellen, was er dort gewollt haben könnte?«

Sascha hob alarmiert die Augenbrauen, wie Sofie bemerkte.

»Ja mei. Shit happens.« Schlegls fleischige Unterlippe wölbte sich trotzig vor. »Aber woher soll ich denn wissn, was unsere Gäste privat so alles treiben?«

»Kennen Sie denn den Herrn Siebert?«, setzte Joe nach. »Konstantin Siebert, untersetzter Typ, Mitte fünfzig, grauhaarig?«

Schlegls düstere Miene blieb unbewegt.

»Sagt mir nix«, murmelte er. »Außerdem san mir hier, wie gesagt, zu hundert Prozent diskret. Service am Kunden, wenns verstehn, was ich mein.«

»Dann gibt's also auch keine Gästeliste?«, wollte Sofie wissen.

»Mir führen doch ned des Goldene Buch von der Landeshauptstadt München, oder was. Meinens vielleicht, einer von unsre Gäste tät Wert drauf legn, sich irgendwo zu verewigen? Hier gehts um Spaß und um Entspannung.« Der nikotingelbe Zeigefinger fuhr mit einer verschwörerischen Geste über seinen Mund. »Diese Lippen können schweign. Wia a Grab. Sonst kann ich den Laden hier nämlich glei zusperrn!«

»Wir ermitteln in einem Mordfall.« Sofies Ton wurde härter. »Da sollten Sie sich besser entschließen zu kooperieren.«

»Wenn ich aber trotzdem kein Konstantin kenn«, beharrte Schlegl. »Und a kein Siebert. Des dürfns mir glaubn.«

»Und was is mit Ihnen?«

Sofie wandte sich an den gefallenen Engel, der melodramatisch die Wimpern flattern ließ und sich hektisch Luft zuwedelte.

»Dito«, sagte er sanft. »Da kann ich mich meinem Bärchen nur anschließen.«

Eine der Türen öffnete sich.

Ein Schwall unterschiedlichster Düfte flutete in die Diele, wobei eine süßliche Note überwog. Auf der Schwelle stand ein korpulenter Mann mit Halbglatze, der nichts als ein rosafarbenes Negligé am Körper hatte, durchsichtig bis auf ein ebenfalls rosarotes Federkrägelchen, das seinen Hals umschmiegte. Seine Augen weiteten sich erschrocken, als er die beiden unerwarteten Besucher entdeckte.

»Willst du wohl wieder reinkommen, du ungezogener Schlingel?« Ein kräftiger, ebenholzfarbener Arm zog ihn resolut zurück ins Spielzimmer.

»Wenn Ihnen doch noch etwas einfallen sollte, rufen Sie mich bitte an!« Joe reichte Schlegl seine Karte.

Der nahm sie mit spitzen Fingern entgegen.

»War's des jetzt?«, knurrte er.

»Für den Moment – ja.« Joe zog Sofie zum Ausgang. »Schönen Abend noch!«

34

Geschiedene Leut

»War des ned der Dings?«, fragte Sofie, kaum dass die Haustür hinter ihnen ins Schloss gefallen war. »Dieser Wiesnwirt? Des hätt ich auch nicht gedacht, dass ich den mal im pinkfarbenen Babydoll seh!«

»Spinn dich aus!«, spottete Joe. »Wie kommst denn auf so eine Schnapsidee? Was sollte ein Wiesnwirt ausgerechnet in einer Schwulensauna zu suchen haben?«

»Was weiß denn ich? Sind auf jeden Fall keine armen Leut, die da ein und aus gehn. Des darfst mir glauben.«

Joe fingerte schlecht gelaunt nach seinem Motorradschlüssel. »Und überhaupt. Hat so was von gar nix gebracht, des ganze Tamtam. Nix als heiße Luft.«

Sofie schüttelte nachdenklich den Kopf. »Des glaub ich ned. Hast gsehn, wie dieser Sascha zusammengezuckt is, als er den Namen von unserem Herrn Ministerialdirigenten Siebert ghört hat?«

»Na, hob ich ned.« Joe zog die Augenbrauen zusammen und musterte Sofie verkniffen. »Hat dir wohl gfalln, der Typ?«

Jessas! Wurde ihr Ex, der selbst bestimmt nix anbrennen ließ, jetzt etwa auch noch eifersüchtig auf einen halbseidenen Homosexuellen?

Verärgert blieb Sofie stehen und stemmte die Hände in die Hüften.

»Sag amal, drehst jetzt du komplett durch, oder was? Ich hab nur die Augen und Ohren aufgsperrt, im Gegensatz zu dir. Die zwoa wissen mehr, als sie zugeben wollen. Des is amal amtlich. Und den Schlegl sollten wir ned aus den Augen lassen, wenn du mich fragst.«

Joe fixierte Sofie beinahe herablassend.

»Ich frag dich aber ned. Und ich lass mir von dir a ned Vorschriften machen, wie ich meinen Job machen soll.«

Sofie geriet in Rage. Den Streit vorhin im Institut hatten sie beide noch mal glimpflich beilegen können. Das hier allerdings schlug dem Fass endgültig den Boden aus. Wütend verschränkte sie die Arme und funkelte ihren Ex giftig an.

»Ah ja? Und wer hat mich auf Knien angefleht, dass ich ihm beisteh bei der Brandleich? Mmmh?«

Ärgerlich biss Joe sich auf die Lippen. Seine Stimme bekam etwas Eisiges: »Als ob ich des nötig hätt! An Gfalln hab ich dir lediglich tun wollen, damit du ned komplett eingehst mit dieser Bissgurkn, dieser Falk. Aber bitte, glaub bloß ned, dass ich ohne dich ned weiterkomm. Ganz im Gegenteil!«

Inzwischen hatte er sein Motorrad erreicht. Wütend holte er seinen Helm heraus, setzte ihn auf und klappte das Topcase energisch zu.

War es tatsächlich erst gestern gewesen, dass sie zusammen den Giesinger Berg runtergedüst waren? Eng hatte Sofie sich an ihren Ex geschmiegt und sogar die ein oder andere Millisekunde gewagt, von einem Neubeginn mit ihm zu träumen …

Sofie spürte, wie ihre Augen brannten. Tränen? Vor diesem hundsgemeinen Mannsbild?

Nie im Leben!

Trotzig wischte sie sich übers Gesicht und versuchte, das Zittern in ihrer Stimme zu verbergen.

»Dann wünsch ich dem Herrn Kommissar noch viel Erfolg bei seinen Ermittlungen. Aber glaub bloß ned, dass du noch amal bei mir angekrochen kommen kannst!«

Langsam stieg Joe auf seine BMW und ließ die Maschine an. Seine Kiefer mahlten.

»Darauf kannst lang warten. Ab jetzt san mir zwoa geschiedene Leut.«

Sofie schluckte.

»Des samma eh schon längst. Zum Glück. Und jetzt verzupf di!«

Irgendetwas blitzte in Joes Gesicht auf, bevor es endgültig erstarrte. Dann klappte er sein Visier herunter, ließ den Motor aufheulen und zischte ab, ohne ein weiteres Wort.

Sofie starrte hinter ihm her. Schließlich wandte sie sich um und steuerte ihr treues Fahrrad an.

Und die Tränen?

Die hatten sich ebenfalls längst verzupft. Inzwischen spürte sie nur noch kalte Wut. Sollte Joe doch sehen, wie er ohne sie weiterkam! Diese Ermittlungen über ihren eigentlichen Job hinaus kosteten sowieso nur Zeit und Nerven.

Stattdessen würde sie sich zu Hause einen gemütlichen Abend vor der Glotze gönnen, sich eine Pizza kommen lassen – und vielleicht sogar dem einen oder anderen Umzugskarton zu Leibe rücken.

Entschlossen zückte Sofie ihren Fahrradschlüssel und warf einen letzten Blick auf die mit roter Folie verdunkelte Fensterreihe, hinter der sich die Schwulensauna befand.

Sie hielt inne. Jäh erwachte die Jägerin in ihr.

Sollte sie an dieser Stelle wirklich das Feld räumen – jetzt, wo sie schon so weit gekommen waren? Bestürzt korrigierte sie sich. Den Plural konnte sie ab sofort knicken.

Was aber nichts an dem änderte, was sie gesehen hatte …

In diesem Moment begann ihr Handy zu brummen.

Garantiert Joe, dem sein Auftritt von vorhin inzwischen leidtat. Grimmig lächelnd nahm Sofie das Telefonat entgegen.

»Da schau her. Jetzt bin ich aber gespannt, was du zu deiner Entschuldigung zu sagen hast.«

Eine sonore, freundliche, aber leicht irritierte Männerstimme meldete sich: »Charly Loessl hier. Sie erinnern sich – der neugierige Polizeireporter. Tut mir aufrichtig leid, wenn ich Sie störe, Frau Dr. Rosenhuth. Ich hätte da eigentlich ein paar Fragen an Sie gehabt. Aber wenn es grad nicht passt, melde ich mich gern ein andermal.«

Sofie stotterte: »Sorry. Ich … Ich hab Sie verwechselt.«

»Kein Problem, meine Liebe. Den Anpfiff hätte ich so oder so verdient. Immerhin ist es schon früher Abend. Darf ich trotzdem kurz nachfragen, ob Sie schon mehr wissen in Sachen Brandleiche? Soweit ich höre, kommt die Polizei in diesem Fall ja nur schleppend vorwärts?«

Ha. Hatte es sich also schon rumgesprochen, dass Joe nach wie vor im Dunkeln tappte! Fast empfand Sofie so etwas wie Mitleid mit ihrem Ex. Allerdings nur für einen Moment. Selbst schuld, wenn er sich zum neunmalschlauen Ermittler-King aufspielte!

»Tut mir leid, aber dazu kann ich Ihnen nichts sagen. Das ist Sache der zuständigen Beamten.«

»Verstehe. Darf ich Sie dann wenigstens heute Abend zum Essen ausführen? Sozusagen als Entschädigung für die Störung?«

Sofie warf einen nachdenklichen Blick Richtung Schwulensauna. Irgendwann würde Bärchen Schlegl sein Etablissement verlassen. Und diesen Moment wollte sie auf keinen Fall verpassen.

Mochte Joe doch machen, was er wollte. Ab jetzt würde sie auf eigene Faust ermitteln. Und sich die Wartezeit in angenehmer männlicher Begleitung verkürzen – ätsch!

»Gerne! Ich bin beim Wettersteinplatz. Wenn Sie da was Nettes wissen?«

35

Dinner mit Hindernissen

Auberginenkaviar?

Hatte Sofie noch nie gehört, geschweige denn jemals gegessen. Ebenso wenig wie *hindbeh* oder *makanek*. Charly Loessl jonglierte so leichtzüngig mit den arabischen Begriffen, als habe er seine Kindheit in einem Beduinenzelt verbracht.

Irgendwann musste ihm ihr verdutztes Gesicht aufgefallen sein. Amüsiert begann er zu schmunzeln.

»Da hab ich Sie in einen seltsamen Schuppen geschleppt, was? Aber für mich gehört die libanesische Küche nun mal zu den besten der Welt. Und wenn Sie jetzt erfahren, dass ich uns als Entree gedünstete Löwenzahnblätter in Olivenöl und Zitrone sowie pikante Würstchen mit Pinienkernen bestellt habe, klingt das doch hoffentlich schon viel appetitanregender, oder nicht?«

Das Lächeln des rundlichen Obers wurde noch breiter. Mit seinem hellen Hemd, der roten Schärpe um die beachtliche Leibesmitte und der bräunlichen Haut, die wie poliert schimmerte, hätte er auch als Haremswächter eine gute Figur gemacht.

»Für die Hauptspeise könnt isch Ihnen *farride* anbieten«, säuselte er. »Vom Rost – für zwei Personen.«

»Eine Dorade. Wunderbar. « Charly nickte. »Sie mögen doch hoffentlich Fisch, Frau Dr. Rosenhuth?«

Sofie nickte verhalten und trank einen Schluck Wasser. Der Laden war ihr immer noch alles andere als geheuer. Zumindest hatte sie den Eingang zur Schwulensauna von hier aus bestens im Blick. Dafür war sie sogar bereit, das Kosten unbekannter arabischer Spezialitäten auf sich zu nehmen.

»Schmeckt Ihnen der Wein nicht?«, erkundigte ihr Gegenüber sich besorgt. »Ich dachte, so ein frischer Rosé wäre genau das Richtige an so einem schönen Maiabend.«

»Doch, doch«, sagte sie schnell. »Mir geht nur so viel durch den Kopf. Da halt ich mich lieber a bissl zurück.«

»Manchmal wird es leichter, wenn man redet.« Sein Blick ruhte auf ihr, aufmerksam und warm. »Ich kann ganz gut zuhören. Behaupten jedenfalls meine Freunde.«

»Und morgen steht's dann in der Zeitung?«

Er lehnte sich zurück.

»Zu der Sorte gehöre ich nicht«, sagte er. »Job und Privates sind für mich zwei getrennte Baustellen. Tja – der Typ kann ja viel behaupten, werden Sie jetzt denken. Aber vielleicht geben Sie mir eine Chance, meine Diskretion unter Beweis zu stellen.«

Sie lächelte, unverbindlich, wie sie hoffte.

Salat und Würstchen wurden serviert, dazu ein Korb mit noch warmem, knusprigem Fladenbrot. Der Haremswächter füllte ihre Teller, dann zog er sich mit einer kleinen Verneigung wieder zurück.

Unauffällig sah Sofie prüfend aus dem Fenster, wohl zum hundertsten Mal, wie ihr schien. Ein paar Herren hatten das Etablissement von Herrn Schlegl in der letzten halben Stunde betreten, zwei jüngere Männer hatten es wieder verlassen.

Vom Geschäftsführer – keine Spur.

Charly blieben Sofies verstohlene Blicke nicht verborgen.

»Warten Sie auf jemanden?«

»Ich? Nein.« Sie schüttelte den Kopf und spürte angespannt, dass sie dabei errötete. Zefix, was für eine schlechte Lügnerin sie doch war!

Hastig pickte sie in den Salat.

Ein Potpourri unterschiedlichster Aromen entfaltete sich auf ihrer Zunge, würzig, scharf und süß zugleich. Nach Sommer schmeckte das, nach Mittelmeer, nach Orient, nach Ferne.

»Wow«, murmelte sie überwältigt und griff nach einem Würstchen. »Des is ja pfenninggual!«

»Freut mich.« Strahlend nickte er. »Ja, fast genauso gut wie in Beirut.«

Erstaunt sah Sofie auf. »Sie haben im Libanon gelebt?«

»Eine ganze Weile. Zweitausendsechs, vor Ausbruch des zweiten Krieges, bin ich dann wieder nach München gekommen – und bei der Zeitung als Polizeireporter gelandet.« Er schmunzelte versonnen. »In gewisser Weise also fast dasselbe, was ich im Nahen Osten gemacht habe ...« Aufmerksam musterte er sie mit seinen graugrünen Augen. »Und wie geht's Ihnen so, als gerade frisch in die Heimat Zurückgekehrte? Haben Sie sich schon wieder in München eingelebt?«

Sofie zögerte.

»Ja und nein. An einem Tag kommt's mir so vor, als wär ich niemals fort gewesen, am nächsten merk ich sehr wohl, dass vieles sich verändert hat. Zwei Jahre sind halt kurz und trotzdem a halbe Ewigkeit.« Ihre Lippen kräuselten sich. »Und falls Sie wissen wollen, wie's mit meiner neuen Chefin so geht – na ja ...«

»Die gute Frau Dr. Falk? Ein sehr spezieller Fall!«, bekräftigte er. »Tja, und was das Heimkehren betrifft – das muss man auch erst mal lernen ...«

»Sie sind kein Münchner?«

Die bräunlichen Sommersprossen auf seiner schmalen Nase gaben ihm etwas Vorwitziges. Charly schüttelte den Kopf. Ein Schatten ging über sein Gesicht.

»Das ist eine – lange Geschichte.« Er sah auf die Uhr und erhob sich geschmeidig. »Wenn Sie erlauben – ich muss kurz mal telefonieren. Bin gleich wieder da.«

Viele Knochen, dachte Sofie beeindruckt, als er im gedämpften Licht des Restaurants nach hinten verschwand. Aber durchaus anmutig verteilt. Und diese sehr spezielle Art, wie und vor allem *was* er sagte …

Hast du einen Vogel!, rief sie sich selbst sofort wieder zur Ordnung. Reicht dir dein Dauerschlamassel mit dem Joe no ned?

Sie atmete tief durch und warf einen weiteren prüfenden Blick aus dem Fenster, als sie plötzlich eine Berührung spürte: Charly Loessls Hand, die kurz ihren Rücken streifte, fragend und neugierig zugleich.

Die blonden Härchen auf Sofies Unterarmen stellten sich auf. Sie hätte nicht behaupten können, es sei ihr auch nur im Geringsten unangenehm – ganz im Gegenteil.

Der traute sich vielleicht was!

In seinen Augen las sie ein winziges Lächeln.

Mit einem dezenten Räuspern machte der Ober auf die dampfende, betörend duftende Platte aufmerksam, die er auf einem Beistelltisch herangerollt hatte.

»Wenn Sie erlauben, werde ich die Dorade für uns beide zerlegen«, sagte Charly, während er dem Haremswächter dankend zunickte. »Vielleicht möchten Sie mir ja währenddessen erzählen, was aus der kleinen Vanessa geworden ist.«

Vorsichtig fuhr der Löffel in seiner schlanken Hand am Grätensaum entlang und löste das erste Filet ab, das Charly mit

Zitrone und Knoblauchbutter auf Sofies Teller anrichtete und zuvorkommend zu ihr hinüberschob.

Der hat sogar im kleinen Finger Klasse, dachte Sofie, seltsam berührt. Und macht kein großes Aufhebens drum, wie gewisse andere Mannsbilder.

»Vanessa geht's schon wieder viel besser. Zum Glück.«

Die Sache mit der Maus und dem Bonbon behielt sie lieber für sich. Sie musste erst Gewissheit haben und sich die Taube näher ansehen. Fragte sich nur, wann? Falls es sich wieder um eine Injektion mit GHB handelte – was sie vermutete –, blieben ihr höchstens noch zwölf Stunden Zeit. Danach würde die Substanz nicht mehr nachweisbar sein. Und das Foto von diesem rothaarigen Mädchen musste sie der Kleinen auch so bald wie möglich zeigen.

»Gott sei Dank! Und keine Sorge: Mehr wollte ich gar nicht wissen.«

Für einen Moment musterte Charly sie nachdenklich, dann begann er ebenso geschickt das zweite Filet für sich herzurichten. So mancher Chirurg wäre erblasst vor Neid.

Ein kurzer Blick aus dem Fenster – immer noch war alles ruhig in Herrn Schlegls Etablissement. Vielleicht hatte Joe ja doch recht gehabt, und sie bildete sich da nur was ein?

Und wenn. Dann hatte sie an diesem Abend zumindest den besten Fisch ihres Lebens genossen. Hingebungsvoll ließ sie jeden Bissen auf der Zunge zergehen.

Plötzlich aber merkte sie auf. Im Parterre gegenüber wurde ein Fenster aufgestoßen.

Sofie fuhr hoch. Klirrend fiel ihr Messer auf den gefliesten Boden.

»Sie warten also doch auf jemanden«, sagte Charly augenzwinkernd. »Darf ich raten?«

»Besser ned. Ich möcht bloß wissen, ob …«

Drüben ging die Haustür auf. Kai Schlegl kam heraus und steuerte den schwarzen Hummer an.

»Tut mir leid«, rief Sofie. »Aber … Ich muss unbedingt dem Kerl da hinterher!« Hastig erhob sie sich und stürzte zur Tür.

»Doch nicht etwa auf Ihrem Radl?« Charly lief ihr nach und drückte im Vorbeigehen dem Haremswächter einen Geldschein in die Hand.

Als sie vor dem Lokal standen, ließ Schlegl bereits den Motor aufheulen.

»Darf ich Ihnen stattdessen nicht lieber meinen guten alten Dante anbieten?«

36

In der Pampa

Die Tela.

Gefürchtet wegen ihrer zahlreichen Staus und Radarfallen, würden die Giesinger dennoch nie im Leben auf diese Hauptverkehrsader ihres Viertels verzichten wollen. Hätten sie der Tegernseer Landstraße sonst einen solch liebevollen Spitznamen verpasst – und zahlreiche Geschäfte, Cafés, ja sogar eine große Postfiliale nach ihr benannt?

Ganz bescheiden beginnt sie in unmittelbarer Nähe des Ostfriedhofs, verläuft dann als gemütliche zweispurige Straße Richtung Süden zum gleichnamigen Platz, vorbei an immer zahlreicher werdenden Baustellen, denn auch hier verdrängen zunehmend große, teure Wohnblocks die verträumten Vorstadthäuschen.

Sobald sie aber in die Martin-Luther-Straße einmündet, ist es mit der Beschaulichkeit dann auch vorbei. Fünf Spuren zählt sie jetzt, lässt rechts das Sechzger-Stadion liegen und macht beherzt eine Wendung um neunzig Grad. Dann wird das Ganze sogar richtig international: Hier mündet die Tela nämlich auf den Mittleren Ring und trägt ab jetzt als Teilstück der Europastraße 54 die Nase hoch. Die direkte Verbindung also vom Eiffelturm zu Giesing Heights, sozusagen.

Dass die Anlieger unter dem Dauerlärm und dem Gestank

der rund hundertzwanzigtausend Fahrzeuge leiden, die hier täglich entlangbrausen, steht auf einem anderen Blatt.

Kaum aber kommt die Giesinger Polizeiinspektion Ecke Chiemgauer Straße in Sicht, muss die Tela sich zwischen den hohen Betonwänden des McGraw-Grabens hindurchzwängen, die den tiefergelegten Straßenverlauf auf dreihundert Metern wie ein Korsett umschließen – bis sie einen knappen Kilometer weiter auf die A 995 trifft und über Holzkirchen dann endlich zu dem Ort gelangt, dem sie ihren Namen verdankt: dem Tegernsee.

Eine Landpartie zu später Stunde schien Schlegl allerdings nicht im Sinn zu haben. Seine in mattem Schwarz lackierte Kampfmaschine mied den Ring und wählte die eigentlich nur Anliegern vorbehaltene, wenig befahrene parallele Straße oberhalb des Grabens Richtung Süden.

Nicht gerade optimal für eine Undercover-Verfolgungsjagd.

Umso erstaunter nahm Sofie zur Kenntnis, wie geschmeidig Charly Loessl mit seinem Cabrio an dem Hummer dranblieb. Schien fast so, als machte er so etwas nicht zum ersten Mal. Oder warum sonst war der Polizeireporter so umsichtig gewesen und hatte ihr noch schnell seinen Seidenschal gereicht, dazu eine Pilotenbrille aus dem Handschuhfach?

»Nicht, dass der Bursche Sie noch erkennt!«

Keine einzige Frage nach Wieso und Weshalb. Stattdessen war er sofort losgedüst, mit einer nunmehr stilecht verpackten Sofie auf dem Beifahrersitz. Grace Kelly ließ grüßen!

Tatsächlich: Gab es etwas Schöneres, als nach einem exotischen Mahl an einem Frühlingsabend in einem schnittigen Jaguar-Cabrio durch die Stadt zu brausen, noch dazu an der Seite eines äußerst zuvorkommenden Gentleman?

Erinnerungen holten Sofie ein: Da drüben, in der Polizeiinspektion 23, hatte sie ihre ersten Ausbildungsjahre absolviert, und weiter vorn, in dem riesigen, bedrückend monumentalen Klotz mit seiner wechselvollen Geschichte mit Hand angelegt, nachdem die US-Streitkräfte die Kaserne geräumt hatten und hier nach und nach die Außenstelle des Polizeipräsidiums eingerichtet wurde.

Blutjung war sie damals gewesen, und bis über beide Ohren verliebt – in einen gewissen Joe Lederer.

Sofie verzog das Gesicht.

Granatenmistkerl bleibt Granatenmistkerl. Das hatte sie heute wieder einmal feststellen können. Seine bitteren Attacken klangen immer noch in ihren Ohren. Die Sache hatte aber auch ihre gute Seite. Ohne diesen fiesen Streit wäre sie vielleicht doch wieder rückfällig geworden!

In diesem Moment machte Dante einen Satz nach vorn und katapultierte sie schlagartig in die Gegenwart zurück. Hatte sie eigentlich noch alle? Das hier war schließlich keine gemütliche Kaffeefahrt oder leicht amouröse Landpartie, sondern eine ernsthafte Ermittlung. Und zwar auf eigene Faust, wie sie sich ins Gedächtnis rief.

Zwanzig Meter vor ihnen beschleunigte Schlegls Hummer plötzlich und mit aufheulendem Motor.

»Sieht fast so aus, als hätte der Typ spitzgekriegt, dass wir hinter ihm her sind«, murmelte Charly gepresst und stieg seinerseits aufs Gaspedal. »Vielleicht haben wir Glück, und die Ampel da vorn springt noch rechtzeitig auf Rot.«

In der Tat – die Ampel erwies ihnen den Gefallen. Der schwarze Panzer allerdings ließ sich davon nicht abschrecken, sondern drängte ein paar verschreckte Kleinwagen zur Seite, raste über die Kreuzung und bog dann scharf nach links in die Stadelheimer Straße ein.

Unerschrocken tat Charly es ihm nach.

Täuschte Sofie sich, oder huschte dabei ein kurzes grimmiges Lächeln über sein Gesicht? Keine Frage. Der sanfte, zuvorkommende Charly Loessl mit seinen exquisiten Manieren war ein Mann mit Nerven aus Stahl.

Trotzdem entfernte sich der Hummer immer weiter, bis nur noch die Rücklichter in der beginnenden Finsternis zu sehen waren.

Doch Charly dachte nicht im Traum daran, sich einfach abhängen zu lassen. Schon raste der weiße Hochsicherheitstrakt der Justizvollzugsanstalt Stadelheim an ihnen vorbei. Einen Knastbesuch zu später Stunde hatte der Saunageschäftsführer sicher nicht geplant. Wo aber düste er hin – und warum wollte er dabei auf keinen Fall gesehen werden?

Inzwischen lagen die Gefängnisanlagen mit ihren zwei Wachtürmen hinter ihnen, da schwenkten plötzlich die Rücklichter des Hummer nach rechts und verschwanden im Dunkel.

Dante hinterher. Mit quietschenden Reifen blieb er auf dem verlassenen Parkplatz stehen, zu dem die Stichstraße führte. Eine Ziegelmauer begrenzte das Areal in Richtung Westen, gleich dahinter lag der Friedhof am Perlacher Forst.

Von Schlegls monströsem Geländewagen jedoch keine Spur.

Stirnrunzelnd sah Charlie Sofie mit leisem Bedauern an. »Sorry. Mein Kumpel und ich haben getan, was wir konnten …«

»Ich weiß.« Grübelnd legte Sofie die Brille ab, zog den Seidenschal von ihrem Kopf und fuhr gedankenverloren über Dantes hölzerne Armatur. »Trotzdem. Hier irgendwo muss der Typ sein. So eine fette Karre kann doch nicht einfach verschwinden!«

Entschlossen öffnete sie die Wagentür und machte Anstalten, sich aus dem Sitz zu schälen. Keine Sekunde später stand Charly bereits neben ihr, um ihr aus dem Wagen zu helfen. Dankbar spürte sie seine warme Hand in der ihren.

Ein Motorengeräusch kam näher. Allerdings nicht das dumpf grollende Nageln eines Hummer, sondern das dezent schallgedämpfte vibrierende Brummen eines Motorrads.

Schnell wandte Sofie sich um – und starrte auf eine BMW 1000, die vor ihr zum Stehen gekommen war. Verdutzt klappte der Fahrer das Visier hoch und beantwortete Sofies Blick nicht minder überrumpelt.

Joe!

»Was machst du denn hier?«, entfuhr es beiden wie aus einem Mund. Kein amüsiertes Lächeln diesmal.

Aus dem Augenwinkel musterte Joe nun Charly, der langsam zu den beiden trat.

Plötzlich verdüsterte sich das Gesicht von Sofies Ex. Kein Wunder. Erst dieser Krach, dann plötzlich traf er Sofie noch am selben Abend wieder, auf einem einsamen Parkplatz und ausgerechnet in Begleitung eines anderen Mannes.

Na und? Sie waren hier ja zum Glück nicht bei den Muslim-Brüdern. Und überhaupt – was ging das Joe noch an? Trotzdem beeilte Sofie sich, hier einiges richtigzustellen.

»Ich hab dir ja gleich gesagt, dass mir der Schlegl verdächtig vorkam. Und nachdem du so Hals über Kopf abgehaun bist« – die Spitze konnte sie sich nicht verkneifen –, »hat der Typ keine zwei Stunden später die Sauna verlassen und is wie ein Verrückter davongebraust.«

Dankbar nickte sie in Richtung Charly. »Ohne die Hilfe von Herrn Loessl wär ich glatt aufgeschmissn gwesn.«

Dann streifte sie Joe mit kühlem Blick, bevor sie sich erneut Charly zuwandte. »Des is übrigens Herr Lederer. Ein …«, sie zögerte, »… früherer Kollege von mir.«

Ein Schatten huschte über Joes Gesicht. Ja, sie hatte ihren Ex verleugnet. Damit musste er nun mal leben.

»Freut mich. Wir kennen uns doch, wenn ich mich nicht irre?«, sagte Charly lächelnd.

Joe nickte reserviert und hob abschätzig die Brauen.

»Sie san doch dieser Polizeireporter, der überall sei Nasn reinsteckt. Oder?«

Charly blieb gelassen. »Wenn Sie seriöse journalistische Recherche so nennen wollen, Herr Lederer … Aber auch wir haben einen Ehrenkodex. Das darf ich Ihnen versichern.«

Stumm maßen sich die beiden Männer. Charly heiter und gelöst, Joe hingegen verkniffen.

»Und … Was machst du hier, wenn ich fragen darf?«, versuchte Sofie die Spannung zu mildern.

Mit kühlem Blick wandte Joe sich ihr zu. »Ich weiß zwar ned, ob es besonders schlau ist, dir diese Frage in Gegenwart eines Reporters zu beantworten – aber jetzt ist es eh schon wurscht.« Er senkte den Kopf. »Ich hab eigentlich noch mit dem Herrn Ministerialdirigenten sprechen wollen. Hätt ja sein können, dass er oder seine Frau diesen Ukrainer auf dem Foto erkannt hätten. Aber als ich bei der Villa gläutet hab, hat niemand aufgmacht. Stattdessen hab ich die Frau Siebert in die Garage schleichen sehen. Ein paar Sekunden später ist sie dann mit ihrem SUV auf und davon. Hat mich fast übern Haufen gfahrn, des Weibsbild! Des kam mir dann doch komisch vor. Also bin ich hinterher. Die hat vielleicht einen Zahn draufghabt! Als ob sies drauf angelegt hätt, mich abzuhängen.«

Ärgerlich biss er sich auf die Lippen.

»Was sie ja offensichtlich auch gschafft hat, wie's ausschaut?«, hakte Sofie nicht gerade feinfühlig nach.

Joe nickte widerwillig.

»Das Letzte, was ich gsehn hab, war, dass sie den Friedhofsparkplatz hier ansteuert.«

»Tja, machen Sie sich nichts draus«, sagte Charlie versöhnlich. »Uns ist es auch nicht besser ergangen. Ab hier verliert sich die Spur des Hummer, den wir verfolgt haben, ebenfalls.«

Sofies Nasenflügel begann zu kribbeln.

»Des kann doch kein Zufall sein, oder? Vielleicht haben die zwei sich ja hier in der Nähe getroffen?«

Joe musterte sie müde. »Mei, Sofie, fangst scho wieder damit an? Kannst du mir vielleicht sagen, was die Frau Ministerialdirigent ausgerechnet mit dem Geschäftsführer einer Schwulensauna auszuhandeln hätt?«

Jetzt war es Sofie, die den Kopf senkte. Nein, konnte sie natürlich nicht.

»Lass mas dabei! Ich fahr jetzt jedenfalls heim.« Verlegen räusperte sich Joe. »Wennst magst, leg ich an Schlenkerer ein und bring dich in der Zugspitzstraß vorbei.«

»Machen Sie sich bloß keine Umstände, Herr Lederer! Es wird mir ein Vergnügen sein, Frau Dr. Rosenhuth nach Haus zu bringen, nachdem ich sie schon in diese gottverlassene Gegend kutschiert habe«, meinte Charly galant.

Verunsichert spürte Sofie die erwartungsvollen Blicke der beiden Männer auf sich ruhen.

Herrschaftszeiten! Und jetzt?

37

Gegenwind

Kaum aus dem Bett – und sich fühlen wie zweimal durch den Fleischwolf gedreht?

An diesem Morgen war Sofie genau so zumute. Im ersten Moment schob sie es auf den Himmel, der heute bleigrau über Giesing hing und sie daran erinnerte, dass der Vorsommer der vergangenen Tage nichts als eine verschwenderische Kostprobe gewesen war. Dann aber fiel ihr ein, dass sie lediglich vier Stunden Schlaf hinter sich hatte, nachdem sie sowohl Charlys wie auch Joes Angebot, sie nach Haus zu fahren, dankbar abgelehnt und sich allein auf den Nachhauseweg gemacht hatte.

Danach war dann auch noch Nachtschicht im Institut angesagt gewesen. Aber was für eine produktive!

Sofie gähnte herzhaft und stellte den uralten Espressokocher sowie den Milchtopf auf den Herd. Die kaum benutzte Edelmaschine, ein protziges Geschenk von Erik, ruhte noch immer in einem der Umzugskartons – wie so vieles andere auch. Ob sie jemals dazu kommen würde, sie auszuräumen?

Inzwischen zweifelte sie ernsthaft daran.

Jessas – da war ja auch noch der gestreifte Seidenschal, den Charly Loessl ihr geliehen hatte!

Sie zögerte, dann steckte sie ihre Nase hinein. Ein zarter Duft nach grünen Gräsern, der gut zu seiner noblen Erscheinung passte.

Der Espresso begann zu blubbern, eifrig pumpte sie die heiße Milch, bis diese appetitlich schäumte, und braute sich ihr ultimatives Aufwachgetränk zusammen.

Eigentlich eine todsichere Methode; heute allerdings versagte sogar der gewohnte Koffeinkick seinen Dienst. Immer noch schlaftrunken wanderte Sofie mit der Tasse ins Bad, wich dem Spiegel aus, um nicht zu erschrecken, und verzog sich schließlich unter die Dusche. Unter dem prasselnden Wasser begannen sich ihre Nackenmuskeln zu entspannen.

Sofies Gedanken kreisten.

Schon im Vorfeld hatte sie gewusst, was sie finden würde. Gemutmaßt, korrigierte sie sich selbst. GHB, sowohl im Bonbon als auch in der Taubenleiche.

Nur nicht gleich übermütig werden, Frau Dr. Rosenhuth!

Zwei tote Tiere mit sichtbaren Injektionsspuren, zweimal sorgfältig präparierte Bonbons, die in unmittelbarer Nähe der Kadaver ausgelegt worden waren.

Zu welchem Zweck?

Dass es die kleine Vanessa erwischt hatte, erschien ihr mittlerweile als Versehen. Das Mädchen hatte etwas gegessen, das eigentlich für jemand anderen bestimmt gewesen war.

Aber für wen?

Sofie rubbelte sich trocken, cremte sich ein, verteilte etwas Lotion auf ihren Wangen und sah nun doch in den Spiegel.

Augenschatten.

Doch nicht etwa der Anflug eines Doppelkinns? Mit Frühstück war heute schon mal nichts, das stand fest.

Und war diese fiese kleine Falte links neben dem Mund gestern eigentlich auch schon da gewesen?

Sie streckte sich selbst die Zunge raus, während sie versuchte, ihre widerspenstigen Haare zu bändigen. Bei feuchter Luft – und das war das Kreuz – würden sie sich über kurz oder lang in undurchdringliches Gekräusel verwandeln.

Und wenn schon!

Lieber Gestrüpp auf dem Kopf und einen Gletscherblick von Dr. Falk einfangen, als sich mit Tausenden anderen Morgenmuffeln in die U-Bahn quetschen, die bei so einem Sauwetter garantiert noch überfüllter war als sonst …

Zefix – ihr Radl wartete ja noch immer brav vor der Schwulensauna in der Säbener Straße. Sofies Laune drohte augenblicklich in den Keller zu rauschen.

Hatte Tante Vroni vielleicht noch irgendwo dieses Uraltvehikel herumstehen, das sie garantiert seit einer Ewigkeit nicht mehr angerührt hatte?

Sie schlüpfte in ihre Jeans und einen blauen Baumwollpullover. Darüber noch die alte Regenjacke, schon rannte sie über den Hof.

Das Doppeltor, das auf die Zugspitzstraße führte, stand offen. Äußerst ungewöhnlich, da ihre Tante es als oberste Hausmeisterinnenpflicht empfand, den Zugang stets geschlossen zu halten, um Unbefugte am Eindringen in ihr geheiligtes Territorium zu hindern.

»Tante Vroni?«, rief sie. »Wo steckst denn? Ich brauchat heut ausnahmsweis dei oids Radl …«

»Glaub ich nicht«, hörte sie jemanden sagen. »Es sei denn, Sie wollen als Akrobatin auftreten und auf zwei Rädern gleichzeitig fahren.« Charlys Lächeln wärmte ihr Herz. »Aber sogar das würd ich Ihnen zutrauen, wenn Sie mich so fragen. Erst recht nach gestern Abend. Guten Morgen übrigens! Haben Sie alles gut überstanden?«

»Wie jetzt? Sagens bloß, Sie haben's dabei!«, rief sie verdutzt.

»Dante war so freundlich. Wie sollten Sie denn sonst zur Arbeit kommen? Zum Glück hat das Wetter netterweise gerade noch mitgemacht. Andernfalls fällt ein Cabrio als Transporter ja ganz schnell aus.«

Versonnen schauten sie sich an.

In seinem verblichenen Trench sah Herr Loessl heute sehr englisch aus. Wieso fragte er sie nicht, was gestern Abend eigentlich los gewesen war?

Auf meine Diskretion ist Verlass … Er schien tatsächlich zu meinen, was er gesagt hatte.

Sofie schenkte ihm ihr strahlendstes Lächeln.

»Danke Ihnen beiden. Dann düs ich jetzt los«, sagte sie. »Auf mich wartet heut noch a Menge Arbeit.«

Etwas an diesem Charly Loessl entspannte sie zutiefst.

»Ein bisschen abrupt kam der Abschied gestern schon, finden Sie nicht auch, Frau Dr. Rosenhuth?«, sagte er. »Wie wär's, wenn wir zwei bald mal wieder zusammen essen gehen? Sehr bald sogar, wenn Sie mich fragen.«

Sofie konnte nicht anders. Spontan beugte sie sich vor und gab ihm ein Bussi auf die Wange.

Ein Hauch von Gräsern. Duftete seltsam vertraut …

»Sehr gern«, sagte sie grinsend, während sie das Fahrradschloss aufsperrte.

Dann schwang sie sich auf den Sattel und zischte los.

Amüsiert schaute Charly ihr hinterher, bevor er in sein Cabrio stieg und den Motor anließ.

Ein Wagen, wie die ehrwürdige Zugspitzstraße ihn nicht jeden Tag zu sehen bekam. Auch Vroni stach er ins Auge, die soeben herausgestürzt kam. Keine Minute länger hätte sie es noch hinter der Gardine ausgehalten.

Jessas Maria! Wer war dieser Bursch, den ihre Nichte in aller Öffentlichkeit abgebusselt hatte?

Kein Sterbenswörtchen hatte sie bislang über den verloren. Hatte sie etwa noch mehr Geheimnisse vor ihr?

Vroni schüttelte den Kopf.

Wer auch immer das sein mochte – kein dahergelaufener Lackl durfte es wagen, ihre Pläne zu durchkreuzen. Die Sofie gehörte zu Joe, und damit basta!

Die Aufregung stand Vroni noch ins Gesicht geschrieben, als sich ihr ein Mann unter einem dunklen Regenschirm zielstrebig näherte. In der freien Hand trug er einen großen Werkzeugkasten, der mehr als vertrauenswürdig wirkte.

»Servus, Frau Ilmberger. Ich bins, der Denninger Flo«, sagte er lächelnd, als er schließlich vor ihr stand. »Ihr Schreiner für alle Notfälle. Und wo is jetzt des verreckte Nachtkastl, des nimmer richtig aufgehen mag?«

38

Ungehorsam

Wie flüssiges Blei schob die Isar sich träge vorwärts, stahlgrau wie die trüben Schwaden, die gegenüber an der Brudermühlbrücke aus den riesigen Schornsteinen des Heizkraftwerks Süd quollen.

Die Grillplätze auf den Kiesbänken der Flaucheranlagen waren vereinsamt. Kein Gitarrengeklimper, kein Radiogedudel, keine Sonnenanbeter und kreischenden Teenies, kein fröhliches Kinderlachen.

Nicht mal ein Vogelzwitschern. Nur das leise, stete Plätschern des Schnürlregens.

Bei so einem Sauwetter schickt man keinen Hund vor die Tür. Hieß es jedenfalls.

Für Hubert Lachner und seinen Egon galt das jedoch nicht. Alles eine Frage der passenden Kleidung, fand er, und marschierte auch heute, mit Schirm, Lodenjanker, Trachtenhut und Regenstiefeln bestens ausstaffiert, gut gelaunt seine Stammstrecke entlang, von der Wittelsbacherbrücke bis zum Flauchersteg. In der Wirtschaft dort in der Nähe gab's eine kleine Stärkung für Hund und Herrchen, dann ging's wieder heimwärts.

So hielt man sich auch mit siebzig fit.

Munter kläffend sauste der kleine Dackel voraus und stürzte sich tollkühn ins kniehohe, regenschwere Gras der Isarböschung.

Schmunzelnd sah Lachner ihm nach. Ja, auch so ein kleiner Bursch hatte seinen Jagdtrieb. Sollte er sich nur austoben! Zum Glück gab's hier an der Isar keinen Leinenzwang.

Ein kurzes Jaulen. Sekunden später tauchte Egon wieder auf, den Zipfel eines verdreckten, nassen Schlafsacks in der Schnauze, an dem er wütend zerrte.

»Was de junga Leit doch ois liegn lassn … Des is nix für di, Egon. Pfui!«

Egon war anderer Meinung. Aufgeregt stupste er sein Herrchen an, dann stob er davon und zerrte erneut mit all der Kraft, die seinen stolzen acht Kilo zu Gebote stand, an seiner Beute.

Irgendwo zwischen den Gräsern schien der Schlafsack festzuhängen …

Lachner wurde ärgerlich: »Lass des greisliche Trumm, sag i, und kimm endlich!«

Verbissen zog und zerrte Egon weiter.

»Egon!«

Hubert Lachner trat näher.

Der Atem stockte ihm.

Aus dem Schlafsack hing schwer der verkrümmte Körper eines jungen Mädchens. Nasse rote Haare wanden sich wie Schlangen um das bleiche Gesicht mit den geschlossenen Augen …

39

Namenlos

Hektisch durchblätterte Sofie die zahllosen Fotos von Vermissten und Mordopfern. Hinter jedem dieser Gesichter verbarg sich ein trauriges Schicksal. Das rothaarige Mädchen auf dem Foto, das Sofie gestern gefunden hatte, war der Datenbank jedoch völlig unbekannt.

Dabei hatte sie Vanessa, bei der sie morgens noch schnell im beginnenden Regen vorbeigeradelt war, doch fest versprochen, ihr bald eine Antwort geben zu können.

»Ja, genau. Des is des schöne Madl von dem Foto, des ich auf dem Spielplatz gfundn hab.« Ganz aufgeregt war sie gewesen, als Sofie ihr das Bild gezeigt hatte. Mit baumelnden Beinen hatte die Kleine auf ihrem Bett gesessen, die rote Giraffe, die Sofie ihr mitgebracht hatte, fest an sich gedrückt. Morgen durfte sie heim. Weil sie doch schon wieder »soooo gesund« war. Das hatte sie Sofie als Erstes entgegentrompetet.

Zum Glück hatte sie nicht genauer wissen wollen, wie Sofie an das Foto gekommen war. Dafür beschäftigte sie eine andere Frage viel brennender: »Und wer is des Madl?«

Tja, dachte Sofie. Wenn wir das wüssten, wären wir ein gutes Stück weiter.

Missmutig flog nun ihr Blick durch das Kabuff im Souterrain

der Nußbaumstraße. Der Regentag ließ es noch trübsinniger erscheinen. Und eng war es hier. Unverschämt eng. Eine unvorsichtige Bewegung hatte vorhin schon den Aktenberg links von Sofie zum Einsturz gebracht. Auf allen vieren hatte sie fluchend herumkriechen müssen, um alles aufzusammeln und dann erneut auf dem Schreibtisch aufzutürmen. Leider hatte der Stoß unerledigter Gutachten, wie sie feststellte, bislang kaum etwas von seiner eindrucksvollen Höhe eingebüßt.

Ein schlechtes Gewissen hatte sie trotzdem nicht.

Viel wichtiger war es ihr, endlich Licht in die Sache mit dem verbrannten Ukrainer namens Jan Schmidt zu bringen. Ganz abgesehen davon, warum die armen Viecher auf so rätselhafte Weise zu Tode gekommen waren.

Die Maus, die an einer Giftinjektion gestorben war. Und dann exakt die gleichen Spuren bei der toten Taube, die Sofie gestern beim Joggen gefunden und nachts im Institut nach allen Regeln der Kunst untersucht hatte.

Vielleicht eine Art ritueller Mord?

Wenn ja, was würde als Nächstes kommen?

Und wer steckte dahinter?

Und was hatte das alles mit dem rothaarigen Mädchen zu tun, dessen Foto im Umkreis der beiden toten Tiere gelegen hatte? Mal ganz abgesehen von den todbringenden Glitzerbonbons, die ganz offensichtlich ebenfalls dazugehörten.

Die Jägerin in Sofie wurde immer unruhiger.

Jede Menge Puzzlestücke – und trotzdem passte nichts zusammen. Sogar ihr Nasenflügel ließ sie im Stich. Nicht das geringste Kribbeln war heute zu spüren.

»Jetzt sag du halt auch mal was!«, wandte sie sich an George, der sie von seiner Ecke aus freundlich angrinste.

Keine Antwort.

»Männer!«, seufzte Sofie frustriert. »Wenn man euch auch nur ein einziges Mal braucht …«

Ein Klopfen an der Tür. Dann steckte Spike seinen maiengrünen Iro herein. Hatte er die Spitzen tatsächlich über Nacht pink eingefärbt?

»Arbeit ruft«, sagte er. »Eine Sektion. Scheint dringend zu sein.«

»Und du meinst auch wirklich mich?« Sofie riss die Augen auf. »Wo doch die Frau Dr. Falk für gewöhnlich …«

»Die Chefin weilt heute auf einer Fortbildung. Leider.« Seiner undurchdringlichen Miene war nicht anzusehen, wie er das meinte. »Und die Mordkommission … Aber das soll dir der zuständige Beamte am besten selbst sagen.«

Energisch schob er den äußerst verlegenen Joe durch die Tür.

Das auch noch!

»Servus, Sofie«, murmelte Joe mit gesenktem Blick. »Du, also … Wegen gestern …« Er schnappte nach Luft und setzte neu an. »Bleed glaffa, tat i sogn. Meinst ned auch?«

Sofie starrte ihren Ex an, wie vom Donner gerührt.

Wie bitte? Ein verdruckstes »Blöd gelaufen« – und das sollte es gewesen sein? Nachdem er sie gestern dermaßen von oben herab behandelt und runtergeputzt hatte?

Der Kerl hatte ja wohl nimmer alle.

Sofie lehnte sich so lässig zurück, wie es der klapprige Bürostuhl nur irgendwie zuließ, und maß Joe abschätzig.

»Wie jetzt. Ich dachte, es geht um eine dringende Sektion?«

Joe wich ihrem Blick aus und nickte. »Das auch. Aber vorher wollt ich …«

»Ja?«

Ein bisschen hatte sie sich bei ihrer Kollegin dann doch abschauen können. Der eisige Blick, den sie ihrem Ex zuwarf, hätte die Konkurrenz mit Elke Falks Gletscherqualitäten jedenfalls nicht scheuen müssen.

Joe schluckte und biss sich auf die Lippen.

»Okay, hast recht. Darüber sollt ma vielleicht wirklich besser a anders Mal redn. Warum ich eigentlich da bin …« Ein tiefes Atemholen. »Heut früh hat ein Spaziergänger a totes Madl am Flaucher gfundn. Schaut ziemlich schlimm hergrichtet aus.«

»Verstehe. Und natürlich …«

Joe nickte. »… hätt der Chef die Sektionsergebnisse am liebsten mal wieder vorgestern auf dem Tisch. Genau so is.«

»Wissts ihr denn schon was über die Tote?« Sofies Ton wurde professionell.

Joe schüttelte den Kopf. »Bis jetzt no ned.«

»Also gut, Herr Kommissar.« Sofie erhob sich so geschmeidig wie nur irgend möglich. »Zaubern kann ich zwar ned, aber bis morgen werd ich dir sicher was Genaueres sagen können.«

Ein kurzer stummer Blickwechsel, dann senkte Joe erneut die Augen.

»Danke, Sofie.«

Sie folgte Spike, ohne sich umzudrehen, obwohl sie Joes zerknirschten Blick im Rücken spürte.

Im Vorraum zog sie den sackartigen flaschengrünen Kittel an, dann Mundschutz, Haube, Überschuhe und Einmalschürze, am Schluss die Gummihandschuhe.

Atmete tief ein. Dann betrat sie den Sektionssaal.

40

Puzzle weiß-blau

Wie immer, wenn diese stählernen Türen sich hinter ihr schlossen, blieb alles andere draußen zurück. Jetzt gab es nur noch den Körper eines toten Menschen, den ihr Wissen und ihr präziser Blick zum Reden bringen würden, soweit das irgend möglich war.

Spike nickte ihr zu, während sie sich dem Sektionstisch mit dem bereits aufgebahrten Leichnam näherte, und reichte ihr das Diktafon.

Das Mädchen, das vor ihnen lag, war nur noch spärlich bekleidet. Und verdammt jung …

»Blaues Kurzarm-Shirt mit dunkel unterlegter Knopfleiste, an der zwei Knöpfe fehlen; eines der Knopflöcher ausgefranst. Weißer Baumwollslip, im Schritt zerrissen …«

Sofie betätigte die Pausetaste und schaute zu Spike.

»Ist das alles, was an Kleidung gefunden wurde?«, fragte sie. »Keine Jeans, keine Jacke oder so?«

»Yep«, erwiderte er. »Bis auf einen rechten Mokassin. Helles Kunstleder, Größe 37, bereits asserviert.« Seine dichten Brauen schnellten nach oben. »Den Rest hatten sich wahrscheinlich schon irgendwelche Köter geschnappt. Gleich in der Nähe des Fundorts gibt's eine Hundewiese.«

Ein paar sorgfältige Fotos, die den Autopsiebericht später ergänzen würden.

Dann räusperte er sich. »Angesichts der besonderen Fundsituation wollen Sie sicher als Erstes eine UV-Untersuchung machen, denk ich mal. Oder?«

Sofie nickte nachdenklich.

Noch sprachen es beide nicht aus. Dass sie es hier mit dem Opfer eines Sexualverbrechens zu tun hatten, lag jedoch mehr als nahe – ein Verdacht, den UV-Licht bestätigen konnte, falls Spuren von Sperma an der Kleidung haften sollten.

Spike setzte den Spezialscheinwerfer über dem Sektionstisch in Betrieb, nachdem er zuvor alle anderen Lichtquellen im Raum ausgeschaltet hatte.

Im blauschwarzen Licht der Scheinwerfer überprüften Sofie und Spike sorgfältig die Kleidung des Mädchens wie auch sämtliche nackten Körperregionen.

Nichts. Kein Fluoreszieren.

Hatten sie sich also getäuscht?

Sofie spürte Ungeduld in sich aufsteigen. Doch die Leitlinien, an die sie sich zu halten hatte, sahen nun mal einen strengen, stets gleichen Ablauf bei der Begutachtung einer Leiche vor.

Als Nächstes also: Licht wieder an. Entkleidung des Leichnams.

Behutsam schnitten Sofie und Spike das T-Shirt an den Nähten auf, streiften es ab und verwahrten es in einem Papiersack. Darunter kam ein rosa-weiß gepunkteter BH zum Vorschein, von dem beide Träger abgerissen waren. Auch er wanderte in einen Papiersack, ebenso die Reste des Slips. Nach der Sektion würde Sofie die Asservate dann genauer unter die Lupe nehmen.

»Zwei Fingerringe aus silbernem Metall, einer davon mit

einem hellblauen Stein«, diktierte sie weiter. »Ein schmaler Armreif, ebenfalls silberfarben, deutlich verbogen …«

Das Mädchen schien sich heftig gewehrt zu haben, möglicherweise hatte es dabei auch Frakturen erlitten.

»Haben Sie sie schon geröntgt?«

»Logo.« Spike deutete auf den PC-Monitor hinter Sofie, auf dem eine Reihe grauschwarzer Aufnahmen flimmerten. »Keine Frakturen, keine Fremdkörper, keine Hinweise auf Schuss- oder Stichverletzungen.«

Sofie besah sich die Bilder genauer, ihr Blick blieb an einer Aufnahme der Halsregion hängen. Komisch, diese am oberen Beginn seltsam geweitete Luftröhre … Und dieser Schatten …

Spike war ihrem Blick gefolgt. Er nickte.

»Ist mir auch aufgefallen. Sonst hätte ich vermutet, dass sie ertrunken ist.«

»Spricht einiges dafür. Trotzdem …« Sofie spürte ein leises Vibrieren im rechten Nasenflügel.

Nun begann die äußere Besichtigung der unbekleideten Leiche.

»Weiblich, Alter vermutlich Anfang zwanzig, Größe 1,72, Gewicht 55 Kilo, ausreichender Ernährungszustand …« Sofies Stimme war ruhig.

Die Tote hatte glattes rotblondes Haar, schulterlang. Neben dem Mittelscheitel war links ein ganzes Büschel ausgerissen, rötlich schimmerte die Kopfhaut durch. Die Gesichtszüge waren aufgedunsen, die Lider geschwollen. In den Bindehäuten sowie hinter den Ohren entdeckte Sofie zahlreiche punktförmige Blutungen, alles typische Anzeichen für Ersticken.

Sie begann den Mund zu inspizieren, fand dabei aber weder Erbrochenes noch Blut. Mithilfe eines Tupfers entnahm sie eine winzige Probe der Mundschleimhaut, die später im Labor auf mögliche fremde DNA-Spuren untersucht werden würde.

Am Hals der Toten befanden sich Hämatome, ebenso an der Innenseite der Oberarme, die sich kaum bewegen ließen.

Runde, mädchenhafte Brüste, übersät mit Kratzspuren und Hämatomen, ebenso am Unterleib, der rechts bereits Anzeichen einer grünlichen Verfärbung aufwies.

Über den Mundschutz hinweg trafen sich Sofies und Spikes Blicke, während sie die Record-Taste ihres Diktafons gedrückt hielt.

»Beginnender Zersetzungszustand, jedoch noch vorhandene Leichenstarre lassen darauf schließen, dass der Tod vor etwa achtundvierzig Stunden eingetreten ist.«

Die Bestimmung der Körperkerntemperatur, sonst eine perfekte Methode, um den Todeszeitpunkt genauer eingrenzen zu können, hatte ihnen wenig weiterhelfen können. Immerhin war das Mädchen offensichtlich in der Nähe des Fundorts, also im Freien, ums Leben gekommen, und die Leiche dann nicht mehr bewegt worden.

Als Nächstes: Begutachtung der Extremitäten.

Die erstarrten Schenkel waren so schlank, dass sie auch einem Jungen hätten gehören können. Ebenfalls von Hämatomen entstellt.

»... alte, gut verheilte Narben am Knie. Über dem rechten Knöchel befindet sich ein Tattoo, Schmetterling mit bunten Flügeln ...«

Abgebrochene Fingernägel. Auch hier würden Proben des Materials unter den Nägeln analysiert werden und möglicherweise helfen, den Tathergang zu rekonstruieren und denjenigen aufzuspüren, der den Tod des Mädchens zu verantworten hatte.

Was aber war die Todesursache?

Behutsam drehten Sofie und Spike den Leichnam um. Auch hier: Abschürfungen und Blutunterlaufungen, dazu rötlich violette Totenflecken, die sich nicht mehr wegdrücken ließen und damit den von Sofie vermuteten Todeszeitpunkt bestätigten.

Sofie hatte genug gesehen.

»Dann also jetzt der Hals?«, fragte Spike.

»Und ob, Herr Moosbichler«, bekräftigte sie. »Höchste Zeit, dass wir uns endlich Gewissheit verschaffen!«

Sofie wählte den gängigen Mittellinienschnitt, eine besonders schonende Methode, um die Halsorgane obduzieren zu können. Routiniert setzte sie das Skalpell am Kinn an und schnitt unter Umgehung des Nabels bis hinunter zum Schambein. Um dabei im Bereich des Kehlkopfes und der Drosselgrube nicht zu tief zu geraten, spannte sie die Haut mittels Daumen und Zeigefinger.

Jeder Griff saß.

Sofies Nasenflügel kribbelte, als wäre er von einer Ameisenschar besiedelt.

Um während der Sektion eine Blutung in die Halsorgane zu vermeiden, mussten zunächst die Blutgefäße des Halses entleert werden. Auf die sonst übliche Entnahme des Hals-Thorax-Pakets – Zunge, Speiseröhre, Luftröhre, Kehlkopf, Schilddrüse, Lungen und Herz – verzichtete Sofie vorerst und machte sich stattdessen sofort an die Präparation des Halses.

Spike stieß einen überraschten Laut aus, und auch Sofie stutzte für einen Moment.

Knapp unterhalb des Kehlkopfs, wo die Luftröhre begann, ragte der Zipfel eines weiß-blau karierten Stofftaschentuchs hervor.

41

Geheimnisse

»Und? Schmeckt's dir?«

Was für eine Frage.

Bei Tante Vronis Spezialschweinsbraten in Braunbiersoß hatte Sofie noch nie Nein sagen können. Da halfen auch die besten eisernen Vorsätze nix. Erst recht nicht nach so einem anstrengenden und zudem in vielerlei Hinsicht trüben Tag wie heute.

Zufrieden kredenzte die Tante ihr einen zweiten Knödel und eine weitere Portion Krautsalat.

»Lang nur gscheid zua. Wer vui arbeitet, muass a guad essn.«

Was Sofie sich dann auch nicht zweimal sagen ließ. Während sie mit Genuss die letzten Soßenreste mit dem Knödel vom Teller wischte, strich Vroni ihr beinahe zaghaft über die Schulter.

»Du, Sofie … Ich hoff, du bist mir nimmer bös wegen neulich?«

Stirnrunzelnd sah Sofie auf. »Du meinst deinen missglückten Kuppelversuch?«

Die Tante nickte.

»Ich hab's wirklich nur gut gmeint. Des weißt doch, oder? Der Joe und du ….«

Ein verräterisches Glitzern in Vronis Augen.

Eigentlich hatte Sofie sich geschworen, es der Tante nicht so einfach zu machen. Jetzt aber konnte sie doch nicht anders, als sie gerührt zu umarmen und ihr einen liebevollen Kuss auf die Nasenspitze zu geben.

»Ja, der Joe und ich ... Da wird nix mehr draus, glaub's mir! Aber nimm's bloß ned so tragisch. Mir san eben zu verschieden.«

So einfach gab Vroni diese Herzensangelegenheit allerdings nicht aus der Hand. Stirnrunzelnd musterte sie ihre Ziehtochter.

»Hat er etwa noch a andere?«

Grimmig schüttelte Sofie den Kopf.

»Ich glaub ned. Aber des wär mir auch wurscht, wennst es genau wissn willst.«

Beinahe schüchtern hakte Vroni nach.

»Und – du? Ich weiß scho, des geht mi eigentlich nix an, aber ...«

Sofie hielt inne, während sie Vronis fragenden Blick auf sich ruhen fühlte. Wenn sie ehrlich war – ganz ehrlich –, hatten die wenigen Begegnungen mit diesem Charly Loessl tatsächlich eine ganz neue Saite in ihr zum Klingen gebracht.

Keine Schmetterlinge. Kein Flattern. Aber auch keine Rivalitätshuberei wie mit Joe oder auch Erik. Dafür etwas viel Wichtigeres: Dieser Mann nahm sie ernst, das erkannte sie an jedem Wort, das er sagte. In seiner Gegenwart fühlte sie sich so leicht und unbeschwert, als ob ihr nichts auf der Welt etwas anhaben könnte ...

Moment mal.

Hörte sie da etwa doch so was wie Verliebtheit heraus? In einen Typen, der zugegebenermaßen Stil hatte und Humor, über den sie aber so gut wie nichts wusste?

Vroni war Sofies Zögern nicht entgangen.

»Aha. Dann – gibt's da also doch jemanden?«

Sofie setzte ein Grinsen auf, von dem sie hoffte, dass es glaubwürdig wirken würde, und schüttelte energisch den Kopf.

»Ganz sicher ned. Mit Mannsbildern bin ich fürs Erste bedient, des darfst mir glaubn!«

Hastig stand sie auf und griff nach ihrer Jacke.

»Danke für des Superabendessen, Tante! Da werd ich zwar wieder extra Joggingschichten einlegen müssen, aber das war's mir mehr als wert.«

Ein schnelles Bussi auf Tante Vronis Wange, schon hatte sie die Klinke der Wohnungstür in der Hand, als sie plötzlich stutzte.

Neben der Tür prangte in neuem Glanz die schöne alte Garderobe aus Kirschholz, die im Keller vor sich hin gemodert hatte, seit Sofie denken konnte. Trotz der abgebrochenen Haken hatte Vroni es nie übers Herz gebracht, sie endgültig zu entsorgen. Das allein aber war es nicht, was Sofie nachdenklich machte. An einem der meisterlich erneuerten Haken hing ein schöner altmodischer Herrenhut, ein Borsalino, wenn Sofie nicht alles täuschte.

Gerade wollte sie Vroni danach fragen, als die Tante auch schon die Tür öffnete und Sofie liebevoll, aber nachdrücklich hinausschob.

»Alsdann, Sofie. Gfreit mi, dass es dir gschmeckt hat. Schlaf guad!«

Dann schloss Vroni sachte die Tür.

42

Lauter Überraschungen

Nachdenklich kontrollierte Sofie den Monitor, der an den Detektor des Gaschromatografen angeschlossen war, und knabberte nebenbei an einem duftigen Marzipancroissant.

Leidenschaftslos und unerbittlich summend analysierte der riesige graue Aparillo die Haarprobe eines Lufthansa-Piloten.

Eine Routineuntersuchung vor drei Wochen hatte regelmäßigen Konsum von Kokain zutage gebracht. Seitdem war der Mann vom Dienst suspendiert. Sollte der chemische Print heute wieder positiv sein, würde er wohl nie wieder im Cockpit einer Boeing 737 sitzen.

Während sich das Chromatogramm nach und nach auf dem Bildschirm aufbaute, schweiften Sofies Gedanken zu dem gestrigen Abend ab.

Vronis Schweinsbraten und die Knödel waren wieder mal absolute Spitze gewesen, leider aber extrem kalorienreich. Seit ihrer Ankunft in München hatte Sofie zwar noch kein Kilo zugenommen, allerdings auch kein Gramm verloren. Wenn sie sich nicht bald am Riemen riss, würde das mit der Bikinitraumfigur nie etwas werden.

Sie warf einen schuldbewussten Blick auf das bereits zur Hälfte verputzte Croissant in ihrer Hand, dann legte sie es energisch beiseite. Ab heute würde alles anders, gelobte sie sich fest entschlossen.

In diesem Moment öffnete sich die Tür. Frau Dr. Falk stand im Rahmen, wie immer perfekt gestylt von Kopf bis Fuß, der hochgeschlossene, grünlich schillernde Mantel aus Rohseide passend zu den samtenen Pumps im gleichen Farbton.

Verhalten musterte sie mit eisigem Blick Sofie.

»Und? Haben Sie schon Ergebnisse?«

Sofie schüttelte den Kopf. »Die Probe läuft gerade durch.«

»Alles klar.« Ein dünnes Lächeln erschien auf Falks Gesicht. »Übrigens Kompliment, Frau Kollegin. Ich komme gerade vom Gericht. Ihr Gutachten zu dem fraglichen Nackenschuss hat den Staatsanwalt tatsächlich dazu bewogen, den Fall erneut aufzurollen. Ganz abgesehen von der Sektion gestern, die Ihnen ja auch mal wieder sensationell gelungen ist, wie ich gehört habe.«

Sofie stutzte und warf Frau Falk einen irritierten Blick zu.

Wie bitte? Derart sanfte Flötentöne? Ohne den geringsten Hauch von Ironie? Was war denn plötzlich in Frau Dr. Iglu gefahren?

Beinahe verlegen fuhr diese fort: »Ich hab noch einen – wichtigen Termin. Deshalb wäre ich Ihnen dankbar, wenn Sie das Gutachten für die Haarprobe gleich losschicken könnten, sobald die Analyse durch ist.«

»Sie wollen also nicht noch einen Blick darauf werfen?«

Mit nervösem Lächeln schüttelte Falk den Kopf. »Warum sollte ich, liebe Frau Rosenhuth. Bei Ihnen sind auch solche Expertisen in besten Händen, da bin ich sicher.«

Sofie kam aus dem Staunen nicht mehr heraus.

Bevor sie jedoch nachhaken konnte, läutete das Telefon neben ihr. Es war der Pförtner, der die Ankunft des Fahrradkuriers meldete. Ob er ihn reinlassen solle?

Täuschte Sofie sich, oder ging beinahe so etwas wie ein Strahlen über das Gesicht ihrer Kollegin?

Hastig griff Falk sich in die frisch blondierten Haare, hauchte ein »Sagen Sie ihm, ich komme gleich!« und huschte davon.

Stirnrunzelnd gab Sofie die Nachricht an die Pforte weiter.

Irgendetwas war mit der Frau heute anders gewesen. Sanft wie ein Engel – und das gleiche verräterische Glitzern im Blick, das Sofie seit Neuestem auch in Tante Vronis Augen entdeckte … Was sie erneut über den Herrenhut grübeln ließ, den sie an der frisch aufpolierten Garderobe in Tante Vronis Flur entdeckt hatte. Hätte Sofie es nicht besser gewusst, sie hätte Stein und Bein geschworen, dass es da einen Mann gab.

Quatsch! Dann hätte Vroni ihrer Nichte garantiert sofort davon erzählt. Sie hatten ja schließlich keine Geheimnisse voreinander.

Ach ja?, raunte eine vorwitzige Stimme in Sofies Kopf. Gilt das auch für dich?

Es klopfte an der offenen Tür.

»Servus, Sofie!« Zögernd betrat Joe den Raum, eine Hand hinter seinem Rücken versteckt. »Hast einen Moment Zeit für mich?«

Ihr Ex. Der hatte ihr gerade noch gefehlt!

»Wenn's sein muss …« Sofie nickte kühl und warf nebenher einen prüfenden Blick auf den Bildschirm. Immer noch kein positiver Befund. Sah gut aus für den Lufthansa-Piloten.

Verlegen griff Joe sich einen Stuhl und stellte ihn dicht neben Sofie.

»Ich wollt mich nur erkundigen, ob ihr schon was Neues wisst zu der Leich vom Flaucher. Und außerdem …«, er zog mit stolzem Lächeln eine große Bonbonniere hinter seinem Rücken hervor, die eine Gruppe niedlicher Katzenkinder zierte, »… hab ich dir was mitgebracht. Weiße Katzenzungen. Die hast doch immer so gern gemocht.«

Woran sich in der Zwischenzeit nichts geändert hatte, wie Sofie im Stillen zugeben musste. Trotzdem: Glaubte der Typ im Ernst, er könne sein unerträgliches Machogehabe von neulich mit einer lumpigen Schachtel Schokolade in Katzenzungenform ungeschehen machen? Außerdem war sie ja seit einer halben Stunde auf allerstrengster Diät. Der beste Zeitpunkt also, ihre guten Vorsätze gleich in mehrfacher Hinsicht in die Tat umzusetzen.

Punkt 1: Eiserner Widerstand gegenüber kalorienreichen Verlockungen.

Punkt 2: Eiserner Widerstand gegenüber Joes haselnussbraunem Dackelblick, der sogar einen Stein zum Erweichen bringen konnte.

»Netter Versuch, Herr Kommissar. Aber auch in der Hinsicht haben sich die Zeiten geändert. Des kannst glei wieder mitnehmen.« Sofie ignorierte Joes zerknirschten Blick und schob die Schachtel entschlossen zur Seite. »Was des Madl betrifft, hab ich allerdings einige News.«

Ihr kühl-professioneller Ton zeigte prompt seine Wirkung. Pikiert rückte Joe seinen Stuhl etwas weiter weg. Gut so!

»Dann ist sie also ertrunken?«

Sofie schüttelte den Kopf. »Wir haben kein Wasser in der Lunge gefunden. Allerdings eine Art Knebel in ihrer Luftröhre, ein weiß-blau kariertes Stofftaschentuch. An dem is des Madl mit ziemlicher Sicherheit erstickt.«

Erstaunt pfiff Joe durch die Zähne. »Und der Todeszeitpunkt?«

»Vor drei Tagen. Am ersten Mai.«

Ungefähr zur gleichen Zeit war sie mit Joe über die Dult

geschlendert, erinnerte sich Sofie. Es kam ihr vor, als sei das Jahrhunderte her …

»Und davor wurde sie …?«

Sofie nickte. »Sieht leider ganz nach einem Sexualverbrechen aus.« Kurz streifte ihr Blick erneut den Monitor, dann drückte sie ein paar Tasten und checkte den Server. »Die DNA-Spuren, die wir gefunden haben, sind bereits analysiert. Vielleicht haben wir ja Glück und finden dazu was im Archiv. Wisst ihr denn schon, wer des Madl war?«

Joe nickte und zückte einen Zettel.

»Melanie Lennox, vierundzwanzig Jahre. Sprachstudentin aus Canberra, Australien. Hat hier als Au-pair gearbeitet. Die Gastfamilie hat ihre Identität gestern bestätigt, die Angehörigen zu Hause sind bereits informiert.«

Sofie atmete durch und streifte Joe nun doch mit einem mitfühlenden Blick. Traurige Nachrichten zu überbringen – darum riss sich kein Polizist, wie sie nur zu gut wusste.

Ein unsanftes Pling holte Sofie und Joe in die Gegenwart zurück. Der Rechner meldete gehorsam, seine Aufgabe beendet zu haben. Richtig: Das Chromatogramm der Haaranalyse! Wie es aussah, hatte der Pilot also doch noch die Kurve gekriegt und die Finger vom Kokain gelassen. Zumindest in den letzten drei Wochen.

Zügig vervollständigte Sofie das Gutachten, druckte es aus, setzte ihre Unterschrift darunter und legte es in den Postausgang neben der Zimmertür.

In der Zwischenzeit hatte der Rechner erneut auf sich aufmerksam gemacht. Stirnrunzelnd starrte Joe auf den Bildschirm.

»Zefix. Ich versteh nur Bahnhof.«

Sofie trat hinter ihn und musterte die langen Zahlenkolonnen. Dann atmete sie tief durch. Na endlich! Sah ganz so aus, als würden die Puzzlestücke zueinanderfinden. Zumindest ein erster Schritt war getan …

»Das kann ich dir gern erklären. Der Rechner hat ein Profil gefunden, das zu hundert Prozent identisch ist.«

Gespannt sah Joe sie an. »Und?«

»Du erinnerst dich an Laura, des Madl, des am ersten Mai hier bei uns in der Nußbaumstraß war? Der Mann, der versucht hat, sie zu vergewaltigen, hat wohl auch die tote Australierin auf dem Gewissen. Jedenfalls deckt sich die DNA mit den Blutspuren, die wir unter Lauras Fingernagel gefunden haben.«

»Is ned wahr!« Triumphierend sprang Joe auf und umarmte Sofie stürmisch. »Dann ham mir den Mistkerl ja praktisch im Sack!«

Zugegeben, es kostete Sofie doch etwas Überwindung, sich aus Joes Umarmung zu befreien. Was sie nicht davon abhielt, es trotzdem zu tun, mit betont distanzierter Miene.

»Ned so hastig, Herr Lederer! Mehr als die Übereinstimmung der beiden Profile haben wir ned. Der Täter hat am ersten Mai einen türkisen Jogginganzug getragen und an Hund dabeighabt. Des is alles, was wir wissn. Oder hast du inzwischen mehr rausbracht? Vielleicht über den Unbekannten, der Laura gerettet und dem Burschen eins übergezogen hat?«

»Nein, hab ich ned.« Joe senkte seufzend den Blick. »Hast halt doch mal wieder recht, Sofie. Und ich kann ja schlecht alle Münchner Männer über vierzehn zur DNA-Probe antreten lassn, Herrschaftszeiten! Dabei hätt ich einen Ermittlungserfolg verdammt nötig. Der Staatssekretär persönlich sitzt uns im Gnack – und jetzt, nachdem der Mayr den Fall mit der oiden Frau Hinterstoißer aufgeklärt hat, schwimmen mir endgültig die Felle davon.«

Sofie maß Joe mit kühlem Blick.

»Des heißt, mit der ukrainischen Brandleich namens Schmidt bist a no ned weiter?«

Würde Joe wenigstens jetzt das Rückgrat haben, seinen Irrtum von neulich einzugestehen?

Von wegen! Er schüttelte den Kopf. »Ich weiß scho, dass du da an Zusammenhang mit den Sieberts und dem Besitzer von der Schwulensauna vermutest. Aber da bist auf dem Holzweg, glaub's mir. Ich war gestern bei der Frau Siebert und hab mit ihr gredt.«

»Und? Hats den Mann auf dem Foto wiedererkannt?«

Kopfschütteln.

»Und den Herrn Schlegl aus der Säbener Straß kennts natürlich auch nicht?«

Joe schüttelte erneut den Kopf.

»Und warum hat sie dich vorgestern dann fast über den Haufen gfahrn?«

»Weils a dringende Verabredung mit ihrer Freundin ghabt hat. In der Schwanseestraß, gleich ums Eck vom Friedhof am Perlacher Forst.«

»Und des hast du ihr natürlich geglaubt?«

»Des hab ich sogar nachgeprüft, Sofie. Die Freundin hat die Angaben von der Frau Ministerialdirigent bestätigt.«

»Ja mei, Joe. Dann kann man da wohl nix machen, tät ich sagen.«

Joe nickte mit hängenden Schultern und griff nach seiner Jacke.

»Vielleicht hättst du ja trotzdem Zeit und Lust, mit mir …«

Leider war ihm nicht die Zeit vergönnt, seinen Satz zu vollenden. Es klopfte an der Tür, eine Sekunde später stand ein strahlender Charly Loessl vor Sofie und ihrem zu Stein erstarrten Ex.

»Grüß Gott, liebe Frau Rosenhuth! Hallo, Herr Lederer! Verzeihen Sie, dass ich störe – aber ich war gerade in der Nähe und dachte mir, ob ich es wohl wagen kann, die Frau Doktor zu einem kleinen Mittagessen zu entführen?«

43

Brennsuppn

Der rote Jaguar schnurrte die Lindwurmstraße entlang, bevor ihn Charly Loessl am Sendlinger-Tor-Platz nach rechts in die Blumenstraße lenkte. Die Luft war weich und warm, der Fahrtwind ließ Sofies Locken flattern.

Jessas – sein schönes Tuch, das sie bei der letzten Fahrt getragen hatte, war ja noch immer bei ihr!

Der Gentleman am Steuer neben ihr hatte es bislang mit keiner Silbe erwähnt. Oder kam es ihm am Ende sogar gelegen, dass sie noch ein Stück von ihm besaß, auf das er bei Gelegenheit zurückkommen konnte? Die heimlichen Seitenblicke, die Charly ihr immer wieder zuwarf, sprachen ganz dafür. Verlegen machten sie Sofie, und seltsam kribbelig.

Was ihr in ebendieser Kombination schon eine ganze Weile nicht mehr passiert war.

Kurz blitzte vor ihrem inneren Auge Joes verdutztes Gesicht bei ihrem überstürzten Abschied auf.

»Sie sind ja so still«, sagte Charly Loessl nach einer Weile.

Sofie nickte nachdenklich.

»Mir geht dieser Jan Schmidt immer noch im Kopf rum«, erwiderte sie. »Falls er denn so heißt. Und so manches andere noch dazu.«

»Die Brandleiche also. Wollen Sie darüber reden?«

Wollte sie? Ausgerechnet mit einem Polizeireporter?

»Wo fahren wir eigentlich hin?«, wich sie zögernd aus.

Am Viktualienmarkt, den sie gerade linker Hand passierten, herrschte Hochbetrieb, als hätten alle Münchner sich hier gemeinsam zum Kauf von Bärlauch und Frühlingsgemüse verabredet.

»Ich dachte, Sie mögen Überraschungen«, erwiderte Charly schmunzelnd.

»Kommt ganz drauf an«, sagte Sofie. Sie begann, an ihrer grünen Strickjacke zu zupfen. Gerade fünfmal getragen und schon die ersten Knötchen! Dabei war das Ding alles andere als billig gewesen. In Sachen Klamotten war sie einfach kein Glückskind.

Charly gab Gas.

»Dann werde ich Sie mal nicht länger auf die Folter spannen: Es geht nach Haidhausen, zu einer kleinen Trattoria. Nix Überkandideltes. Die kochen prima, und man sitzt ausgesprochen lauschig – wenn man will, sogar draußen. Wiener Platz. Garantiert verkehrsfrei. Einverstanden?«

Sofie nickte verhalten. Wie und ob sich die kleine Trattoria mit ihren eisernen Vorsätzen vertragen würde, stand noch in den Sternen.

Als sie die Widenmayerstraße entlangfuhren, glitzerte rechts neben ihnen die Isar. Auf den Kiesbänken hatten Sonnenhungrige Matten und Decken ausgebreitet. Ein paar besonders Wagemutige streckten sogar schon die Füße ins eisige Wasser.

»Sie grübeln immer noch, Frau Rosenhuth?«, erkundigte sich Charly Loessl behutsam.

Sofie nickte. Zefix, was war denn schon so Schlimmes daran, mit ihm über das zu reden, was ihr gerade am meisten zu schaffen machte? Nicht, dass sie Joe in irgendeiner Form unterstützen wollte, ganz sicher nicht. Aber sie war selbst schon zu weit in diesen Fall verwickelt, als dass sie sich jetzt einfach nur entspannt zurücklehnen und alles andere vergessen konnte.

Sie atmete tief durch.

»Ich bin mir sicher, dass es irgendeine Verbindung gibt zwischen den Sieberts und diesem Jan Schmidt. Wenn ich nur wüsste, welche …«, sagte Sofie. »Irgendwas ist da, das spür ich ganz deutlich, nur greifen kann ich's einfach noch nicht.«

Sie hielt inne. Ein völlig verrückter Gedanke schoss ihr durch den Kopf.

»Und wenn der Herr Ministerialdirigent und Jan Schmidt … Ich mein, wenn die beiden …« Sie verstummte.

Elegant nahm der Wagen die Steigung hinauf zum Friedensengel. Das Grün der Bäume leuchtete wie in einem Zauberwald.

»Unfassbar schön, oder? Und dabei nur so kurze Zeit.« Charlys Lächeln wurde wärmer. »Schlägt beinahe die Reisfelder auf Bali. Ich fand, das mussten Sie als verspäteten Willkommensgruß unbedingt sehen, Frau Rosenhuth.« Plötzlich wurde sein Ton ernst. »Sie meinen also, dieser Jan war womöglich der Lover vom Herrn Ministerialdirigenten Siebert?«

»Warum eigentlich ned?« Sofie fuhr zu ihm herum. »Jetzt, wo Sie's sagen …«

»Sollten wir dann nicht am besten die Probe auf's Exempel machen?«

»Jetzt?«

»Klaro. Der nette Italiener läuft uns schließlich nicht davon.«

Schnittig umrundete Charly die Verkehrsinsel, dann düste Dante durch das helle Maiengrün auf der anderen Seite den Berg wieder hinunter und über die Isar.

Inzwischen hatte Loessl die Freisprechanlage seines Handys aktiviert.

»Hubsi? Ja, ich bins, der Charly. Ja, alles okay. Und bei dir?

Ah, in fünf Monaten kriegt ihr wieder Nachwuchs? Gratuliere herzlichst! Auch der Frau Gemahlin! Du, ich müsst dich ganz aktuell um einen Gefallen bitten ...« Er lachte. Die Antwort des anderen Teilnehmers schien ihm zu gefallen. »Ist diesmal eigentlich nur eine Kleinigkeit. Es geht um einen Besuch in eurer Kantine. Ja, genau. Mit ...« Er warf einen kurzen Blick zu Sofie, die das Telefonat mit offenem Mund verfolgte. »... Begleitung. Dazu bräuchten wir natürlich noch den üblichen Zinnober mit Zugang zur Tiefgarage plus Einlass...«

Sie waren in den Karl-Scharnagl-Ring eingebogen. Links ging es in die Hofgartenstraße. Verkehrsschilder verwehrten die Einfahrt.

Charly Loessl aber fuhr unverdrossen weiter.

»Dank dir, Hubsi«, sagte er. »Klar, und den Bericht über die Vorstandssitzung kriegst du natürlich als Erster. Servus!«

Sie hielten an einer schlanken, weiß-grauen Säule. Sofie spähte nach oben. Videoüberwachung, so weit das Auge reichte. Vor ihnen ragten eiserne Krallen aus dem Boden, die sie an die Ausstattung einer mittelalterlichen Burganlage erinnerten.

»Herr Loessl?«, ertönte eine unsichtbare Stimme. »Dr. Reuß hat Sie bereits angekündigt. Das Prozedere ist Ihnen ja vertraut. Presseparkplatz 8. Sie sind heute zu zweit?«

»Sind wir«, bekräftige Charly.

»Die Akkreditierungen bekommen Sie dann bei mir. Bis gleich!«

Die Krallen verschwanden wie von Geisterhand. Langsam glitt Dante in die Unterwelt.

Sofies Verblüffung war noch nicht verschwunden, als sie schließlich die Kantine der Staatskanzlei erreichten.

Verstohlen berührte sie das steife Plastikschildchen an ihrer Tasche, als ob es ihr Halt geben könnte.

Was tat sie hier eigentlich?

Ausgerechnet an der Seite eines neugierigen Schnüfflers drang sie ins Innere der obersten Regierungsbehörde des Freistaats Bayern ein – um Ministerialdirigent Siebert mit etwas zu konfrontieren, für das sie keinerlei Beweise hatte.

Und mehr als das. Was sie mit Charly in der Garage abgesprochen hatte, war illegal und in keinster Hinsicht juristisch verwertbar.

Noch ganz klar im Kopf?

Plötzlich kam sie sich nur noch lächerlich vor.

»Und wenn er gar nicht zu Mittag isst?« Sofie war stehen geblieben. »Oder zu einer ganz anderen Zeit?«

Charlys Stimme klang beruhigend.

»Sie kriegen jetzt doch nicht etwa Muffensausen vor der eigenen Courage, Sofie? Ihnen kann nicht das Geringste passieren. Außerdem bleibe ich ganz in Ihrer Nähe.« Behutsam strich er über ihren Arm, dann gab er ihr einen kleinen Stups. »Sehen Sie, ich hatte recht. Dort hinten sitzt er – allein!«

Sofie – zum ersten Mal hatte er sie so genannt.

Allerdings war jetzt definitiv der falsche Zeitpunkt, darüber nachzudenken, ob ihr das gefiel oder nicht.

Jetzt war Handeln angesagt!

Nach außen zielstrebig, innerlich umso wackeliger, näherte sie sich Sieberts Tisch.

»Ich darf doch, Herr Ministerialdirigent?«, sagte sie und hoffte, dass ihr eilig aufgesetztes Lächeln halbwegs gelang. »Dr. Rosenhuth mein Name. Sie erinnern sich sicher.«

Sieberts Überraschung war offensichtlich.

»Sie?«, sagte er unwirsch. »Was machen Sie denn hier?«

Charly Loessl hatte die Gelegenheit genutzt, um sich an einer der hellen Säulen vorbeizuschlängeln und am Tisch hinter Siebert Platz zu nehmen.

»Es gibt neue Ergebnisse«, sagte Sofie. Das Eis, auf das sie sich gerade begab, war dünn. Erschreckend dünn. »Die wir Ihnen nicht vorenthalten wollen.« Plötzlich wünschte sie sich, Joe an ihrer Seite zu haben – auch wenn er ein noch so unverbesserlicher Macho war.

»Da haben Sie Glück, dass Sie mich überhaupt antreffen. Eigentlich schreib ich nämlich an meiner nächsten Rede – und das kann ich nur zu Hause. Aber eine dringende, kurzfristig einberufene Sitzung ... Was soll man da machen. Also, was liegt an?«

»Wir wissen inzwischen, wer der verbrannte Tote in Ihrem Gartenhäuschen war«, setzte Sofie mutig an.

Sieberts Teller mit der Maultaschensuppe war bereits zur Hälfte leer. Daneben standen eine Mineralwasserflasche sowie ein gefülltes Glas.

In dem flächigen Gesicht ihres Gegenübers konnte Sofie keinerlei Regung entdecken. Die breite, leicht gerötete Nase verriet regelmäßigen Alkoholkonsum, die nach unten gezogenen Mundwinkel wiesen ihn als jemanden aus, der Menschen und Dinge überwiegend skeptisch zu betrachten pflegte. Auf den Wangen entdeckte sie seltsame inselartige Hautablagerungen, die sie an gestocktes Eiweiß erinnerten.

Auch heute trug er Loden, dieses Mal in gedecktem Grün, was die gerötete Nase noch plastischer wirken ließ. Nein, ein schöner Mann war Konstantin Siebert ganz sicher nicht.

Seine hellen Augen wurden schmal.

»Ein gewisser Jan Schmidt«, fuhr Sofie fort. »Kennen Sie diesen Mann vielleicht?«

»Jan Schmidt?«, wiederholte er gedehnt. Ein gelangweiltes Kopfschütteln. »Sagt mir nichts. Ist er aktenkundig?«

»Das nicht«, sagte Sofie. »Allerdings scheint er in gewissen Kreisen verkehrt zu haben. Unter anderem in der Gay-Sauna in der Säbener Straße.« Sie hatte nicht übertrieben laut gesprochen, die Stimme aber auch nicht gesenkt.

Siebert legte den Löffel ab und griff zur Serviette. Akribisch säuberte er seine Lippen, dann leerte er das Glas bis zur Neige.

»Ein Homo also«, sagte er. »Ist das alles, was bislang ermittelt wurde? Dann wundert es mich freilich nicht, dass die Polizeistatistiken nicht die Quote erreichen, die die Frau Justizministerin gern hätte.«

Mit angehaltenem Atem beobachtete Sofie, wie Charly sich von hinten näherte und ein Haar vom Rücken des Herrn Ministerialdirigenten pflückte. Dann kehrte er geschmeidig zu seinem Tisch zurück.

»Und jetzt entschuldigen Sie mich bitte!« Siebert stieß seinen Stuhl zurück. »Meine Rede – ich muss mich dringend wieder dransetzen.«

Sofie wartete, bis er ein paar Schritte entfernt war. Dann zog sie ein Tuch aus ihrer Jackentasche, griff damit entschlossen nach dem von Siebert benutzten Löffel und steckte ihn in eines der Plastiktütchen, die sie immer in ihrer Handtasche dabeihatte.

Schließlich wagte sie es, in Charlys Richtung zu schauen.

Sein Blick war voller Anerkennung.

44
Rüdiger

Magisch, der Übergang vom Dunkel der Nacht zum hellen Tag …

In aller Herrgottsfrühe war Sofie heute wach geworden; schon kurz nach fünf hatten die Vögel in der riesigen alten Linde vor ihrem Fenster ein melodisches Morgenkonzert angestimmt.

Was Sofie ihnen in keinster Weise übel genommen hatte, im Gegenteil. Nach dem Dauerregen der letzten Tage war es höchste Zeit, ihrem renitenten Hüftgold energisch zu Leibe zu rücken.

Schwungvoll war sie aufgestanden, hatte sich nach einem doppelten Espresso in ihre Joggingklamotten geworfen und auf ihr Radl geschwungen, das heute ausnahmsweise keine Mucken machte.

Dann war sie runter zur Isar gebrettert und losgelaufen.

Die Belohnung war überwältigend. Wie eine riesige orangegoldene Frucht erhob der Sonnenball sich über den kupfernen Dächern der Stadt und tauchte die gemächlich dahinplätschernde Isar in sanft funkelndes Licht. Leise murmelten kleine Glitzerwellen über den bunten Kieseln. Der Fluss schien glücklich, endlich vom steinernen Korsett der meterhohen Ufermauern befreit zu sein.

Kurz hinter der Braunauer Eisenbahnbrücke musste Sofie

dann doch verschnaufen, um dieses Schauspiel andächtig zu genießen. Sie bückte sich lächelnd, suchte sich unter den glatt polierten aquarellfarbenen Steinen einen rosa schimmernden Kiesel aus und ließ ihn über die Wasseroberfläche hüpfen.

Nix war's. Bereits nach drei Sprüngen machte der Bursche schlapp. Ein zweiter, bläulicher Stein in Pfeilform folgte. Doch auch er versagte völlig. Ein müdes Böglein und Ende. Sofies Ehrgeiz erwachte. Fünf Hüpfer waren ja wohl das absolute Minimum!

Diesmal ging sie besonders sorgfältig bei der Auswahl vor. Immerhin – der nächste Stein, ein graues, scheibenförmiges Exemplar, brachte es auf vier muntere Sprünge, bevor er in den Wellen versank.

Dann endlich der perfekte Kandidat, flach, vollendete Ellipse, mit einem Streifen weißen Glimmers.

An was nur erinnerte sie diese grünlich graue Farbe?

Ein Augenpaar blitzte in ihrer Vorstellung auf, dann ein verschmitztes, fast schüchternes Lächeln hinter dem feierlich erhobenen Weinglas.

»Dann würde ich mal sagen: Auf uns zwei *partner in crime,* Sofie!«

Natürlich hatte Charly Loessl es sich gestern nach ihrem sonderbaren Ausflug in die Staatskanzlei nicht nehmen lassen, sie noch in die nette kleine Trattoria am Wiener Platz zu entführen.

Natürlich hatte sie angesichts der superleckeren Speisekarte alle Diätpläne komplett über den Haufen geworfen.

Und natürlich hatte er ihr, wie immer überaus galant, offiziell das Du angeboten, nachdem sie ihn ein paarmal beinahe instinktiv geduzt hatte.

Nachdenklich wog sie nun den Kiesel in der Hand. Warm schmiegte der samtene Stein sich an ihre Haut.

Charly …

Sie stand kurz davor, sich Hals über Kopf in diesen seltsamen, wunderbaren, liebenswürdigen Polizeireporter zu verlieben, das stand mal fest.

Obacht! Du weißt so gut wie nichts über ihn, meine Liebe, flüsterte die Stimme in ihrem Kopf. Vielleicht legt er es ja genau darauf an und spielt nur den perfekten Gentleman? In erster Linie ist der Mann Journalist und lebt von knalligen Storys, schon vergessen? Da kommt eine wie du wie gerufen.

»Ein Schmarrn«, murmelte Sofie verstockt und schloss die Hand fester um den Stein.

Und wenn die Stimme doch recht hatte?

Zögernd trat Sofie zurück. Dann holte sie entschlossen aus und warf.

Sie traute ihren Augen nicht: Ganze zehnmal hüpfte der Kiesel übers Wasser, bis eine Welle ihn nach dem letzten Sprung beinahe zärtlich verschlang.

Absoluter Rekord!

Tolles Orakel!, höhnte die Stimme in ihrem Kopf. Und jetzt?

Keine Ahnung. Auf jeden Fall ein gutes Zeichen, wenn es nach Sofie ging.

In diesem Moment drang ein gellender Pfiff an ihr Ohr, gefolgt von einer rauen, aufgebrachten Männerstimme.

»Rüdiger! Wo steckst denn nur? Jetzt geh endlich her zum Herrchen, Rüdiger. Komm!«

Verdutzt drehte Sofie sich um.

Ein bulliger Mann Mitte vierzig lief ziellos durchs Gras, die türkisfarbene Trainingshose klitschnass vom Morgentau. Auf der flachen Stirn unter dem stoppeligen Bürstenschnitt glitzerten Schweißperlen. Schwer atmend wandte er sich an Sofie.

»Ham Sie vielleicht meinen Hund gsehn? A deutscher Schäfer, schwarz-grau gestromt, weiße Brust …«

Sofie verneinte. Ratlos strich der Mann sich übers unrasierte Gesicht.

»I versteh des ned. Sonst ghorcht er doch immer. Seit über a halben Stund ruf ich ihn scho.«

»Vielleicht hat er sich verletzt?« Sofie warf einen kurzen Blick auf die Uhr. Gerade mal sieben, also noch massig Zeit bis zu ihrem Arbeitsbeginn. »Ich helf Ihnen gern beim Suchen, wenns wolln.«

Zögernd nickte er.

Sie teilten sich auf: Sofie durchkämmte die schilfbewachsene Böschung, der Mann das benachbarte Wäldchen gleich links vom Trampelpfad durch die Flussauen.

»Rüdiger!«

Zwischen den Gräsern leere Bierflaschen, aufgerissene Chipstüten, ein liegen gelassenes Badehandtuch. Der übliche Zivilisationsmüll nach warmen Frühlingsabenden. Jedoch: Kein Hund weit und breit.

»Rüdiger!«

Plötzlich erstarb die Stimme des Mannes. Stirnrunzelnd hob Sofie den Blick vom Boden. Ihr Nasenflügel kribbelte.

Irgendwas stimmte da drüben nicht.

Hastig eilte sie zu der Lichtung, von wo sie gerade noch die Stimme des Hundebesitzers vernommen hatte.

Schluchzend beugte der Mann sich über einen reglosen Schäferhund.

Der Körper des Tiers war vor Schmerzen gekrümmt, aus dem gefletschten Maul ragte eine riesige, blau gefärbte Zunge, rötliche Schaumblasen hingen in den Lefzen.

Sofie trat zögernd näher.

Der völlig aufgelöste Hundebesitzer schien ihre Anwesenheit gar nicht zu bemerken. Wie betäubt strich er wieder und wieder über das schweißnasse Fell, während er Unverständliches vor sich hin murmelte.

Sorgsam umwickelte Sofie ihre Hände mit ein paar Papiertaschentüchern und inspizierte den Körper des Hundes genauer.

Die eingetrübten, zugekniffenen Augen waren zum größten Teil von rötlich geschwollener Nickhaut bedeckt.

Ein alarmierendes Zeichen.

Die Glieder ließen sich locker bewegen, die Totenstarre war noch nicht eingetreten. Das Tier war vermutlich erst wenige Minuten zuvor verendet. Und zwar nicht gerade sanft.

Ebenso wenig wie die vergiftete Maus und die tote Taube, schoss es Sofie plötzlich durch den Kopf.

Moment mal! Litt sie jetzt etwa schon an Verfolgungswahn?

Hastig suchte ihr Blick die nähere Umgebung des Hundekadavers ab. Nirgendwo das Foto eines rothaarigen Mädchens. Auch kein verführerisch glitzerndes Bonbon.

Trotzdem: ein totes Tier mit Vergiftungssymptomen, die Sofie nicht ganz unbekannt vorkamen. Ihr Nasenflügel kribbelte heftiger.

Vorsichtig spreizte sie die Hinterläufe des Hundes, um die Bauchpartie näher zu begutachten …

Jessas! Bestürzt hielt sie inne.

In den letzten Jahren hatte sie ja schon viel gesehen. Das hier allerdings ließ sogar einer hartgesottenen Rechtsmedizinerin kurz den Atem stocken: Dort, wo sich eigentlich die Geschlechtsorgane des Rüden hätten befinden sollen, klaffte eine blutende Wunde.

Eine laienhaft und ziemlich blutig durchgeführte Orchiektomie. Auf gut Deutsch: Das Tier war kastriert worden.

Hoffentlich erst, nachdem es vergiftet worden war und nichts mehr spürte …

Sofie wandte den Blick ab und sah hoch – ihre Augen trafen sich mit denen des geschockten Hundebesitzers, der inzwischen aus seiner Erstarrung erwacht war.

»Haben Sie eine Ahnung, wer das gewesen sein könnte?«, fragte sie.

Stumm schüttelte der Mann den Kopf, die Lippen zusammengepresst, die Augen panisch aufgerissen.

Täuschte sie sich – oder hatte er vor irgendetwas Angst? Aber wovor?

»Ich bin Rechtsmedizinerin. Wenn Sie wollen, kann ich das Tier abholen und genauer untersuchen lassen«, sagte Sofie beschwichtigend. »Vielleicht haben wir dann eine Chance, denjenigen zu erwischen, der dem armen Kerl das angetan hat.«

Der Mann rang sichtlich um Fassung. Dann biss er sich auf die Lippen und schüttelte grimmig den Kopf.

»Des lassens amal schön bleiben, Fräulein! Den Rüdiger fasst außer mir keiner an, dass des klar is.« Plötzlich bekam seine Stimme etwas extrem Unfreundliches. »Und jetzt schleichens Eahna! Und zwar dalli. Hams mich verstanden?«

Sofie schaute den Mann verdutzt an. Was war denn in den gefahren?

»Wird's bald, oder soll ich Eahna Beine machen?«

So was sagte Sofie keiner zweimal. Grußlos stand sie auf und kehrte dem ruppigen Hundebesitzer stumm den Rücken zu.

Sie hatte mehr als genug gehört und vor allem gesehen.

In ihrem Kopf war die Nummer der gelben Hundesteuermarke mit dem schwarzen Signet des Münchner Kindls fest gespeichert.

45

Hübsche Schlagzeilen

Die Krawatte machte Sofie sprachlos: schmale Streifen in frechem Zyklam auf silbergrauem Grund, verblüffend passend zu dem Mann, der ihr das Teil entgegenstreckte: Charly Loessl, Schnüffelnase mit exzellenten Manieren.

Sosehr sie sich über seinen Besuch freute – er kam nicht gerade zum günstigsten Zeitpunkt. Beim Hundesteueramt anzurufen und nach dem Besitzer des toten Schäferhundes zu fragen hatte Sofie aus Datenschutzgründen sofort verworfen und stattdessen begonnen, sich diese Auskunft auf verschlungenen Wegen via Computer zu besorgen.

Egal. Darum konnte sie sich auch später noch kümmern.

Das kostbare Stück hatte er erst aus seinem Trench gezogen, nachdem sie ihn an der Pforte abgeholt und in ihr Kabuff manövriert hatte.

»Für deinen stummen Freund«, sagte er. »Ich dachte, der hat auch mal was Edles verdient.«

Sofie musste breit grinsen, dann wurde sie nachdenklich. Zefix, woher konnte der Mann nur wissen, dass sie genau auf diese Art von Humor abfuhr?

Offenbar, weil er sie ganz genau beobachtet hatte.

Und das tat er doch garantiert nur, weil auch er …

Es begann ernst zu werden, das spürte sie. Verdammt ernst sogar. Wollte sie das überhaupt?

Aber war es nicht ohnehin schon zu spät, um darüber noch lange zu grübeln?

Sie nahm die Krawatte und schlang sie George um den knöchernen Hals.

»Ich glaub, er mag den neuen Schlips.« Sie wich dem eindringlichen Blick der graugrünen Augen bewusst aus. »Und das Essen gestern war übrigens pfundig.« Sie zögerte, dann redete sie mutig weiter. »Und alles andere auch. So viel hab ich schon lang nicht mehr gelacht.«

»Ging mir ähnlich.« Charly machte einen kleinen Schritt nach vorn, was in Sofie leise Panik hochsteigen ließ.

Er hatte doch nicht etwa vor, sie zu küssen – ausgerechnet hier?

Sie wich zurück und stieß dabei mit dem Rücken an das wackelige Regal. Ein Bücherhaufen, dem die Stütze abhanden gekommen war, fiel in sich zusammen. Sofie duckte sich, um dem Hagel von Gedrucktem auszuweichen.

»Stör ich?« Plötzlich stand Spike in der Tür. Auf seinen erstaunten Blick angesichts der merkwürdigen Situation reagierte Sofie lieber nicht.

»Natürlich nicht. Was gibt's denn?« Sie klammerte sich an den Schreibtisch und hoffte, dennoch einigermaßen cool zu wirken.

»Interessante Ergebnisse aus der Wohnung von diesem Jan Schmidt.« Spike schaute fragend zu Charly, der ihm freundlich zunickte. »Oder soll ich lieber später wiederkommen?«

»Passt scho«, sagte Sofie und musste plötzlich grinsen, weil sie an die absurde Situation in der Kantine dachte. »Charly … Ich mein, Herr Loessl ist zu hundert Prozent diskret.«

»Also gut.« Spike musterte Sofie mit leichter Skepsis, dann zückte er einen Zettel. »Es ging ja immer noch um das fragliche Material auf der zweiten Zahnbürste. Du wirst es ned glauben, Sofie, aber die DNA auf der Bürschtn deckt sich zweifelsfrei mit der von diesem …«

»Siebert«, riefen Sofie und Charly wie aus einem Mund.

»Bingo.« Leicht irritiert schaute Spike von einem zum anderen. So viel Gleichklang war ihm unheimlich.

»Dann waren die beiden also ein Paar«, sagte Sofie mit leuchtenden Augen. »Der Herr Ministerialdirigent und der verbrannte Ukrainer Jan Schmidt, dessen Name Siebert angeblich nichts sagt …«

»Wären sicherlich hübsche Schlagzeilen: *CSU-Bonze homosexuell? Die Abgründe des Konstantin Siebert*«, sagte Charly schmunzelnd. *»Sodom und Gomorrha in der Bayerischen Staatskanzlei.«*

Misstrauisch hob Sofie die Augenbrauen. Wie bitte? Er würde doch nicht etwa …

Beschwichtigend hob Charly die Hände und tat, als würde er seine Lippen versiegeln. »Keine Sorge! Von mir wird die Öffentlichkeit nichts erfahren. Jedenfalls, solang du nicht dein Okay dazu gibst. Heiliges Ehrenwort!«

Ihre Blicke trafen sich. Du Schlaumeier, dachte Sofie und musste innerlich grinsen. Doch schnell wurde sie wieder ernst.

»Demnach könnte es also sein, dass Siebert es war, der seinen *toyboy* um die Ecke gebracht hat …«, überlegte sie laut weiter. »Vielleicht eine Eifersuchtsgeschichte? Oder weil dieser Jan irgendwas ausplaudern wollte, was dem Herrn Ministerialdirigenten nicht gepasst hat?«

»Nicht so hastig!«, rief Spike und schwenkte den Zettel in seiner Hand. »Ich hab hier ja auch noch ein zweites Analyseergebnis, das ich unbedingt loswerden muss – und das dir leider gar nicht schmecken wird: Die Fingerabdrücke auf Sieberts Löffel sind nämlich nicht identisch mit denen auf der Wodkaflasche, die du in Harlaching im Garten gefunden hast.«

Shit.

»Sicher?«, murmelte Sofie stirnrunzelnd.

»So sicher wie das Amen in der Kirche«, bekräftigte Spike. »Ich hab die Probe extra zweimal durchlaufen lassen. Und jetzt muss ich leider wieder los. In der Tox stapelt sich's mal wieder. Servus derweil. Und viel Erfolg beim Rätseln!«

Ein kurzes Nicken in Charlys Richtung, dann verließ er Sofies Kabuff.

»Na super.« Seufzend ließ Sofie sich auf ihren quietschenden Drehstuhl fallen, griff nach einem Bleistift und begann an ihm zu nagen. »Wär ja auch zu schön gewesen! Das bedeutet …«

»… dass du auf jeden Fall den leitenden Ermittler des Mordkommissariats kontaktieren solltest«, bemerkte Charly mit verhaltenem Lächeln.

Sofie nickte stirnrunzelnd. Natürlich. Auch wenn ihr gerade gar nicht danach war, dessen Stimme zu hören. Ein kurzer Blickwechsel mit Charly, dann griff sie zögernd nach dem Telefon und wählte.

»Servus, Joe. Ich bin's. Sofie.«

»Du? Mit dir hätt ich heut allerdings am wenigsten gerechnet.«

Sofie überhörte die Spitze und versuchte, einen möglichst professionellen Ton anzuschlagen.

»Ich hab News für dich. Rate mal, wessen DNA sich auf der zweiten Zahnbürste befindet, die wir in Schmidts Badezimmer gefunden haben!«

»Meine jedenfalls ned.«

Uups. Der Herr Lederer schien heut mal wieder mit dem falschen Fuß aufgestanden zu sein.

»Sparwitz. Also, schieß schon los!«

»Die DNA stammt von dem Herrn Ministerialdirigenten Siebert.«

Für einen Moment war Joe sprachlos. »Spinn dich aus! Und woher weißt du des?«

Sofie räusperte sich, während ihr Blick Charly suchte. Der nickte ihr verschmitzt zu und zupfte an Georges Krawatte.

»Des willst du ned wirklich wissen, glaub's mir. Der Test ist jedenfalls eindeutig.«

Aus dem Hörer drang ein skeptisches Grunzen. »Aber ned verwertbar vor Gericht, hab ich recht? Was hast denn jetzt scho wieder angestellt, Sofie?«

Charly machte sich scheinbar hoch konzentriert weiter an Georges Krawatte zu schaffen.

»Des werd ich ausgerechnet dir garantiert ned auf die Nase binden, Joe. Falls du mit dem Siebert reden willst, wär's heut jedenfalls sicher günstig. Soweit ich weiß, ist er grad zu Haus, weil er an einer Rede feilen muss.«

Woher Sofie das wusste, danach fragte Joe zum Glück nicht.

»Also gut«, klang es aus dem Hörer. »Dann würd ich vorschlagen, wir fahren gemeinsam hin zu dem sauberen Herrn und nehmen ihn mal a bissl in die Zange.«

Sofie stutzte. »Was soll des heißen: wir?«

»Das bedeutet: du und ich. Oder was hast du gedacht?« Ein kurzes, staubtrockenes Lachen erklang am anderen Ende der Leitung. »Ich bin gleich da und hol dich ab.«

»Also gut.«

Ergeben seufzend legte sie auf und wandte sich entschuldigend an Charly. »Sorry. Wie ich's mir gedacht hab. Ich muss los.«

Charly hatte die Arme vor der Brust verschränkt und musterte sie mit einem Blick, den sie nicht recht zu deuten wusste.

»Dann drück ich euch beiden mal die Daumen«, sagte er. »Deinem Ex und dir.«

46

Korallenrot

Stirnrunzelnd musterte der Herr Ministerialdirigent Joe und Sofie von oben bis unten.

»Ich soll – was?«

Sofie räusperte sich und setzte erneut an. »Jan Schmidt. Der Homosexuelle, der in Ihrem Gartenpavillon verbrannt ist. Sie hatten eine Affäre mit ihm. Oder etwa nicht?«

Eine ungesunde Röte überzog die Kraterlandschaft in Sieberts Gesicht. Kein schöner Anblick.

»Das sind ja ungeheuerliche Unterstellungen, Frau …«

»Rosenhuth. Dr. Rosenhuth«, ergänzte Sofie, nun doch etwas eingeschüchtert.

Ungehalten ballte Siebert die Fäuste und fixierte Sofie unter zusammengezogenen Brauen.

»Ich werde mich bei Ihrer Dienststelle beschweren. Darauf können Sie sich gleich mal gefasst machen!«

Himmel! Alles, nur das nicht. Wenn die Falk spitzkriegte, was Sofie hinter ihrem Rücken trieb und vor allem, auf welche Weise sie an Sieberts DNA gelangt war, würde sie ihr so was von die Hölle heiß machen. Da würde es dann auch keine Rolle mehr spielen, dass sich das Verhältnis zwischen ihnen auf rätselhafte Weise entspannt zu haben schien – warum auch immer.

Bisher hatte Joe sich dezent zurückgehalten, nun aber schaltete er sich ein, wofür Sofie ihm mehr als dankbar war. Das musste sie wohl oder übel zugeben.

Ihr Ex baute sich vor Siebert auf und kehrte ganz den markigen Mordkommissar heraus.

»Wenn's Ihnen lieber ist, können wir das Gespräch gern auf dem Kommissariat fortsetzen, Herr ...« Joe legte eine kleine Kunstpause ein und verzichtete bewusst auf den klangvollen Amtstitel seines Gegenübers. »... Siebert. Frau Dr. Rosenhuth wird sicher so freundlich sein, dort gleich eine Blutprobe bei Ihnen zu nehmen und sie analysieren zu lassen.«

Joe warf einen scheinbar lässigen Blick auf seine Fingernägel.

Herrschaftszeiten, konnte der Typ gut schauspielern! George Clooney wäre neidisch geworden.

»Ich geh mal davon aus, dass wir eine hundertprozentige Übereinstimmung zwischen Ihrer DNA und der auf der in Herrn Schmidts Badezimmer vorgefundenen Zahnbürste finden werden. Ganz abgesehen von einer Überprüfung Ihrer Konten, die mit Sicherheit ergeben wird, dass Sie die Wohnung in der Werinherstraße finanziert haben. Womit das Verhältnis zwischen Ihnen und Herrn Schmidt dann auch offiziell geklärt wäre. Offizieller, als es Ihnen vielleicht lieb ist.«

Zack. Treffer.

Oder etwa nicht?

Siebert zuckte zusammen, Schweißperlen traten auf seine Stirn. Seine Stimme bekam etwas Quäkendes. »Eine – Zahnbürste?« Dann fasste er sich wieder mühsam. »Ohne meine Einwilligung bekommen Sie von mir gar nichts. Haben Sie mich verstanden?«

Sofie und Joe wechselten einen raschen Blick. Das Staffelholz ging nun wieder an sie.

»Tut mir leid, wenn ich Ihnen da widersprechen muss, Herr Ministerialdirigent. Aber laut Paragraf 81g der Strafprozessordnung sind die Behörden dazu berechtigt, molekulargenetische Untersuchungen auch ohne Einwilligung des Betroffenen durchführen zu lassen, sofern sie ausschließlich zur Feststellung des DNA-Identifikationsmusters verwendet werden«, ratterte sie den entsprechenden Gesetzesabschnitt herunter.

»Eine entsprechende richterliche Verfügung hab ich im Handumdrehen. Keine Sorge«, ergänzte Joe und zückte sein Handy, während er Siebert erneut fixierte. »Jetzt liegt es ganz an Ihnen.«

Sieberts Blick wanderte von Joe zu Sofie. Die ungesunde Röte von vorhin war einer grünlichen Blässe gewichen. Sein Mund klappte ein paarmal auf und zu – dann ließ er sich kraftlos auf ein Sofa fallen und senkte den Kopf.

»Na schön. Sie haben gewonnen«, murmelte er und drehte nervös einen der beiden Kaffeebecher, die vor ihm auf dem Wohnzimmertisch standen. »Ja, es stimmt. Mychaijl und ich haben uns regelmäßig getroffen.«

Joe runzelte fragend die Stirn. »Mychaijl?«

Siebert nickte beklommen. »Mychaijl Surtis. Mychaijl kam aus der Ukraine, hatte sich hier aber einen deutschen Namen zugelegt. Auf mein Anraten hin.«

»Und die Wohnung …«, hakte Sofie behutsam nach.

Fast tat ihr der Mann leid. Das Outing fiel ihm sichtlich schwer. Trotzdem, es half nichts. Hier ging es nicht um irgendeinen Imageschaden, sondern um einen Menschen, der vorsätzlich verbrannt worden war, nachdem jemand ihn heimtückisch mit gepanschtem Wodka schachmatt gesetzt hatte.

Siebert nickte langsam. »… lief auf meinen Namen.«

»Das heißt, Sie haben Herrn Surtis finanziert?«

Siebert nickte erneut und nahm einen Schluck aus dem Kaffeebecher. Dann setzte er ihn hart ab und blickte entschlossen auf.

»Aber ich habe Mychaijl nicht umgebracht. Das schwör ich Ihnen! Außerdem war ich in der Nacht, in der er auf so tragische Weise ums Leben kam, gar nicht in München, sondern in Regensburg.«

Joe nickte nachdenklich. »Das ist uns bekannt, Herr Siebert. Aber es hätte ja trotzdem sein können, dass Sie …«

Mit energischem Kopfschütteln fiel Siebert ihm ins Wort. »Wie meine Frau Greta Ihnen neulich schon sagte: Ich habe dank der Tablette tief und fest geschlafen.«

Sofie holte tief Luft und nahm den erneut in sich zusammengesunkenen Herrn Ministerialdirigenten scharf ins Auge.

»Weiß Ihre Frau denn von Ihrer – Neigung? Oder wusste sie vielleicht sogar von Ihrer Beziehung zu Herrn Surtis?«

Ein Flackern trat in Sieberts Augen, nervös musterte er den zweiten Kaffeebecher auf dem Tisch.

»Um Gottes willen, natürlich nicht!«

Und wenn doch?

Korallenrote Lippenstiftreste klebten am Rand des zweiten Bechers, wie Sofie jetzt erst bemerkte. Ein kühner Gedanke schoss ihr durch den Kopf …

47

Mahlzeit!

Enttäuscht war er, ihr Ex, und sauer dazu – eine Gefühlslage, die bei Joe Lederer von jeher für ein gewisses Explosionspotenzial sorgte. Die anderen Verkehrsteilnehmer bekamen es zu spüren – kurz gesagt: Er fuhr die Strecke von Harlaching zurück zur Rechtsmedizin wie die gemeine Wildsau.

»Lackl, bleeder!«, beschimpfte er einen jugendlichen Autofahrer, der mit Mamas schwerem BMW offenbar noch Schwierigkeiten hatte. »Rindvieh, ausgschamtes!«, einen Radlkurier, der seiner Ansicht nach nicht schnell genug auf die rechte Spur wechselte.

Inzwischen düsten sie bereits den Giesinger Berg hinunter. Ein bisschen fühlte es sich an wie Fliegen – aber dazu war Sofie jetzt nicht in der richtigen Stimmung.

»Du, ich möcht fei schon noch lebend im Institut ankommen«, sagte sie. »Warum sagst ned lieber, was dir so gewaltig stinkt?«

»Als ob ich scho jemals an Unfall gebaut hätt!«, fuhr Joe kurz auf, um das Tempo dann doch merklich zu drosseln. »Hat ja megamäßig was gebracht, die ganze Aktion. Gut, jetzt haben wir aus seinem eigenen Mund ghört, dass er der Lover von diesem Ukrainer war. Aber sonst? Den Mörder haben wir damit noch lang ned. Zefix, wenn wir nur wüssten, von wem die Fingerabdrücke auf der Wodkaflaschn stammen!«

»Mmh«, murmelte Sofie mehr zu sich selbst. »Mal schaun.«

»Is des ois, was du dazu zu sagen hast? Und was soll des überhaupt heißen – mal schaun?«

»Mal schaun heißt mal schaun. Ned mehr und ned weniger. Und die Ampel da vorn ist übrigens rot. Dunkelrot!«

Joe verstummte gekränkt. Granteln, das konnte er besonders gut. Immer schon.

Kapuzinerstraße, Häberlstraße, Goetheplatz.

Plötzlich konnte sie es kaum erwarten, endlich Gewissheit zu bekommen. Ihn vorher einzuweihen machte bis dahin keinen Sinn.

Als Joe vor dem Institut hielt, griff sie behutsam nach ihrer Tasche.

»Is noch ned aller Tage Abend«, sagte sie aufmunternd, während er verstockt vor sich hin schaute.

»Ausgeleierte Kalendersprüch kann ich mir selbst aufsagen«, knurrte er zurück. »Ich brauch endlich einen richtig schönen aufgeklärten Fall. Dringend! Aber das interessiert dich ja eh ned.«

Für einen Augenblick bewegte er den Kopf in ihre Richtung.

Ein Abschiedsbussi? Noch dazu in dieser Frustlaune?

Nein, wirklich ned.

Lieber verabschiedete Sofie sich hastig und stieg aus – zumal gerade ihre Kollegin die Treppe herunterstöckelte, gefolgt von einem säbelbeinigen Fahrradkurier, der kaum hinterherkam.

»Ich weiß es wirklich ned«, rief der Kurier verdrossen Falks mintgrünem Rücken nach. »Ich hab den Kollegen ja selbst schon länger nimmer gsehn.« Sein voluminöser Brustkorb hob und senkte sich, er schien ganz außer Atem.

Ein Leinenkostümchen, das sicherlich nicht von der Stange

kam, die Jacke figurbetont, der Rock über den schlanken, wohlgeformten Beinen kniefrei. Und ein Gletscherblick, der von Joes davonbrausendem Dienstwagen zu Sofie glitt.

»Ach, Mittagspause auch schon beendet?«, giftete sie. »Gleitzeit bedeutet nicht, dass man später kommt *und* früher geht, Frau Rosenhuth. Jedenfalls nicht an meinem Institut!«

Aha. Also waren wir wieder mal am Gefrierpunkt angelangt. Wer oder was für den jähen Stimmungsumschwung verantwortlich war, hatte ganze Arbeit geleistet.

An dem Fahrradkurier konnte es ja wohl nicht liegen, diesem o-beinigen, unscheinbaren Männlein, dem der Schweiß übers Gesicht lief, während er seinen Helm zurechtrückte.

Sofie konnte sich ein Grinsen nur knapp verkneifen. Die Falk – und verliebt? Da wäre ihr bei ihren wilden Assoziationen neulich doch um ein Haar der Gaul durchgegangen.

»Und jetzt muss ich mich sputen. Meine Vorlesung im Walther-Straub-Institut beginnt schon in einer Viertelstunde«, fuhr Frau Dr. Falk fort. »Sie sehen das offensichtlich anders, Frau Kollegin. Aber für mich zählt Pünktlichkeit nun mal zu den wichtigsten Disziplinen, die auch künftige Mediziner zu beherrschen haben.«

Damit stolzierte sie davon.

Sofie passierte den Eingang, wünschte dem Pförtner ein herzhaftes »Mahlzeit!« – eine bayerische Sitte, an die sie sich erst wieder gewöhnen musste – und erreichte aufatmend ihr Kabuff.

»Wenn du wüsstest«, rief sie George zu, dessen edler Schlips den kleinen Raum regelrecht zum Leuchten brachte. »Schau mal, was ich hier habe!«

Den Becher mit den korallenroten Lippenstiftspuren.

Mit garantiert jeder Menge Fingerabdrücke, die sie gleich mal gründlich checken und abgleichen lassen würde …

Zuvor aber musste sie endlich wissen, wer der Halter des toten Schäferhundes von heute früh war. Und dieses Mal würde sie nichts und niemand, nicht einmal ein verwirrender Überraschungsbesuch von Charly davon abhalten.

Ihre Finger flogen über die Tasten. Zum Glück waren die Zugangspasswörter der Polizei nach wie vor dieselben. Ein paar Klicks später war sie bereits auf der richtigen Seite angelangt.

Sie starrte auf den Bildschirm – und stutzte. Wolfgang Gfeiter, geboren 1970, wohnhaft Pilgersheimerstraße.

Gfeiter, Gfeiter …

Plötzlich erschien ein Schriftzug vor ihrem inneren Auge: *Spedition Gfeiter – Ihr Umzugsfuchs in München-Giesing*. Der Spediteur, dessen unausgepackte Kartons noch immer ihre Wohnung blockierten und an ihrem Gewissen nagten.

Galten die seltsamen tödlichen Anschläge etwa ihm?

Nachdenklich ließ Sofie den Drehstuhl kreisen.

Aus der Ecke schickte George ein rätselhaftes Lächeln.

48

Deal beim Döner

Nachdenklich tuckerte Joe die Deisenhofener Straße entlang. Längst war sein Zorn verraucht. Stille Verzweiflung machte sich nun in ihm breit.

Okay, der von vorn bis hinten klemmende Fall mit dem verbrannten Ukrainer war das eine. Was ihn vorhin viel mehr auf die Palme gebracht hatte, war jedoch Sofies distanziertes Verhalten ihm gegenüber. Himmelsakra!

Sah ganz danach aus, als habe er sie ein zweites Mal verloren – und diesmal für immer. Nur weil sie geglaubt hatte, mal wieder ihren verdammten Sturschädel durchsetzen zu müssen. Gut, er hatte sich die letzten Tage auch nicht gerade gentlemanlike benommen, das musste er zugeben. Aber war das ein Grund, ihn gleich dermaßen abzuservieren?

Oder – Joe schluckte – lief da etwa was zwischen ihr und dem geschniegelten Polizeireporter, diesem stadtbekannten *lonely rider?* Er hatte ja schließlich Augen im Kopf. Und dass Sofie aus allen Knopflöchern gestrahlt hatte, als dieser Depp mit seinem Dauergrinsen gestern in der Nußbaumstraße zur Tür hereingeschneit kam, war Joe in keiner Nuance entgangen.

»Darf ich Sie zu einem kleinen Mittagessen entführen …«

Pfff.

Das hatte Joe sie eigentlich auch fragen wollen – gestern. Und auch heute.

Aber: Sense.

Sicher hatte der Typ Sofie in irgendeine angesagte Trattoria abgeschleppt, wie er ihn einschätzte. Ob sie sich von so was beeindrucken ließ?

Ein äußerst verlockender Duft nach frisch zubereitetem Döner stahl sich durch das geöffnete Seitenfenster in Joes Wagen und in seine Nase.

Prompt begann sein Magen zu reagieren: Er knurrte energisch.

Also gut, Frau Dr. Rosenhuth. Dann wird dein Ex eben ohne dich lunchen. Die Gegend hier am Giesinger Bahnhof war zwar alles andere als schick – dafür konnten es die sensationellen Döner gleich ums Eck mit allen noch so ausgefuchsten Antipasti aufnehmen.

Energisch packte Joe das Lenkrad fester und steuerte entschlossen den Bahnhofsparkplatz an. Ein schwarzer Hummer mit getönten Scheiben hatte offensichtlich das gleiche Ziel und drängte rasant Joes Wagen zur Seite, ehe er parkte.

Schon hatte Joe einen deftigen Fluch auf den Lippen – als er stutzte. Der unverschämte Fahrer, der ihm die Vorfahrt genommen hatte und nun aus seiner Kampfmaschine stieg, kam ihm nur allzu bekannt vor: Kai Schlegl, der schmierige Geschäftsführer der Gay-Sauna in der Säbener Straße. Was hatte der denn hier zu suchen?

Na, was wohl. Oder glaubte Joe, er sei der Einzige, den der Appetit zu einem der absoluten Geheimtipps hier in Obergiesing trieb? Langsam ließ er seinen Wagen auf den Parkplatz rollen, ohne den Mann aus den Augen zu verlieren.

An türkischem Fast Food schien Herr Schlegl allerdings nicht interessiert zu sein. Statt die Menschenschlange vor der Imbissbude anzusteuern, stürmte er zu einer schwarzen Limousine, die in zweiter Reihe parkte, und klopfte energisch gegen die Scheibe.

Mit einem Schlag waren knurrender Magen, Sofie und Charly Loessl vergessen. Joe stieg rasch aus. Die zahllosen parkenden Autos kamen ihm gerade recht als Deckung, während er sich der schwarzen Limousine unauffällig näherte. Noch hatte er nicht erkennen können, mit wem Schlegl da so verbissen verhandelte.

»Fünfzigtausend Euro. Das war der Deal. Und was hab ich gekriegt? Lumpige fünfundzwanzig Riesen. A bissl wenig dafür, dass ich vor den Bullen die Unschuld vom Land spiel. Moanst ned a?«

Eine stammelnde männliche Stimme antwortete: »Ich hab damit nix zu tun, Herr Schlegl. Ehrlich!«

Für den Bruchteil einer Sekunde verließ Joe seine Deckung, einen verrosteten Opel Astra, um einen Blick auf Schlegls Gegenüber zu werfen.

Ein Irrtum war ausgeschlossen.

Der Herr Ministerialdirigent höchstpersönlich gab sich hier auf dem Giesinger Bahnhofsparkplatz die Ehre. Und feilschte um ein – Schweigegeld?

»Weißt was, Konni, des is mir so was von wurscht. Deine Frau Gemahlin hat neulich schon versucht, mich zu bscheißn. Und bei so was hört der Spaß bei mir endgültig auf. Also, wie schaut's aus? Hast die Kohle wie vereinbart dabei, oder ned?«

»Selbstverständlich, Herr Schlegl.« Nervös versuchte Siebert, seiner Stimme einen letzten Rest Würde zu verleihen.

Joe hatte genug gesehen. Was spielte der Stress mit seiner Ex jetzt noch für eine Rolle. Sie hatte recht gehabt – und so was von!

49

Kein Anschluss unter dieser Nummer

Joes Stimme am Telefon klang so seltsam, dass Sofie sie im ersten Moment nicht erkannte – gepresst, so als stünde er unter enormem Druck.

»Des glaubst du ned, wen ich gerade gesehen hab: den Herrn Ministerialdirigenten zusammen mit Sauna-Bärchen vor der Dönerbude am Giesinger Bahnhof.«

»Siebert und Schlegl? Zusammen? Des gibt's doch ned!«

»Und ob! Stell dir vor …«

Die Verbindung brach plötzlich ab. Nur noch ein Tuten drang aus Sofies Telefon.

»Joe …?«, rief sie.

Keine Antwort.

Sie starrte zu George.

»*Shit.* Ich hoff nur, der Joe macht koane Dummheiten«, murmelte sie. »Aber schließlich weiß der Lederer, wie's geht, meinst ned a?«

Ein Rest von Zweifel blieb.

Als sie kurz darauf an die Pforte gerufen wurde, wusste Sofie nicht, ob sie freundlich bleiben oder nicht eher aus der Haut fahren sollte.

Dann aber erblickte sie Charly Loessl, einen herrlich altmodischen Picknickkorb aus Rohrgeflecht in der rechten Hand.

»Essen muss der Mensch schließlich auch.« Sein Lächeln war ansteckend. »Wie willst du sonst zu brauchbaren Ergebnissen kommen?«

»Erzähl das mal Dr. Iglu! Die Laune von der ist heut sowieso schon wieder weit unter dem Gefrierpunkt.«

»Dann kommt meine kleine Stärkung ja gerade recht. Geht auch ganz flott. Alles Fingerfood.«

Kaum waren sie in Sofies Kabuff, öffnete Charly den Deckel seines Zauberkorbs. Ein Duft strömte Sofie entgegen, anregend, verführerisch – umwerfend. Sogar George schien seinen krawattengeschmückten knöchernen Hals zu recken.

»Ist das deine spezielle Masche?«, murmelte sie erfreut, während sie sich über Grissini mit Parmaschinken, Staudensellerie mit gebeiztem Lachs, Thunfischcreme im Weißbrotmantel, Spinatquiche, winzige Fleischpflanzerl und gebackene Reisbällchen beugte. »Ausgehungerte Frauen bis an den Rand des Wahnsinns zu treiben?«

»Bei der, auf die's ankommt, klappt's bis jetzt jedenfalls ganz gut.« Erwartungsvoll schaute er sie an, während er eine Flasche alkoholfreies Bier aus der einen Manteltasche und makellose weiße Stoffservietten aus der anderen ans Tageslicht beförderte. »Besteck, Gläser und Teller – alles im Deckel. Freut mich, dass Großonkel Hugos uraltes Trumm noch einmal zu solchen Ehren kommt. Alles, was uns jetzt noch fehlt, ist ein wenig Platz auf deinem überladenen Schreibtisch …«

Sofie machte sich nur zu gern daran, seiner Bitte nachzukommen. Als sie dabei das Foto des unbekannten Mädchens mit den roten Haaren beiseiteschieben wollte, stutzte Charly allerdings und griff danach.

»Die kenn ich doch von irgendwoher«, rief er. »Wie bist du denn an das Foto gekommen?«

»Gefunden.« Sofie fuhr ein Schauer über den Rücken. »Du weißt also, wer das ist?«

Charly bejahte nachdenklich. »Das Mädchen heißt Annamirl Tanner. Sie war brutal vergewaltigt worden, aber leider viel zu spät zur Polizei gegangen.«

»Also gab es keine Spuren mehr, was den Täter betrifft?«, fragte Sofie.

Charly nickte. »Ich hab damals über den Prozess berichtet. Dürfte etwas mehr als ein Jahr her sein. Den Kerl hatte man zwar gefasst, aber er kam mangels handfester Beweise mit Freispruch davon.«

Er fuhr sich mit der Hand über das Gesicht.

»Die Augen des Mädchens bei der Urteilsverkündung hab ich bis heute nicht vergessen. Wie – tot. Als wäre in ihr jede Hoffnung erloschen.« Sein sonst so entspanntes Gesicht wirkte plötzlich wie verwandelt. »Und dazu das fiese Lächeln dieses Typen – einfach widerlich!«

Sofie schob sich einen Bissen in den Mund und noch einen gleich hinterher. Sie schmeckte nicht, was sie da aß, aber es beruhigte sie seltsamerweise.

»Gfeiter?«, sagte sie. Mehr Feststellung als Frage. »Der Typ hieß Wolfgang Gfeiter, stimmt's?«

»Ganz genau! Woher weißt du …?«

Ein Klopfen ließ Charly innehalten.

»Ich schon wieder.« Spike streckte seinen Iro durch die Tür. »Sorry. Scheint, als hätt ich das Talent, immer zu stören.«

»Schmarrn. Was gibt's denn?«, sagte Sofie, während Moosbichler eintrat, und nahm ein weiteres Häppchen. »Magst auch was probieren?«

»Saugern. Hab seit heut früh nix gegessn.« Spike entschied sich für ein Fleischpflanzerl und schob gleich noch zwei weitere hinterher. »Ich hab die Fingerabdrücke auf dem Kaffeebecher mit denen auf der Wodkaflasche abgeglichen.«

»Und?« Gespannt hing Sofie an seinen Lippen.

»Mei, die san vielleicht göttlich, die Pflanzerl!«, rief Spike begeistert.

»Jetzt mach ned lang rum, sondern spuck aus, was du weißt!«, rief Sofie ungeduldig.

»Ja, was wohl?« Spike grinste genüsslich kauend. »Volltreffer! Und zwar hundert Pro.«

Da schau einer an!

»Also hat die Frau Ministerialdirigent höchstpersönlich dem armen Mychaijl Surtis den Wodka kredenzt! Hab doch gleich gwusst, dass die ned so ahnungslos ist, wie ihr Gatte glaubt.« Mit blitzenden Augen schaute Sofie von Charly zu Spike. »Die muss über alles Bscheid gewusst haben. Und das Alibi, das sie ihrem Mann gegeben hat, sollte einzig und allein sie selbst schützen.«

»Aber warum hat sie den Ukrainer denn um die Ecke bringen wollen?«, fragte Spike stirnrunzelnd, während er sich nach kurzem Zögern das letzte Pflanzerl einverleibte. »Was war ihr Motiv?«

Sofie zuckte mit den Achseln. »Das soll am besten der zuständige Herr Kommissar klären.«

Sie griff zum Telefon und wählte, nicht ohne dabei erneut in den verlockenden Korb zu spähen.

»Jetzt heb schon ab!« Sofie zog ein langes Gesicht, als sich noch immer nichts tat. »Teilnehmer derzeit nicht erreichbar. Herrschaftszeiten, das darf doch ned wahr sein!«

Sie wurde unruhig. »Der meldet sich doch sonst auch immer.

Und ausgerechnet jetzt soll Sendepause sein – nachdem er Siebert und Schlegl beobachtet hat?«

»Die beiden haben sich getroffen?«, rief Charly. »Und warum?«

»Keine Ahnung. Das Gespräch brach plötzlich ab, bevor er mir mehr sagen konnte.«

Sofies Blick verriet Sorge, während sie erneut wählte – und erneut nur die bereits bekannte Ansage erhielt.

»Des gfallt mir gar ned.« Gedankenverloren rieb sie an ihrem rechten Nasenflügel, der plötzlich heftig zu jucken begann. »Der Joe wird doch ned …«

»Wie wär's, wenn wir sein Handy orten?«, sagte Charly.

Sofie seufzte. In ihrer Zeit als Polizistin wäre das die leichteste Fingerübung gewesen. Aber jetzt?

»Wenn ich vielleicht mal kurz an den PC dürfte?«, schlug Spike vor.

Zögernd machte ihm Sofie Platz.

Love stand als stark verblasstes Tattoo auf seinem linken Handrücken. *Hatred* auf dem anderen.

Wieso war ihr das bislang noch nicht aufgefallen?

»Jugendsünden«, murmelte er, als könnte er in Sofies Kopf schauen. »Fast scho nimmer wahr.«

Spike versuchte es mit einem ersten Kennwort.

Doch leider: Fehlanzeige …

50

Das Spiel ist aus

Schwungvoll und frisch geföhnt betrat Greta Siebert die Villa, knallte ihren Autoschlüssel auf die Ablage, legte den leichten Mantel ab und warf ihrem Spiegelbild ein ermutigendes Lächeln zu. Dann öffnete sie die Tür zum Wohnzimmer.

»Tut mir leid, dass es etwas länger gedauert hat, Schatz«, rief sie so munter sie nur konnte. »Aber bei der Manu standen die Leute heut wieder mal Schlange. Eine Unverschämtheit. Wo ich doch extra einen Termin gemacht hatte!«

Keine Antwort.

Verdutzt sah Greta sich um. Hatte ihr Mann heute früh nicht noch geächzt, weil er den ganzen Tag an seiner Rede würde feilen müssen?

»Konni?«

Niemand da, weder in der Küche noch im Garten oder in den anderen Räumen.

Seltsam. Dabei stand sein Wagen doch vor der Tür.

Schließlich öffnete sie zögernd die Tür zu seinem Arbeitszimmer. Doch auch hier schien niemand zu sein – der Schreibtisch, halb verdeckt von dem riesigen Bürosessel, war unberührt.

Schon wollte sie den Raum wieder verlassen, als der Sessel plötzlich umschwenkte. Der Mann, der darin saß, erinnerte nur noch entfernt an ihren Ehegatten: Sein Gesicht war verzerrt und voller Hass, die Augen waren rot geschwollen. Etwa von – Tränen?

Greta schluckte.

»Konni! Was hast du, um Himmels willen?«

Siebert sah auf, den Mund zu einem dünnen Strich zusammengepresst.

»Das fragst du mich? Du – Mörderin?« Wie rostige Nägel spuckte er jedes einzelne Wort aus.

Bestürzt rang sie nach Luft.

»Was soll das heißen? Du glaubst doch nicht etwa, dass ich …«

»Das glaub ich nicht nur, das weiß ich sogar, Greta.« Aus blutunterlaufenen Augen starrte Konstantin Siebert seine Frau an. »Und du? Wie lang hast du schon von Mychaijl und mir gewusst?«

Greta startete einen letzten schwachen Versuch.

»Mychaijl? Ich weiß wirklich nicht, wovon du sprichst, Konni. Wer soll das sein?«

Wenn Blicke töten könnten …

»Du langweilst mich, Greta. Und zwar schon seit Jahren. Also erspar uns beiden endlich das Theater!«, sagte Siebert gepresst. »Du hast dich neulich mit Kai Schlegl getroffen, um ihn ruhigzustellen. Stimmt's?«

Greta erstarrte. »Woher weißt du …«

»Mit den fünfundzwanzigtausend, die du ihm gegeben hast, war er allerdings alles andere als zufrieden«, fuhr Siebert unerbittlich fort. »Also hat er mich heute angerufen und den Rest des Schweigegelds verlangt.«

Greta ballte die Fäuste.

»Dieser Mistkerl …«, entfuhr es ihr.

»Mehr hast du mir nicht zu sagen?«

»Na schön.« Greta atmete tief durch, dann straffte sie sich und sah ihrem Mann in die Augen. »Ja, ich hab diesen dreckigen kleinen Ukrainer umgebracht. Aber ich hab's für uns beide getan. Das ist die Wahrheit!«

»Ach, wirklich? Und warum? Was hat er dir getan? Warst du eifersüchtig? Auf einen Mann, der mir so viel mehr bedeutet hat als das elende Leben an deiner Seite?«, fragte Siebert verbittert.

Greta zuckte zusammen. Dann bekam ihre Stimme etwas Metallisches: »Hast du gedacht, ich bin blind? Ich wusste schon lange von eurem Verhältnis. Aber ich hätte auch weiterhin gute Miene zum bösen Spiel gemacht, das darfst du mir glauben. Wenn dein sauberer Mychaijl nicht plötzlich größenwahnsinnig geworden wäre.«

Siebert kniff die Augen zusammen. »Was soll das heißen?«

»Er hat damit gedroht, euer Verhältnis an die große Glocke zu hängen«, stieß Greta verächtlich aus.

Siebert fuhr aus seinem Sessel hoch.

»Das hätte er nie gemacht! Das weiß ich!! Mychaijl und ich, wir haben uns – geliebt!«

»Kann schon sein. Zumindest, was dich betrifft«, sagte Greta kalt. »Mit der Liebe deines Stechers scheint es jedenfalls nicht weit her gewesen zu sein. Jedenfalls hat er dir vor einer Woche, als wir in Regensburg waren, das hier geschickt.«

Sie wühlte in ihrer Handtasche, zog ein Handy hervor und schaltete es an. Siebert starrte darauf wie auf eine giftige Schlange. Aus seinem gerade noch zorngeröteten Gesicht wich alles Blut.

»Das ist von Mychaijl!«

Greta nickte verkniffen. »Hast du gedacht, ich lass das einfach im Pavillon liegen? Dann wäre ja alles umsonst gewesen.«

Mit triumphierender Miene reichte sie ihm das Handy. Siebert las erst stirnrunzelnd, dann zunehmend fassungslos, während Greta fortfuhr:

»Ich hab seine SMS auf deinem Handy gefunden, während du in Regensburg im Badezimmer warst. Ich wollte dich und uns schützen, verstehst du? Also hab ich ihm geantwortet und die Nachricht auf deinem Handy gelöscht.«

Schwer atmend sah Siebert hoch zu seiner Gattin.

»Und dann ...« Seine Stimme versagte.

Greta nickte. »Hab ich dafür gesorgt, dass du gut schläfst, mein Lieber. Danach bin ich nach München gefahren und hab mich mit ihm getroffen. Leider hat er sich nicht einsichtig gezeigt. Da musste ich eben ...«

Vom Bürosessel – nichts als unheilvolles Schweigen. Schließlich sah Siebert auf. In seinen Augen glimmte blanker Hass.

»Du hast alles in meinem Leben zerstört, was mir wichtig war, Greta. Dafür wirst du büßen!«

In seinen Händen blitzte ein Messer auf.

Im nächsten Moment hatte er es an die Kehle seiner Gattin gesetzt.

Panisch schrie Greta auf – als plötzlich ein Mann im Türrahmen auftauchte und sich zwischen die beiden warf.

Doch der stämmige Ministerialdirigent hatte deutlich mehr Kraft, als Joe gedacht hatte. Was nutzten schnelle Reaktion und Geschmeidigkeit gegen zweieinhalb Zentner geballte Wut und blinden Rachedurst?

Verzweifelt versuchte Joe, Siebert das Messer zu entwinden, während sich Greta schreckensbleich gegen die Wand drückte und voller Todesangst das erbitterte Gerangel der beiden keuchenden Männer beobachtete.

Stühle kippten um, ein Beistelltisch, ein bis zum Rand gefüllter Papierkorb. Klirrend zerschellte eine Vase aus kostbarem Muranoglas auf dem Buchenparkett und ergoss ihren Inhalt – ein geschmackvolles Bukett aus Maiglöckchen und Flieder – über das Chaos aus Aktenordnern und losen Notizen.

Die beiden Männer kämpften weiter.

Noch war es Joe gelungen, Sieberts wütenden Messerattacken geschickt auszuweichen. Dann aber stolperte er über den Papierkorb und ging zu Boden.

Mit einem Grunzen stürzte Siebert sich über ihn.

Ein sich wälzendes Knäuel aus Armen und Beinen. Scherben bohrten sich in Joes Rücken. Endlich konnte er sich von der zentnerschweren Last befreien. Doch erstaunlich behände griff Siebert erneut an, das Messer in der erhobenen Rechten.

Schützend hob Joe einen Aktenordner mit beiden Händen vor sein Gesicht, doch was waren schon ein paar Quadratzentimeter verstärkte Graupappe gegen den Blutdurst eines rachsüchtigen Mannes?

Ein wahrer Messerhagel traf Joes improvisierten Schild – fragte sich nur, wie lange er standhalten würde.

Das Blatt schien sich zu wenden, als Sieberts Messer plötzlich feststeckte. Schäumend vor Wut zog und zerrte er an seiner Waffe.

Joe nutzte den Augenblick und versuchte, seinen Kontrahenten mit den Beinen zu Fall zu bringen.

Ein Fehler, wie sich zeigte.

Nur kurz hatte Joe das Messer aus den Augen gelassen, da gelang es Siebert, es aus dem Aktenordner zu ziehen. Im nächsten Moment bohrte es sich tief in Joes Oberarm.

Blut spritzte auf.

Joe stutzte und fasste sich mit schmerzverzerrtem Gesicht an die klaffende Wunde. Dann wandte er sich, immer noch ungläubig, an sein Gegenüber: »Seien Sie doch vernünftig, Herr Siebert! Sie machen einen Riesenfehler!«

Schwer atmend, mit irrem Blick, hob Siebert das Messer und zielte nun auf Joes Brust.

»Meinen Sie? Das spielt jetzt doch auch keine Rolle mehr. Meine Frau wird ihrer gerechten Strafe jedenfalls nicht entkommen. Davon wird mich niemand abhalten. Auch Sie nicht!«

»Wenn Sie sich da mal nicht täuschen.«

Der Ärmel eines feinen Tweedsakkos legte sich wie ein eiserner Riegel um Sieberts Kehle und riss ihn grob nach hinten. Über ihm tauchte Charly Loessls grimmiges Gesicht auf.

»Das Spiel ist aus, Herr Ministerialdirigent!«

51

Kronjuwelen

Das fiese Schädelbrummen malträtierte ihn schon seit dem frühen Morgen. Ein dumpfer Schmerz, ausgehend vom linken Ohr, der sich schräg nach oben zog und im Lauf der Stunden immer stärker geworden war. Zwei hastig eingeworfene Aspirin hatten nichts gebracht, ebenso wenig wie die beiden Weizen, die er anschließend ohne rechte Lust hinuntergestürzt hatte. Nicht einmal der neue Auftrag schaffte es, seine Laune zu heben.

Ohne den Hund war alles sinnlos. Rüdiger fehlte ihm bei jedem Atemzug.

Seine Alte hatte das schon zu spüren bekommen, ebenso die beiden Schrazn, die allerdings schlau genug gewesen waren, sich unsichtbar zu machen, bevor der Watschnbaum nochmals umfallen konnte. Der ganzen Welt hätte er heut in den Arsch treten können – Kreizdeifi! Wer nur hatte es gewagt, ihm den einzigen Freund, den er je besessen hatte, zu nehmen, und auch noch auf derart brutale Weise?

Doch nicht etwa …

Nein, das konnte nicht sein. Oder?

Er zündete sich eine Zigarette an, um sie nach ein paar Zügen wieder auszudrücken.

Den Kadaver hatte er nach kurzem Zögern in sein Auto geschleppt und hinaus zur Tierverbrennung in der Riemer Straße gebracht. Wie sie ihn angeschaut hatten, als er die Decke zurückgeschlagen hatte! Als ob er höchstpersönlich am Verenden des Rüden schuld sei.

Er hatte ordentlich zurückgebelfert, mit dem Resultat, dass er sich hinterher nur noch mieser fühlte.

Nein, eine Abschiedszeremonie im Raum der Stille wollte er auf keinen Fall. Auch keinen Grabstein, und erst recht keine niedliche Urne in Form eines Hundekopfes.

Mit all dem Firlefanz sollten sie ihm gefälligst vom Leib bleiben.

Reichte schon, dass er stolze hundertsechzig Euro hinblättern musste, damit Rüdigers geschundener Körper verbrannt wurde – um später zusammen mit der Asche von Katzen, Kaninchen und anderem vierbeinigem Gesindel in einem Sammelgrab zu landen.

Als er danach wieder im Auto saß und sein Blick aus Gewohnheit auf den leeren Platz hinter ihm fiel, hatte er sich wie der einsamste Mensch auf der Welt gefühlt.

Er stand auf, riss ein Fenster auf und lehnte sich weit hinaus.

Warum war er eigentlich noch da, jetzt, wo der Hund nicht mehr lebte? Nichts hielt ihn mehr, weder hier in der Firma, die sich, bei Licht besehen, als eine einzige Bruchbude entpuppte, noch in der trostlosen Wohnung, die noch nie ein Zuhause für ihn gewesen war.

Weg musste er, so schnell wie möglich.

Er schloss das Fenster, packte seinen Schlüsselbund, lief zur Tür – und wäre um ein Haar über das braune Päckchen gestolpert, das jemand auf der Schwelle abgelegt hatte.

Doch nicht für ihn?

Bestellt hatte er nichts, da war er sich ganz sicher. Und der bescheuerte DHL-Bote kam sowieso immer schon am Vormittag.

Er hob das Päckchen auf. *Wolfgang Gfeiter* stand da in sauberen Druckbuchstaben sowie die Adresse seiner Spedition. Ein Absender fehlte.

Missmutig kehrte er noch einmal in die muffigen Büroräume zurück. Den braunen Karton schnitt er an der Unterseite mit einem alten Teppichmesser auf. Ein zweiter Karton kam zum Vorschein, fast quadratisch, dunkelblau und seidig glänzend. Er zögerte, bevor er den Deckel öffnete.

Sein Mund klappte auf.

Wieder das verdammte Foto mit diesem rothaarigen jungen Mädchen!

Plötzlich wurde ihm eiskalt.

Bei der verreckten Taube hatte er es weggekickt, bei Rüdigers Kadaver rasch verschwinden lassen – und jetzt tauchte es zum dritten Mal auf!

Also hatte es wirklich jemand auf ihn abgesehen. Jemand, der offenbar vor nichts zurückschreckte.

Ein durchdringend süßlicher Geruch drang an seine Nase. Wolfgang Gfeiter griff nach dem Foto und ließ es achtlos zu Boden gleiten. Seine Augen weiteten sich vor Grauen.

Auf hellblauem Seidenpapier lagen die blutverschmierten Kronjuwelen seines besten Freundes, daneben ein verführerisch glitzerndes Bonbon.

52

Ménage à trois

Behutsam prüfte Sofie den Verband um Joes rechten Oberarm. Gott sei Dank nur eine Fleischwunde, hatte der Kollege im Klinikum Rechts der Isar gesagt. Auch die zahlreichen Schnittverletzungen am Rücken und die Schrammen im Gesicht würden zum Glück bald verheilen. Eine Tetanus-Spritze zur Sicherheit, eine Schlinge für den Arm, dann hatte Joe wieder gehen dürfen.

»Noch ein Kissen?«, fragte sie besorgt und zupfte an der Decke, die sie soeben über seine Knie gebreitet hatte.

»Gerne«, sagte ihr Ex mit schmerzverzerrtem Gesicht und wand sich stöhnend in Sofies altem Ohrensessel.

Na gut, ganz so schlimm waren die Schmerzen auch wieder nicht. Aber ein bisschen Theater war ja wohl noch drin. Zumal Sofie sich so anschmiegsam und liebevoll zeigte wie schon seit Jahren nicht mehr.

Prompt verschwand sie in ihrem Schlafzimmer und kehrte kurz darauf mit ihrem aufwendig bestickten Lieblingskissen aus antiker rosa Seide wieder zurück.

Joe hob erstaunt die Augenbrauen, ihre Blicke trafen sich.

»Du hast es noch immer«, murmelte er gerührt.

Zu Sofies dreißigstem Geburtstag hatte er ihr das kostbare Teil geschenkt, nachdem er mitbekommen hatte, wie sie sich wochenlang immer wieder vor der Auslage des Einrichtungsgeschäfts am Lenbachplatz die Nase platt gedrückt hatte.

Danach hatte das Kissen Sofie Tag und Nacht begleitet, beim Lernen, beim Lümmeln auf dem Sofa, auch im gemeinsamen Schlafgemach. Und sogar an jenem unheilvollen Abend vor gut zwei Jahren: Als Sofie die Tür hinter ihrer Wohnung – und ihrer Ehe – hatte zufallen lassen, war es der einzige Gegenstand gewesen, den sie mitgenommen hatte.

Sofie errötete und senkte den Blick, dann stopfte sie es rasch in Joes Rücken und drückte es zurecht.

»Logisch«, sagte sie betont knapp. »Warum ned? Des oide Trumm kann ja nix dafür, dass es bei uns zwoa dermaßen gscheppert hat, oder?«

Doch ihr verlegener Blick sprach eine ganz andere Sprache.

Während sie sich über ihn beugte, zog Joe sie näher zu sich.

»Du, Sofie, es – tut mir echt leid, dass ich dir unrecht getan hab. Grad wia die Axt im Wald hab ich mich benommen. Dabei hast von Anfang an recht ghabt, was den sauberen Herrn Ministerialdirigenten und seine Gattin betrifft. Kannst du mir bitte a letztes Mal verzeihen?«

Sofie schluckte.

Ihre Gesichter waren nur noch wenige Zentimeter voneinander entfernt. Da war er wieder, der vertraute Duft nach Pfefferminz und Calvin Klein …

In diesem Moment war vom Flur her Joes Handy zu vernehmen, mit einer schmissigen Polkamelodie, die die beiden abrupt in die Gegenwart zurückholte.

Beinahe erschrocken fuhren sie auseinander.

»Verzeihung, dass ich störe …«

Charly Loessl kam aus der Küche, Joes zerfetzte Lederjacke in der Hand, in deren Brusttasche das Handy unerbittlich dudelte.

»Soll ich für Sie drangehen, Herr Lederer?«

»Schmarrn! Reden kann ich ja schließlich noch.«

Unwillkürlich bewegte Joe den verletzten Arm in der Schlinge, und diesmal war es echter Schmerz, der ihn stöhnend in den Sessel zurückfallen ließ. Trotzdem – insgeheim genoss er die Sorge, die in Sofies Augen aufflackerte.

Dann streckte er den gesunden linken Arm aus.

»Gebens nur her, Herr Loessl!«

Während Charly Joe das Handy reichte, kreuzten sich seine Blicke mit denen von Sofie. Hatte er mitbekommen, dass sie und ihr Ex sich um ein Haar geküsst hätten? Seinem unergründlichen Lächeln war jedenfalls nichts anzumerken.

»Das Wasser kocht übrigens schon. Der Tee ist gleich fertig.«

»Danke, Charly.«

Verlegen strich Sofie sich die verstrubbelten Haare aus der Stirn. Nicht nur ihre widerspenstigen Locken, auch ihre Gefühle befanden sich in heillosem Durcheinander.

Ja, sie war hingerissen von diesem seltsamen, galanten Polizeireporter, der ebenso behutsam wie nachdrücklich um ihre Zuneigung warb, ohne viele Worte, dafür mit umso deutlicheren Gesten. Nicht nur in Form von originellen Präsenten, Picknickkörben mit ausgesuchten Leckereien oder abenteuerlichen, halb legalen Exkursionen in die Bayerische Staatskanzlei. Cool war er in der Harlachinger Villa zwischen die beiden Männer gegangen, hatte Siebert ausgeknockt, Sofies Ex auf die Beine geholfen und ihn anschließend zur Ambulanz gefahren.

Das würde sie ihm niemals vergessen.

Falls Sofie bis heute früh noch Zweifel gehabt hatte, so stand jetzt endgültig fest: Charly Loessl war nicht nur ein vollendeter Gentleman, sondern ein Mann, mit dem man Pferde stehlen konnte.

Aber noch immer saß ihr die Angst um Joe im Nacken. Wäre Charly nur wenige Sekunden später gekommen, hätte sie ihre erste große Liebe, den Mann, dem sie vor vielen Jahren geschworen hatte, in guten wie in schlechten Zeiten zur Seite zu stehen, möglicherweise für immer verloren. Erst jetzt war ihr klar geworden, wie viel ihr der Ex immer noch bedeutete. Und sie ihm auch – das konnte Sofie deutlich in Joes Augen lesen.

Und jetzt? Hockten ausgerechnet diese beiden Rivalen um einen Platz in ihrem Herzen gemeinsam in ihrer Wohnung! Eine vertrackte Situation. Aber manchmal fragt das Leben eben nicht lange nach …

Ratlos schüttelte Sofie den Kopf. Jetzt und hier würde sie jedenfalls keine Entscheidung treffen können. Das stand fest.

Inzwischen hatte Joe das Telefonat beendet und wandte sich strahlend an Sofie: »Der Chef! Hat mir höchstpersönlich gratuliert. Der Herr Ministerialdirigent und seine werte Gemahlin sitzen bereits in U-Haft. Schätze mal, die nächsten zehn Jahre werden die beiden Hübschen hinter Gittern verbringen.«

Sofie versuchte sich zu konzentrieren.

»Heimtückischer Mord sowie Mordversuch in zwei Fällen sind ja auch nicht gerade Kavaliersdelikte«, murmelte sie verhalten. Dass sie mit ihren Gedanken gerade ganz woanders war, schien Joe zum Glück nicht zu bemerken.

»Ich sei sein ›bester Mann in der Truppe‹, hat er noch gesagt. Hört man auch nicht alle Tage. Beförderung, ich komme!«

Sofie wusste, was das für Joe bedeutete. Anerkennend lächelte sie ihn an. »Und was ist mit deinem reizenden Kollegen?«

War ein breiteres Grinsen überhaupt noch möglich?

»Der darf jetzt erst mal allein klotzen. Ich soll mir Zeit lassen mit der Genesung, hat der Chef gemeint. Obwohl …«, ein Schatten huschte über Joes Gesicht, »… die Sache mit dem jungen

Mädchen, das fast vergewaltigt worden wäre, vor allem aber die tote Australierin, das sind heikle Fälle. So etwas überlass ich diesem Vollpfosten Xaver Mayr nur ungern.«

»It's tea time, folks!«

Charly betrat feierlich den Raum. Achtsam balancierte er ein Tablett mit Sofies Rosenservice, das er auf einem Tisch neben Joes Ohrensessel abstellte. Sogar Teegebäck hatte er ganz stilecht besorgt. Der Mann war wirklich ein Wunder.

»Xaver Mayr? Wenn Sie damit den Kommissar meinen, der als Ermittler bei dem Vergewaltigungsprozess vor gut einem Jahr aufgetreten ist, kann ich Ihnen nur recht geben, Herr Lederer. Ohne dessen Aussage wäre der Angeklagte, dieser Gfeiter, vermutlich nicht ungeschoren davongekommen.«

Sofie stutzte. Richtig! Das hatte sie in dem ganzen Gefühlswirrwarr fast vergessen.

Stirnrunzelnd musterte sie die Umzugskartons, die immer noch ziemlich wild an der einzig freien Wand des Wohnzimmers neben- und übereinandergestapelt waren.

Wolfgang Gfeiter – Ihr Umzugsfuchs in München-Giesing …

Charly folgte ihrem Blick, während er den Tee einschenkte.

»Meinst du nicht, Sofie, es wäre an der Zeit, uns zu erzählen, wo und wie du das Foto von Annamirl Tanner gefunden hast?«

Joe zuckte zusammen. Dass die beiden sich duzten, gab ihm nach wie vor einen Stich. Und dass er ausgerechnet diesem Kerl, der ihm gefährlich in die Quere zu kommen drohte, jetzt auch noch dankbar sein musste, schmeckte ihm gar nicht.

Aber schon bald zog ihn Sofies Geschichte in ihren Bann, als sie von den drei toten Tieren berichtete, die sie an der Isar gefunden hatte, von dem Foto Annamirl Tanners und von dem vergifteten Gutti, das die kleine Vanessa um ein Haar das Leben gekostet hätte.

»Wetten, das Foto und ein solches Bonbon haben garantiert auch neben Gfeiters totem Hund gelegen«, murmelte Joe nachdenklich.

»Aber natürlich hat er beides rasch an sich genommen, bevor Sofie misstrauisch werden konnte«, ergänzte Charly.

»Was umso mehr dafür spricht, dass der Typ haargenau weiß, wer diese hübschen Präsente für ihn ausgelegt hat«, schloss Sofie, während sie bedächtig an einem Keks knabberte. Erst jetzt wurde ihr bewusst, wie sehr dieser Fall sie die letzten Tage bedrückt hatte. »Gut möglich, dass es nicht das letzte Mal war, dass der Mann sich an einem Mädel vergriffen hat!«

Joe betrachtete sie stirnrunzelnd. »Du meinst doch nicht etwa …«

Sofie nickte tatendurstig. »Am besten wär's, wir hätten seine DNA.«

»Und wie willst des machn, wenn ich fragen darf?«, erkundigte Joe sich sarkastisch.

Sofie wechselte einen verschwörerischen Blick mit Charly.

»Das is ja wohl das geringste Problem«, sagte sie vieldeutig.

»Kommt gar ned infrage, Sofie!« Missbilligend verdrehte Joe die Augen. »Illegale Handyortung, illegale Beschaffung der DNA eines hohen Regierungsbeamten, wenn ich das richtig seh – und jetzt … Moanst ned, es reicht allmählich? Du bist immerhin Staatsbeamtin, vergiss des ned! Und ich im Übrigen auch.«

Charly meldete sich mit einem diskreten Räuspern zu Wort. »Im Gegensatz zu mir, Herr Lederer. Ich würde mich deshalb gern als Freiwilliger melden, wenn Sie erlauben, und dem Herrn Gfeiter etwas Erbgut abluchsen.«

53

Heiße Spur

Bisher war die Tür stets zu gewesen. Immer.

Ein wenig großkotzig sprach man intern gern von der »beeindruckenden« Präparatesammlung des Instituts. Genauer betrachtet handelte es sich um einen fensterlosen, knapp fünfzehn Quadratmeter großen Raum, in dem auf zahlreichen mehr oder minder verstaubten Regalen Trocken- und Nasspräparate menschlicher Körperteile ihr Dasein fristeten.

Sofie hatte ihn bislang nur einmal betreten, an Spikes Seite, der für sie eine Privatführung veranstaltet hatte.

»Sozusagen mein Reich. Auch wenn ich offiziell nichts drüber verlauten lass.« Die Neonröhren an der Decke hatten ihn ungewöhnlich bleich aussehen lassen. Wie sie selbst in diesem unvorteilhaft grünlichen Licht wirken mochte, daran hatte sie lieber gar nicht denken wollen. Seine wild zugepiercten Brauen waren nach oben geschnellt.

Ob Spike ausnahmsweise vergessen hatte, die Tür zu schließen? Sofie hielt die Klinke schon in der Hand, als seltsame Geräusche sie aufhorchen ließen.

War da drin etwa jemand in Not?

Nein. Wenn man genauer hinhörte, klang es eher wie – entfesseltes Stöhnen!

Neugierig drückte Sofie die Tür einen Spalt weit auf und lugte in den Raum.

Vor einem Regal mit Zungen-Kehlkopf-Präparaten und diversen in Formalin eingelegten Fettlebern bewegte sich das athletische Hinterteil eines offensichtlich jungen Mannes rhythmisch auf und ab. Dazu schlanke Schenkel und muskulöse, braun gebrannte Wadln, in der Optik freilich leicht beeinträchtigt durch die schwarze Radlerhose, die in den Kniekehlen hing. Um den schnittigen Radlhelm tanzten bei jedem Stoß braune Locken.

Unter dem Mann: Dr. Elke Falk, den Kittel weit geöffnet, den modischen grünen Strickrock bis zur Leibmitte hochgezogen. Ihre tadellosen Beine umklammerten ihn so eng es nur ging.

»Jaaaaa …«, gurrte sie, während sie ekstatisch die gepflegten Fingernägel in seine Hüften trieb. »Jaaaaaaaaaaaaaaaa ….«

Sofie schloss schmunzelnd die Tür und lehnte sich an die Wand.

Da schau her! Offenbar hatte Frau Dr. Iglu endlich den richtigen Kurier vor die Flinte gekriegt.

War die lange Abstinenz etwa der Grund dafür gewesen, dass die werte Kollegin sich derart kratzbürstig aufgeführt hatte? Blieb zu hoffen, dass das leidenschaftliche Stelldichein ihre Stimmung diesmal etwas dauerhafter aufhellte. Das kleine Geheimnis würde Sofie jedenfalls vorerst für sich behalten. Gut möglich, dass sie es eines Tages brauchen konnte.

Bei der Rückkehr in ihr Kabuff fand sie Spike vor, der mit unergründlichem Grinsen auf sie wartete.

Wusste etwa auch er von Dr. Falks heimlichem Treiben?

Sein Iro leuchtete heute ozeanblau. Seine Miene war freundlich entspannt wie eh und je.

»Die Analyse des DNA-Materials.« Er deutete auf ihren PC. »Alles ordentlich aufbereitet. Der oide Kaugummi, den der rasende Reporter angeschleppt hat, hat's voll gebracht!« Er deutete zur Tür. »Oder willst ihm des lieber gleich selbst sagn? Er wartet nämlich bereits an der Pforte.« Er beugte sich vor und spitzte die Lippen. »Der hat aber ned zufällig vor, hier einzuziehen, oder? Tät mich eher wundern bei diesem stadtbekannten *lonely rider*.«

Was sollte das jetzt schon wieder heißen?

Dass Frauen auf einen wie Charly flogen, wunderte Sofie kein bisschen. Ging ihr ja nicht anders …

Ihr Atem kam ungewollt ins Stocken angesichts der verstrubbelten rotblonden Locken, der ansehnlich verteilten Knochen und des Strahlens aus graugrünen Augen, wie sie es bisher noch nie an ihm gesehen hatte.

»Und? Hat mein 007-Einsatz sich gelohnt?«, fragte er auf dem Weg zu Sofies Kabuff.

Die Tür zur Präparatesammlung war wieder geschlossen, wie Sofie aus dem Augenwinkel bemerkte. Ob die beiden sich dort drinnen gerade die Zigarette danach gönnten? Dann würde unweigerlich einer der zahlreichen Rauchmelder Alarm schlagen. Oder hatten sie Teil zwei ihres Schäferstündchens in Falks Büro verlegt? Zumindest war die Tür der Wildkatze verschlossen …

»Und ob, Mr. Bond!«, sagte Sofie. »Die DNA von Gfeiters Speichel ist tatsächlich identisch mit der des Bluts, das wir unter Lauras Fingernägeln gefunden haben.«

»Also ist er derjenige, der die Australierin am Flaucher auf dem Gewissen hat.« Charlys Gesicht war sehr ernst geworden. »Das heißt, ihr habt ihn …

»Noch ned ganz«, sagte Sofie, als ihr Handy zu klingeln begann.

Inzwischen konnte sie diese Panflötenmelodie fast nicht mehr ertragen, die sie in einem Anfall von Nostalgie heruntergeladen hatte – nur weil Joe und sie damals in der Fußgängerzone …

Höchste Zeit, endlich damit aufzuräumen!

Mit einem schrägen Blick zu Charly nahm sie das Gespräch zögernd entgegen. »Rosenhuth? Ach, Sie sind's! Können Sie nicht später … Ah, verstehe … Also gut. Ja, ich hol ihn noch heute ab, versprochen!«

Sie schaltete ab.

»Was Wichtiges?« Charlys Augen suchten fragend ihren Blick.

»Wie man's nimmt«, wehrte sie leicht errötend ab. Bevor Charly sie noch weiter löchern konnte, griff sie erneut zum Telefon. »Viel wichtiger ist jetzt, dass der Joe endlich Bescheid weiß und offizielle Schritte gegen den sauberen Herrn Gfeiter einleitet.«

Sie wählte.

»Hi, ich bins, die Sofie. Ich kann nur sagen: Bingo! Gfeiters DNA hat ihn überführt!«

Ein rascher, verlegener Seitenblick zu Charly.

»Ja, der steht grad neben mir und lässt dich grüßen.« Dann verzog sie das Gesicht. »Ja, ich weiß schon, bisher alles nicht vor Gericht verwertbar … Der legale Teil und die richterliche Verfügung sind jetzt eben deine Sach … Und was macht der Arm? Verstehe … Ruf mich an, sobaldst mehr woaßt. Servus, und gute Besserung!«

Sie nickte Charly zu.

»Geht in der Regel ziemlich fix. Es sei denn, die Richter haben sich bei ihren Sprösslingen mit Windpocken angesteckt oder sind gerade auf Urlaub …«

»Habts euch wieder versöhnt?«

Sofie zögerte.

»Des scho.«

Was aber noch lang nicht bedeutete, dass Joe und sie …

Charlys verhaltenes Lächeln wusste sie nicht zu deuten. Haltung bewahrte er ja immer, dieser Polizeireporter, aber umgab ihn nicht doch plötzlich ein Hauch von Melancholie?

Schon wieder Panflötenklänge. Genervt meldete sich Sofie.

»Des gibt's doch ned«, sagte sie, während sie ungeduldig mit den Fingern auf der Schreibtischplatte trommelte. »Gut, dann müssen wir eben warten, bis der Richter aus der Mittagspause zurück … Ja, natürlich. Hauptsache, der Bursch kommt endlich hinter Schloss und Riegel. Bis dann!«

Sofie strebte zur Tür.

»Und jetzt sei mir ned bös, Charly, aber ich muss wirklich dringend los.«

54

Zu spät?

Beim letzten steilen Stück geriet Sofie dann doch kräftig ins Schwitzen. Beflügelt von ihrem Ziel, entschied sie sich trotzdem, nicht abzusteigen, sondern auch die letzten Meter des Giesinger Berges erhobenen Hauptes auf dem Sattel zu bewältigen, bis sie endlich die Heilig-Kreuz-Kirche am Ende der Steigung umrunden konnte.

Ihr Hüftgold würde es ihr danken.

Zugegeben, es war ihr extrem schwergefallen, Charly vor dem Institut einfach stehen zu lassen. Aber sie hatte es beim besten Willen nicht übers Herz gebracht, ihm zu verraten, warum sie es plötzlich dermaßen eilig hatte.

Ja, auch sie, die hartgesottene, an Äußerlichkeiten sonst scheinbar so wenig interessierte Frau Dr. Rosenhuth hatte nun mal ihre kleinen weiblichen Schwächen und Geheimnisse.

Oder hätte sie ihm vielleicht sagen sollen, dass es in dem ersten Telefonat vorhin um nichts Geringeres als einen hinreißenden, zartvioletten Kaschmirpullover gegangen war? In exakt jenem Farbton, von dem Sofie schon seit Jahren geträumt hatte? Der wie angegossen passte, ihre Röllchen aufs Vorteilhafteste kaschierte und ihre grünen Augen noch stärker zum Leuchten brachte? Den die Verkäuferin allerdings nur noch bis zum frühen Nachmittag für sie zurücklegen würde, wie sie Sofie knapp mitgeteilt hatte.

Beeilung war also angesagt. Für dergleichen brachten Männer freilich eher wenig Verständnis auf, wie Sofie bereits mehrfach hatte erfahren müssen. Leider.

Schnaufend und verschwitzt verließ sie die Silberhornstraße und bog um die Ecke, wo ihr heiß ersehntes Prunkstück schon auf sie wartete.

Ein Blick auf die Uhr: Die Strecke von der Nußbaumstraße über die Wittelsbacherbrücke und von dort aus über die Humboldtstraße den Giesinger Berg hoch hatte sie in gerade mal zwölf Minuten geschafft – ein absoluter Rekord!

Der Mittagsverkehr brandete um sie her, untermalt vom ohrenbetäubenden Knattern zahlloser Presslufthämmer.

Die trostlosen Wohnblocks mit Schallschutzfenstern wirkten grau, kantig und unpersönlich neben den wenigen noch verbliebenen freundlichen kleinen Herbergshäusern. Dazu die lärmende Großbaustelle gegenüber der Tela-Post, wo ein riesiges Monstrum mit jeder Menge Läden, Büros und Gewerbeeinheiten entstand. Um die Shopping-Meile entlang der Tegernseer Landstraße kam man als Obergiesinger zwar nicht herum; in diesem Verkehrslärm zu leben war jedoch sicher nicht gerade ein Vergnügen.

Die idyllischen Isarauen schienen von hier oben wie Lichtjahre entfernt, dennoch waren sie mit dem Fahrrad in gerade mal fünf Minuten zu erreichen. Sofie stutzte und stieg ab.

Die – Isar!

Wenn sie sich recht erinnerte, war bei ihrer Recherche nach dem Hundebesitzer eine Adresse gleich hier in der Nähe angegeben gewesen. Nachdem Joe sich bis jetzt nicht bei ihr gemeldet hatte, lag allerdings nahe, dass er den Richter immer noch nicht erreicht hatte.

Und selbst wenn. Die offiziell verwertbare Analyse einer von höchster Stelle genehmigten DNA-Probe dieses Mistkerls – Extraktion aus den Zellen, Vervielfältigung, Auftrennung und Auswertung bis zum fertigen Code inklusive eventuell notwendiger Wiederholungen – würde auf jeden Fall bis morgen dauern. Eine einstweilige U-Haft würden sie für diesen Zeitraum wohl kaum bekommen. Damit würde dem Typen Zeit genug bleiben, seine Sachen zu packen und abzuhauen.

Es sei denn …

Mit einem Schlag war der flauschige, bezaubernde Kaschmirpullover vergessen.

Hastig zückte Sofie ihr Handy und ermittelte Gfeiters genaue Adresse. So ein Smartphone hatte eben doch etwas für sich, sosehr sie sich vor einem Jahr noch darüber mokiert hatte.

Fünf Minuten später stand sie keuchend vor dem düsteren Mietshaus in der Ichostraße, das schon bessere Tage gesehen hatte, und drückte auf den Klingelknopf. Eine unfreundliche weibliche Stimme meldete sich durch die knarzende Sprechanlage.

»Hallo?«

»Grüß Gott. Sprech ich mit Frau Gfeiter?«

»Mit wem denn sonst. Was is?«

»Ich hätt gern Ihren Mann gesprochen. Ist er denn zu Haus?«

»Ja glauben denn Sie, der Saubazi hätt nix Besseres zum tun, als mir und den beiden Schrazn auf die Nerven zu gehn? Um die Uhrzeit is der Wolfi natürlich scho längst wieder im Gschäft, wo denn sonst?«, keifte die unsichtbare Frau Gfeiter.

Logisch. Darauf hätte Sofie allerdings auch selbst kommen können. Trotzdem bedankte sie sich in die bereits verstummte Sprechanlage hinein, schwang sich erneut aufs Fahrrad und fuhr in Richtung Spedition los.

Untere Grasstraße, rechts am Alpenplatz vorbei in die Edelweißstraße. Lieblich-ländliche Namen für die steinerne Ansammlung ehemaliger Arbeitersiedlungen, deren Ausverkauf schon längst im Gange war.

Unterwegs kamen Sofie Zweifel. Und wenn sie Gfeiter in seiner Firma antraf – was dann?

Ihn verhaften?

Schmarrn!

Ihn zur Rede stellen?

Spinn dich aus, Frau Rosenhuth!, schimpfte sie sich selbst, bog aber dennoch zielstrebig in die St.-Bonifatius-Straße ein.

Vielleicht war er ja auch schon längst über alle Berge? Aus Angst vor diesem geheimnisvollen Unbekannten, der ihm offensichtlich an den Kragen wollte?

Sofie legte einen Zahn zu.

Das war's.

Ja, sie wusste, es war völlig verrückt. Aber sie musste sich einfach selbst davon überzeugen, dass dieses Schwein noch nicht die Koffer gepackt und sich still und heimlich aus dem Staub gemacht hatte.

Womit die eigentliche Frage immer noch nicht geklärt wäre, höhnte die Stimme in ihrem Kopf. Falls er da ist, willst du dann mit ihm ganz harmlos über die Umzugskartons reden, die du im Übrigen immer noch nicht ausgepackt hast, wenn ich das ganz nebenbei bemerken darf?

Sofie nickte grimmig. Danke für den Tipp! Genau das würde sie tun.

Mit einem eleganten Schwung bog sie auf den heruntergekommenen Firmenparkplatz der Spedition ein, stieg ab und sah sich um.

Keine Menschenseele. Nur zwei ziemlich verrottete Lastwagen.

Vielleicht im Speditionsbüro?

Fehlanzeige. Die Tür war abgesperrt.

Was hatte sie auch erwartet? Der »Umzugsfuchs« war wahrscheinlich irgendwo mit seinen Packern unterwegs und schulterte gerade ein Klavier oder transportierte einen kompletten Haushalt von A nach B.

Missmutig wandte sie sich um und trottete zurück auf den Hof, während sie einen Blick auf ihre Uhr warf.

Schon so spät!

Und ihr schöner Pullover?

War garantiert schon in der Tasche einer anderen Kundin gelandet, während Frau Rosenhuth mal wieder auf eigene Faust irgendeine Schnapsidee verfolgt hatte. Aber vielleicht war das gute Stück ja doch noch da, wenn sie sich ranhielt.

Auf dem Weg zu ihrem Fahrrad fiel Sofie ein alter brauner Mercedes Diesel auf, der hinter den beiden Lastwagen parkte.

Die Fahrertür stand offen …

Neugierig trat sie näher.

Hinter dem Lenkrad zusammengesunken saß Wolfgang Gfeiter, vor Schmerzen gekrümmt, die Augen verdreht, Schaum vor dem Mund, in der leblosen Hand – ein glitzerndes Bonbonpapier.

55

Um ein Haar

Darauf hatte sie seit einer kleinen Ewigkeit gewartet.

Dass die Krankenschwester beim Verlassen der Wachstation die Tür nicht vollständig schloss.

Sie stieß sich von der Wand ab und schlug die Kapuze zurück. Zum Unsichtbarmachen hatte der Hoodie prima getaugt, jetzt freilich wollte sie aussehen wie eine ganz normale Besucherin.

Ihre Beine waren ganz steif geworden. Der kurze Weg erschien ihr viel zu lang. Dann war sie endlich drin.

Hässliche Stoffparavents unterteilten die toxikologische Intensivstation in fünf verschiedene Zonen. Nur drei waren mit je einem Patientenbett besetzt.

Sie entdeckte ihn auf Anhieb.

Über seinem Bett ein Bord mit blinkenden Anzeigen, jeder Menge Schaltern und summenden Apparaturen. In seiner breiten Nase die Stöpsel der Sauerstoffmaske. Links von ihm Messgeräte für Blutdruck und Herzfrequenz, auf denen ständig grüne Leuchtziffern und Kurven wechselten. Rechts ein Ständer mit einer Infusionsflasche mit rötlichem Inhalt, von der ein Gummischlauch unter die Bettdecke verlief.

Ein hässlicher beiger Plastikstuhl stand neben dem Bett, als hätte er schon auf sie gewartet. Sie ließ sich darauf nieder. Im

Hintergrund sortierten zwei Krankenschwestern ein Tablett mit Kanülen und Verbandszeug. Angestrengt nickte sie in deren Richtung.

Seine Haut war fahl, was ihn in ihren Augen noch widerlicher erscheinen ließ. Außerdem zuckte sein rechtes Lid, blieb zum Glück aber geschlossen, ebenso wie das linke.

Er war noch immer am Leben.

Leider.

»Hat also beim ersten Anlauf nicht ganz geklappt«, sagte sie leise. »Macht nix. Jetzt bin ich ja da.«

Sein Mund klappte auf.

Ob Menschen im Koma schnarchen konnten?

War keine große Schwierigkeit gewesen herauszubekommen, wohin sie ihn gebracht hatten. Klinikum Rechts der Isar, die beste Adresse für akute Vergiftungsfälle.

»Hatte ich dir nicht versprochen, dass ich dich überall finde? Deine tägliche Strecke? Deine Lieblingsplätze? Wie eingebrannt in meinem Hirn.«

Sie spürte einen Luftzug und fuhr herum.

»Sie sind eine Angehörige von Herrn Gfeiter?« Die Stimme der Schwester war schroff.

»Die Nichte«, murmelte sie, obwohl die Vorstellung sie fast körperlich schmerzte. »Die anderen kommen später …«

»Dann warten Sie beim nächsten Mal gefälligst vor der Tür, bis Sie hereingebeten werden!«

»Geht klar«, nuschelte sie und wandte sich wieder dem Bett zu. »Er ist bis jetzt also noch nicht …?

»Nein.« Die Schwester wurde eine Spur freundlicher. »Aber seine Werte sind stabil. Er kann Sie spüren. Und auch hören, denke ich. Lang dürfen Sie trotzdem nicht bleiben. Er braucht vor allem Ruhe.«

»Die soll er haben«, sagte sie in den Rücken der Schwester hinein, die sich wieder entfernte. »Von mir aus gern.«

Sie zog das Foto heraus und legte es auf die Bettdecke.

»Das kennst du ja inzwischen nur zu gut, gell?«, sagte sie. »Hab ich nur für dich bei den toten Viechern dazugelegt, zusammen mit den Guttis. Und? Wie fühlt sie sich an, die Erinnerung an Annamirl? Ihr Leben war nach jenem Tag zu Ende. Nie mehr hab ich meine Schwester wieder lachen sehen. Nach deinem Freispruch hast du fies gegrinst. Ihre Augen aber waren wie erloschen. Danach ist sie auf und davon …«

Ihre dünnen Hände waren unablässig in Bewegung.

»Aber mein Schwesterherz war dir noch nicht einmal genug. Um ein Haar hätt des andere Madl auch noch dran glauben müssen, wenn ich nicht auf dich losgegangen wär.«

In ihrer Erregung war sie lauter geworden und gab sich nun alle Mühe, die Stimme wieder zu senken.

»Ja, ich bin dir gefolgt. Als dein unsichtbarer Schatten. Dein schwarzer Engel, dem du nicht entkommst. Haben die Tierkadaver dir Angst gemacht? Genau das hatte ich vor. Aber erst, als ich mich dir gezeigt habe, hast dus dann endlich ganz kapiert. Und deswegen auch das letzte böse Gutti ganz brav von selbst geschluckt. Genau, wie ich's wollte. Weil du ganz genau gewusst hast, dass ich nie mehr lockerlassen werde.«

Sie strich sich über die rotblonden Haare. Seit einem Jahr waren sie raspelkurz.

»Wir waren zwei Teile eines Ganzen, Annamirl und ich. Was du ihr angetan hast, du Monstrum, das hast du auch mir angetan. Jeden einzelnen gottverdammten Tag vermiss ich sie. Ich glaub nicht, dass sie noch am Leben ist. Sonst hätt sie sich bestimmt bei mir gemeldet. Und selbst wenn …«

Ein Knurren drang aus seinem Mund.

Jedes weitere Wort war verschwendet. Plötzlich lag die Spritze auf ihrem Schoß.

»Ich könnt es zu Ende bringen«, sagte sie. »Jetzt und hier. Dann hätt ich Annamirl endlich gerächt …«

Sie fuhr herum.

Eine blonde Frau mit blitzenden grünen Augen stand hinter ihr.

»Lieber nicht«, sagte Sofie. »Selbstjustiz ist immer eine ganz schlechte Idee. Deshalb lässt du die Spritze jetzt auch ganz vorsichtig auf den Boden fallen. Dieses Schwein kriegt seine Strafe, das versprech ich dir. Und zwar in einem ordentlichen Gerichtsverfahren!«

56

Annamirl

Irgendwo da oben im dichten Blattgrün der Bäume klopfte ein Buntspecht und gab dem konzertanten Tschilpen von Amsel, Drossel, Fink und Star energisch den Takt vor.

Tanzende Sonnenflecken auf breiten Kieswegen. Duftende Blütenträume in strahlendem Weiß, in Rot und Rosé, Lila und Gelb.

Der Frühling war weit vorangeschritten.

Selbst die zwei alten Weiblein, die gerade ihre Gießkannen an einem der kupfernen Brunnen des Ostfriedhofs füllten, hielten kurz inne und blickten versonnen nach oben.

Zum Träumen blieb Sofie heute allerdings keine Zeit. In die Schwarzenbergstraße 14 konnte man nicht einfach so hereingeschneit kommen, auch nicht als Angestellte des Instituts für Rechtsmedizin. Besuche und Besuchszeiten waren allerstrengstens geregelt. Vor Tagen schon hatte sie sich für den Termin heute anmelden müssen.

Hastig umrundete sie das Rondell und steuerte den kleinen Seitenausgang neben dem imposanten Kuppelbau der Aussegnungshalle an.

Viel zu selten kam sie dazu, das Grab ihrer Eltern zu besuchen. An dem zarten Pink der prall gefüllten Pfingstrosen, den

Lieblingsblumen ihrer Mutter, hatte sie dann doch nicht vorbeigekonnt. Kaufen, zum Friedhof radln, in die Vase stecken. Noch kurz eine Schweigeminute einlegen und dem Vogelkonzert lauschen.

Eine sanfte Brise spielte in ihren Haaren. Sie musste an ihren Vater denken, von dem sie die wilde Lockenmähne geerbt hatte.

Nur schwer konnte sie sich losreißen. Doch der Zeiger ihrer Armbanduhr rückte unerbittlich vor.

Egal.

Mit dem Fahrrad würde sie von hier aus gerade mal zehn Minuten brauchen, wenn sie sich ranhielt.

Eine riesige Herde von Drahteseln war ganz demokratisch vor der rötlichen Ziegelmauer am Beginn der St.-Bonifatius-Straße abgestellt: Rostlauben neben chromblitzenden Luxusgeschöpfen, schlammverspritzte Mountainbikes, schnittige Rennräder, schwere Holländer. Nach ihrem treuen alten Herrenrad hielt Sofie allerdings vergeblich Ausschau.

Das hatte doch nicht etwa jemand mitgehen lassen?

Gelassen blies Sofie sich eine Locke aus dem Gesicht. Schmarrn! Wen interessierte schon ein derart heruntergekommenes Vehikel angesichts dieser erlesenen Auswahl?

Nach konzentriertem Suchen musste sie sich allerdings mit der traurigen Wahrheit abfinden: Aus ihr unerfindlichen Gründen hatte der Dieb sich ausgerechnet ihr stählernes Rösslein geschnappt. Zefix!

Das Ding hatte ihr zwar immer wieder jede Menge Ärger eingebrockt – und trotzdem: Irgendwie hatte sie an ihm gehangen, das wurde ihr erst jetzt richtig klar.

Zumal auf ihrem Konto gerade ziemlich Ebbe herrschte. Der Umzug hatte doch mehr verschlungen, als sie ursprünglich gedacht hatte, und die Miete in Obergiesing war zwar im Vergleich zu anderen Stadtvierteln noch halbwegs zivil, betrug aber trotzdem gut das Doppelte dessen, was sie in Berlin gezahlt hatte. Mit anderen Worten: Ein neues Radl würde erst mal nicht drin sein.

Aber irgendwie musste sie jetzt weiterkommen, und zwar schleunigst. Wie es aussah, würde ihr vorerst nichts anderes übrig bleiben, als mit den Öffentlichen zu fahren. In Gedanken schickte sie dem Dieb einen saftigen Fluch hinterher und wünschte ihm von Herzen viel Spaß mit den diversen Zicken ihres Velos.

Sie wandte sich schicksalsergeben um, steuerte die Tramhaltestelle am St.-Martins-Platz an und löste am Automaten zähneknirschend eine dieser blauen Streifenkarten, die auch von Jahr zu Jahr teurer wurden, wie sie bei dieser Gelegenheit feststellen musste.

Mit der Trambahn bis zur Schwanseestraße, umsteigen in den Bus Richtung Harlaching – ganze zwanzig Minuten dauerte es, bis sie endlich vor dem eleganten rötlichen Neubau gleich neben der JVA Stadelheim stand.

Keine hohen Mauern, kein Stacheldraht.

Von außen ließ nur wenig darauf schließen, dass hier bis zu hundertsechzig Frauen, darunter auch solche mit kleinen Kindern, ihre Strafe absaßen.

Für Besucher war es ein langwieriger Weg bis ins Innere: klingeln, Ausweis abgeben sowie sämtliche persönlichen Gegenstände in den Besucherspind sperren, am Schluss noch der Gang durch den Metalldetektor – dann erst öffnete sich die große stählerne Sicherheitstür zur Münchner Justizvollzugsanstalt für Frauen.

Das Besucherzimmer, in das die Beamtin Sofie mit ausdruckslosem Gesicht führte, hatte zumindest keine Trennscheibe und war bei aller Nüchternheit freundlicher und gepflegter, als sie erwartet hatte: ein gerundeter kleiner Tisch, an den Seiten je zwei Stühle aus hellem Holz, dunkler Linoleumboden, weiß gekalkte Wände, quadratische, in die Decke eingelassene Leuchten.

Natürlich keine Fenster.

Gleich gegenüber vom Eingang ein kanzelartig erhöhter Schreibtisch für die Aufsichtsbeamtin, die Besucher und Insassinnen gleichermaßen wachsam im Auge behielt.

Sofie hatte gerade Platz genommen, als Susa an der Seite einer Beamtin den Raum betrat.

Ihr Gesicht leuchtete auf.

»Wow. Des is ja lieb, dass Sie mich besuchen!«

Sofie lächelte warm. »Ich komm auch nicht mit leeren Händen. Ich hoffe, du stehst nicht nur auf Bonbons in Glitzerpapier, sondern auch auf so was?«

Sie schob Susa drei Tafeln Schokolade zu, die zulässige Höchstmenge pro Monat für die Insassinnen. Zum Glück hatte sie noch Kleingeld für den hauseigenen Automaten in ihrer Tasche gefunden. Andere Mitbringsel waren nicht erlaubt.

»Danke.« Susa senkte den Kopf und nahm die Tafeln an sich. »Ehrlich gesagt, ich bin froh, dass es vorbei ist. Wenn Sie nicht gekommen wären …« Zaghaft suchte sie Sofies Blick. »Wie geht's ihm denn?«

»Besser. Er ist inzwischen aus dem Koma aufgewacht.«

»Das heißt …?«, fragte Susa zögernd.

Sofie lächelte grimmig.

»Dass Wolfgang Gfeiter bald vernehmungsfähig ist. Und bei diesem Prozess wird er nicht so einfach davonkommen. Dafür werd ich ganz persönlich sorgen.«

Dass auch Joes unangenehmer Kollege Xaver Mayr dabei sein Fett abkriegen würde, ging Susa ja nichts an.

»Yesss!« Susa ballte die Fäuste. »Ich hoffe, dieses Schwein wandert für immer in den Bau.« Dann aber verdüsterte sich ihr Gesicht. »Und was ist mit mir?«

Sofie atmete durch. Eben das war der eigentliche Grund ihres Besuchs.

»Ich hab mit dem Untersuchungsrichter gesprochen. Gfeiter hatte sich das Bonbon ja aus freien Stücken in den Mund geschoben, ohne äußere Gewaltanwendung. Und er wusste, was es damit auf sich hatte. Das kann man dir also nicht anlasten. Anders sieht es mit dem Bonbon aus, das die kleine Vanessa in der Nähe des Spielplatzes an der Wittelsbacherbrücke gefunden hat …«

Tränen traten in Susas Augen. »Das wollte ich nicht. Ehrlich!«

Trotz des strengen Blicks von der Aufsichtskanzel griff Sofie behutsam nach Susas Hand und drückte sie kurz.

»Ich weiß. Trotzdem, ganz ohne Folgen kann das nicht bleiben. Und auch die Sache mit der Spritze ist nicht ohne. Wenn du die bei Gfeiter angesetzt hättest … Bei versuchtem Mord zählen sozusagen Zentimeter.«

Susa biss sich auf die Lippen. »Ich hätte ihn schon die ganze Zeit erledigen können. Aber ich hab's nicht gemacht. Ich wollte, dass er …«

»… das selbst tut. Schon klar.« Sofie nickte und lächelte. »Jedenfalls sieht's nicht ganz schlecht aus für dich. Je nachdem, wie der zuständige Richter das einschätzen wird, kommst du bei guter Führung eventuell schon nach zwei Jahren frei. Mit etwas Glück kriegst du sogar Bewährung.«

»Dann kann ich ja vielleicht bald nach Neuseeland.« Susa begann zu strahlen. »Ich hab nämlich auch gute Neuigkeiten, die besten, die ich mir überhaupt vorstellen kann.«

Fragend hob Sofie die Augenbrauen.

Susa zog einen Briefumschlag aus der Brusttasche ihrer Trainingsjacke und reichte ihn Sofie.

»Ist erst vor zwei Tagen angekommen. Seitdem hab ich ihn mindestens hundertmal gelesen!«

Aus dem Kuvert fiel das Foto eines fröhlichen hübschen Mädchens, das Susa bis auf die langen rotblonden Locken verblüffend ähnlich sah – und Sofie nur allzu bekannt vorkam: Annamirl. Glücklich Arm in Arm mit einem sympathischen, braun gebrannten jungen Mann, der vergnügt in die Kamera lächelte.

Staunend zog Sofie den beigefügten Brief aus dem Umschlag und las:

Liebstes Schwesterherz,
bitte verzeih, dass ich damals vor einem Jahr einfach so Hals über Kopf abgehauen bin. Du hast dir sicher schrecklich Sorgen um mich gemacht. Aber ich musste einfach alle Zelte hinter mir abbrechen und ganz von Neuem anfangen. Allein.

Ich weiß, dass Du das verstehst. Wenn nicht Du, wer dann?

Inzwischen lebe ich in Neuseeland, zusammen mit Brian. Vor einem Monat haben wir geheiratet. Er ist ein wunderbarer Mann. Wir lieben uns sehr.

Und weißt Du, was das Beste ist? Wir bekommen ein Baby. Ein kleines Mädchen. Dreimal darfst Du raten, wie wir es nennen werden!

Es vergeht kein Tag, an dem ich nicht an Dich denke, Susa. Ich hoffe, Du kommst uns bald besuchen.

Es umarmt Dich von ganzem Herzen
Deine Annamirl

57

Alles Gute

Die Augen so nah, warm und doch fragend. Was ihr außerordentlich gefiel.

Sofie spürte seinen Atem auf ihrer Haut, dann stutzte sie plötzlich. Hatte sie gestern nicht ihr verwaschenes Lieblingsschlafshirt angezogen, nachdem die Eisheiligen es nachts prompt wieder kälter hatten werden lassen?

Wahrscheinlich sah sie in dem Ding aus wie eine aus der Form geratene Kartoffel, aber das scherte sie in diesem Moment kein bisschen.

Ihn übrigens auch nicht.

Seine Hände schienen überall. Er wusste, wie man die Lust einer Frau wecken konnte. Immer schon.

Glucksendes Lachen stieg in ihrer Kehle auf, und ein Gefühl, so gelöst, so dahoam, so ungeheuer prickelnd …

Moment mal!

Wieso waren seine Augen auf einmal nicht mehr braun, sondern graugrün? Sie begann heftig zu blinzeln.

Des war doch ned wahr!

Vor Joes vertrautes Gesicht schoben sich andere Züge, schmäler, aber nicht weniger markant: Charly.

Mit einem Ruck fuhr Sofie hoch und öffnete die Augen.

Dennoch brauchte sie eine ganze Weile, bis sie wieder wusste, wo sie sich befand.

Ihr Schlafzimmer – endlich ohne Umzugskartons. Wie auch der ganze Rest ihrer Wohnung. Die sperrigen Dinger hatte sie nach der üblen Gfeiter-Geschichte schnellstens ausgepackt und danach entsorgen lassen.

Links von ihr das bestickte Seidenkissen, rechts der edle Herrenschal. Und niemand sonst im Raum außer ein paar Sonnenstrahlen, die die alten Dielen wie Waldhonig schimmern ließen …

»*Happy birthday,* Sofie!«, sagte sie mit leicht schiefem Lächeln. »Wie jedes Jahr am fünfzehnten Mai. Und die Eisheilige Kalte Sophie, der du deinen Namen verdankst, hat zum Glück nicht allzu schlimm zugeschlagen. Soweit samma inzwischen. Zweimal zwanzig – des hast überlebt. Und ned amoi schlecht. Wenigstens etwas, worauf du stolz sein kannst.«

Sie sprang aus dem Bett, nahm das Handy mit, weil ja jeden Moment die ersten Anrufe kommen konnten, und lief als Erstes wie gewohnt in die Küche.

Auf der Schwelle blieb sie kopfschüttelnd stehen. Nein, den Morgenkaffee konnte sie sich heute schenken. Tante Vroni hatte garantiert schon im Vorderhaus den Geburtstagstisch für sie vorbereitet.

Ein rascher Abstecher links ins Bad.

Zur Feier des Tages cremte Sofie sich mit der Rosenlotion ein, die sie sich neulich als kleinen Trost für das geklaute Fahrrad gegönnt hatte. Roch verdammt lecker, das sündhaft teure Zeug.

Dann die leidige Kleiderfrage. Den zartlila Kaschmirpulli, auf den sie so versessen gewesen war, hatte sie leider nicht mehr bekommen. So blieb ihr nichts anderes übrig, als auf den weißen

Leinenrock und ein türkisfarbenes Shirt auszuweichen, zu dem die neuen Ohrstecker aus dem Dritte-Welt-Laden wunderbar passten. Immerhin: Ohne das Fahrrad konnte sie jetzt zur Abwechslung auch mal Kleider und Röcke tragen, auch wenn die paar Tage in öffentlichen Verkehrsmitteln, die inzwischen hinter ihr lagen, sie bereits bis zur Schmerzgrenze genervt hatten.

Das Handy begann zu brummen. Es ging also los!

Leise Enttäuschung flog über Sofies Gesicht, als sie entdeckte, dass es nur eine SMS war – noch dazu von Erik.

Alles Gute zum Wiegenfest, mein Engel, las sie. *Lass dich schön feiern! Aber vergiss dabei nicht, wo dein wahrer Himmel ist – einzig und allein hier bei mir. Erik.*

Sie betätigte die Löschtaste.

Es hatte sich ausgeengelt, und zwar endgültig.

Sie schlüpfte in die Sandalen, griff nach der Tasche und einer Jacke und schloss die Wohnungstür hinter sich zu. Dann lief sie über den Hof.

Ein Strahlen ging über ihr Gesicht, während sie bei Vroni klingelte. Eigentlich hätte es ja schon durch die Türritze nach dem Nusshefezopf duften müssen, den die Tante seit jeher traditionell am Geburtstag für sie backte – aber Sofie roch nichts.

Sie klingelte abermals.

Schweigen.

Dann zum dritten Mal.

Vroni würde doch nichts passiert sein?

Sofie angelte in den Tiefen ihrer Tasche nach dem Schlüssel und sperrte auf.

»Tante Vroni, ich bin's …« Die Worte blieben ihr im Hals stecken.

Von wegen Geburtstagstisch!

Die Wohnküche war peinlich aufgeräumt. Nicht ein Teller

stand irgendwo herum. Milde lächelte die Madonna vom Herrgottswinkel herab.

Auch das Badezimmer aufgeräumt. Der Morgenmantel akkurat am Haken hinter der Tür. Waschbecken und Wanne wie geschleckt.

Sofie lief ins Schlafzimmer. Das Bett frisch bezogen, die Pantoffeln davor penibel ausgerichtet. Vom jüngst aufgemöbelten Nachtkästchen stieg ein schwacher Holzduft in ihre Nase.

Wo um alles in der Welt steckte die Tante? Und wie konnte sie den Geburtstag ihrer einzigen Nichte vergessen?

Offenbar nicht nur sie.

Auch in der U-Bahn schwieg das Handy hartnäckig, ebenso auf dem Weg, den Sofie vom Goetheplatz zum Institut zu Fuß zurücklegte.

Keine Tante, kein Joe, kein Charly, kein Spike, keine Manu – kein gar niemand.

Gut, dann eben *same procedure* wie jeden Tag. Wenigstens gab es ja immer noch George, mit dem sie feiern konnte. Trotzdem musste Sofie sich eingestehen, dass ihre Stimmung ziemlich am Tiefpunkt war, als sie in der Nußbaumstraße ankam.

»Da schau her, die Frau Dr. Rosenhuth. Auch schon da!« Nicht einmal der Pförtner schenkte ihr ein Lächeln, als sie mit einem kurzen Gruß an ihm vorbei wollte. »Einen kleinen Augenblick, bitte!«

»Ja?« Ihre Stimme klang ungeduldig.

»Alles klar.« Er legte den Hörer beiseite. »Jetzt können Sie durch«, sagte er mit einem rätselhaften Unterton. »Schönen Tag noch!«

Sein seltsames Verhalten ging ihr nicht aus dem Kopf, während sie ihr Kabuff ansteuerte. Etwa eine neue Anordnung von der Kollegin?

Eigentlich hatte Sofie ja aufgrund der jüngsten Ereignisse auf längerfristigen Waffenstillstand getippt, wenn nicht sogar auf mehr. Aber wer wusste schon, was …

Zefix – jetzt stand die Tür zur Präparatesammlung ja schon wieder offen! War die Wildkatze etwa abermals im Einsatz?

Was da von drinnen zu Sofie auf den Flur drang, klang allerdings eher wie …

»Happy birthday!«, rief ein munterer Chor gemischter Frauen- und Männerstimmen. »Alles Gute zum Geburtstag, Sofie!«

Zunächst war sie wie gelähmt. Doch Joe nutzte die Gunst des Augenblicks und zog sie in den Raum.

Charly, Manu, Spike, Tante Vroni, direkt daneben ein Mann mit weißen Haaren, der ihr seltsam bekannt vorkam – sie alle standen breit grinsend vor den Regalen mit den Nass- und Trockenpräparaten.

Fehlte nur noch George. Aber selbst der lümmelte mit seinem Schlips in einer Ecke herum und schien sie festlich anzugrinsen.

»Der wollt unbedingt auch mit!« Spike drückte ihr eine CD in die Hand. »Und des is für dich. ›Carmen‹ – in einer Superbesetzung. Perfekte Musik beim Sezieren. Und a sonst. Damit geht ois wie von selbst.«

Ungeduldig schob Joe ihn zur Seite.

»Des Wichtigste hast no gar ned gsehn, Sofie.« Er zog an dem weißen Tuch, das über einen großen Gegenstand gebreitet war. »Tata!«

Ein Traum in Blau und Silber, mit einundzwanzig Gängen, blitzenden Speichen und einem echten Ledersattel.

Ein neues Radl!

»Des geht doch ned«, flüsterte Sofie überwältigt.

»Und ob des geht!« Joe legte seinen gesunden Arm fest um sie und küsste sie auf beide Wangen. »Für mei rasende Sofie. Die Beste von der ganzen Welt!«

»Dem kann ich mich nur anschließen.« Entschlossen zog Charly Sofie aus Joes Umarmung und drückte sie an sich, zärtlich, aber durchaus innig.

»Viele Geheimnisse und Abenteuer für dein neues Lebensjahr«, raunte er in ihr Ohr. »Würde mich freuen, wenn ich möglichst oft dabei sein kann.«

Mit einem Mal war der Traum von vorhin wieder lebendig. Zwei Männer, deren Gesichter sich übereinanderschoben ...

Darüber würde sie morgen nachdenken. Oder besser noch übermorgen. Plötzlich sah sie etwas in zartem Lila auf einem der Tische leuchten. »Aber des gibt's doch ned!« Wie der Blitz peste sie hin.

»Passend zu deinen wunderschönen grünen Augen«, sagte Charly lächelnd. »Dann leuchten sie noch intensiver.«

»Woher hast du gewusst ...«

Charly zuckte mit verschmitzter Miene die Achseln.

»Wenn ich jetzt auch amoi dürft.« Energisch hatte Tante Vroni sich nach vorne gedrängt. »Da hinten steht mei Nusszopf. Und des kloane Packerl hier is von der Dult. Aber des is noch ned alles.« Sie griff in ihren Nacken, löste den Verschluss ihrer Kette und hängte Sofie das silberne Medaillon, ein altes Familienerbstück, um den Hals. »Weil du nämlich so a warmherzigs Madl blieben bist, obwohl wir dich damals pfeilgrad nach der Kalten Sophie benannt haben. Und damit du mich ab jetzt immer bei dir trägst.«

Sofie war so gerührt, dass sie beim Öffnen des Päckchens kaum noch schlucken konnte.

»Ein Kaffeehaferl«, rief sie, um gegen die drohenden Tränen anzukämpfen, und hielt das potthässliche Teil hoch. »Und so a scheens noch dazu!«

»Gfreit mi, dass es dir gfoit! Und des is im Übrigen der Flo.« Mit einem verliebten Lächeln drückte Vroni die Hand des sympathischen Mannes mit den silbernen Haaren, der Sofie nun freundlich zuzwinkerte. »Den wirst jetzt öfters bei uns sehen, Sofie.«

»Aber zuerst gönnst dir a neue Frisur!« Manu ließ sich von Joe nicht länger zurückhalten. »Des is nämlich mei Gschenk, Sofie: ein Gutschein zum Schönwerden.«

Irritiert schaute sie um sich, als alle ringsherum in Gelächter ausbrachen.

»Na, die Stimmung scheint ja schon prächtig zu sein.«

Neben Dr. Falk, die etwas Grünes an ihre Brust gepresst hielt, stand ein lächelnder älterer Herr in der Tür.

»Professor Paungger!«, rief Sofie.

»Frisch zurück aus den Staaten.« Er streckte ihr einen bunten Frühlingsstrauß entgegen. »Die Frage, ob Sie sich gut eingelebt haben, hat sich ja offenbar bereits erübrigt. Weiter so!«

»Alles Gute, Frau Rosenhuth!« Elke Falks Lächeln war ungewohnt schmelzend. »Und auf weitere fruchtbare Zusammenarbeit!« Wie eine Entfesselungskünstlerin zerrte sie an dem grünen Paket. »War gar nicht so einfach, das Passende für Sie zu finden.«

Wow! Der flaschengrüne Kittel, der zum Vorschein kam, war alles andere als ein Zelt, sondern figurbetont und geradezu schick geschnitten.

Für einen Moment war Sofie regelrecht sprachlos.

»Obwohl …« Die altbekannten Eiszapfen in Falks Stimme blitzten erneut auf. »Womöglich doch einen Tick zu schmal für Sie. Aber was nicht ist, kann ja vielleicht noch werden. Nicht wahr, Frau Kollegin?«

Genau, dachte Sofie und ließ ihren Blick über die fröhliche Geburtstagsrunde wandern. Ganz genau!

Danksagung

Ein riesengroßes Dankeschön geht an Privatdozent Dr. Fabio Monticelli, IFFB Gerichtsmedizin und Forensische Neuropsychiatrie Universität Salzburg, für umfangreiche Beratung und Hilfe – *grazie mille!*

Wertvolle Anregungen kamen von Dr. habil. Oliver Peschl, Institut für Rechtsmedizin der Universität München, der der »kalten Sofie« in die Startlöcher half.

Unverzichtbar die ebenso profunden wie liebenswürdigen wissenschaftlichen Informationen der Pharmakologin Dr. Gabriele Roider, Institut für Rechtsmedizin der Universität München.

Rechtsanwalt Thomas Hessel und seine charmanten Kollegen berieten mich beim Strafmaß – vielen Dank!

Ohne Noahs und Helches Hilfe wäre vieles nicht möglich gewesen.

Ein inniger Dank vor allem aber an Therese Gruber und Felicitas Weber …